UWE BAHN *Hrsg.* ALEXANDER BABIC *Fotografie* GERHARD WALDHERR *Autor*

INSELSTOLZ

ZWISCHEN STRANDKORB UND STURMFLUT 25 LEBEN IN DER NORDSEE

INSELSTOLZ
Zwischen Strandkorb und Sturmflut
25 Leben in der Nordsee
Originalausgabe, Juni 2013

Herausgeber: Uwe Bahn, Hamburg
Gestaltung: Daniela Greven, Berlin
Illustrationen: Daniela Garreton, San Sebastian, Spanien
Lektorat: David Schumacher, Hollenstedt
Korrektorat: Ina Serif, Freiburg

Satz und Herstellung: Peter Löffelholz, Berlin
Druck und Bindung: Friedrich Pustet KG, Regensburg
Gedruckt auf fsc-zertifiziertem, holz- und säurefreiem Papier der Firma Munkedals, Schweden
Printed in Germany

Bibliografische Informationen der Deutschen Bibliothek:
Die Deutsche Nationalbibliothek verzeichnet diese Publikation in der Deutschen Nationalbibliografie; detaillierte bibliografische Angaben sind im Internet unter http://d-nb.de abrufbar.

Ankerherz Verlag GmbH, Hollenstedt
info@ankerherz.de
www.ankerherz.de

ISBN: 978-3-940138-47-7

Eine Insel mitten im Meer, eine Insel,
da ist das Leben nicht schwer,
kein Stress, keine Arbeit, kein Berufsverkehr.
Ich träume oft davon, wie schön es wär'.

Farin Urlaub: ›Insel‹

N
NORDSEE
JUIST
NORDERNE
BORKUM

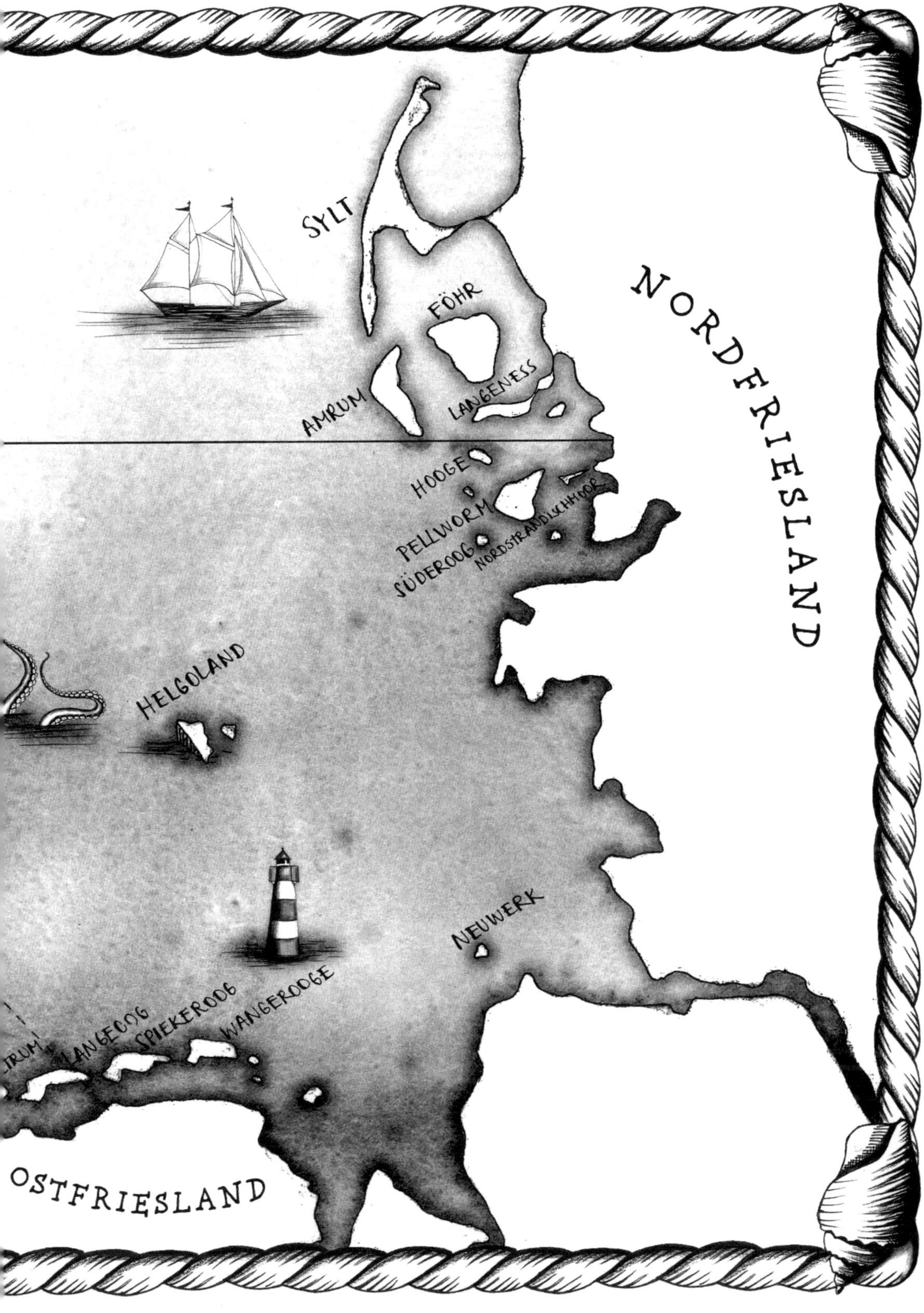
SYLT
FÖHR
AMRUM
LANGENESS
NORDFRIESLAND
HOOGE
PELLWORM
SÜDEROOG
NORDSTRANDISCHMOOR
HELGOLAND
NEUWERK
LANGEOOG
SPIEKEROOG
WANGEROOGE
OSTFRIESLAND

INHALT

DEUTSCHE NORDSEEKÜSTE
Karte 6

LAND IN SICHT!
Prolog 10

Ostfriesische Inseln

WILLIS WELT
Willi Jacobs, Neuharlingersiel/Spiekeroog 14

SEIN REVIER
Bernd Flessner, Norderney 20

ZWISCHEN DEN DAUERWELLEN
Uda Haars, Juist 30

VOM STÜRMER ZUM TÜRMER
Jan-Gerhard Vestering, Langeoog 36

EIN KLEINES BISSCHEN STRANDRÄUBER
Lüder Griebel, Neuwerk 42

TORNADO!
Christoph »Tüte« Schmiegel, Baltrum 50

DÜNENPREDIGER
Kurt Weigel, Wangerooge 60

Nordfriesische Inseln

MÜNCHENERIN IN HOOGER TRACHT
Katja Just, Hooge 70

WEHEN IN DEN WELLEN
Gerd Hogrefe, Amrum 80

AUSZUG AUS DER HEILEN WELT
Gudrun und Hermann Matthiesen, Süderoog 88

DIE STRANDBURG
Nicolas Kreis, Sylt 100

KEIN TAG OHNE BEUTE
Georg Quedens, Amrum 110

LANDUNTER? SCHULFREI!
Merle und Malin Dell Missier, Hooge 120

RETTUNG AUF DEM HEUBODEN
Frerk Johannsen, Langeneß 130

IM ZWEIFÖHRTEL-TAKT
Alexander und Konstantin Rethwisch, Föhr 140

AUSTERNPRINZESSIN
Bine Pöhner, Sylt 150

ENDSTATION INSEL
Ruth Hartwig-Kruse, Nordstrandischmoor 160

DA GEHT DIE POST
Knut Knudsen, Pellworm 168

Hochseeinseln

DER BULLE VON HELGOLAND
Kenneth Rostig, Helgoland 180

PROBEN AUS SCHLARAFFENLAND
Karen Wiltshire, Helgoland 188

DER LETZTE MACHT DAS LICHT AN
Carsten Keden, Helgoland 198

ROBBENFLÜSTERER
Rolf Blädel, Helgoland 206

DER SCHATZTAUCHER
Andreas Peters, Borkum 216

AKKORD-ARBEITER
Albertus Akkermann, Borkum 228

HINAUS ZUM FEUER
Hans Kurschus, Leuchtturm Roter Sand 236

LAND IN SICHT!

Natürlich erzähle er uns gern alles über sein Leben auf Deutschlands einziger Hochseeinsel, ließ uns der Robbenvater ausrichten. Aber bitte später. Erst müsse er sich um das Neugeborene kümmern: eine Kegelrobbe, die ausgerechnet auf der kurzen Piste des Helgoländer Flughafens zur Welt gekommen war. Diese kleine Anekdote klingt wie erfunden. Doch sie ist wahr, wie alle Geschichten in diesem Buch. Rolf Blädel, der Tierschützer, und die anderen Männer, Frauen und Kinder, die Sie in *Inselstolz* kennenlernen, führen ein Leben, von dem Millionen träumen. Fernab von den Staus, der Hektik und dem Stress der Städte, umgeben von Meer und Wind, getaktet nach dem ewigen Rhythmus von Ebbe und Flut. Wer Inseln wie Spiekeroog, Juist oder Baltrum besucht, entschleunigt den Alltag. Bollerwagen statt BMW, Gummistiefel statt Krawatte, Brandungsrauschen statt Autobahnlärm. Fast 20 Millionen Mal im Jahr übernachten Gäste auf den Nordseeinseln – doch nur etwa 50.000 Einheimische leben auf den Wellenbrechern vor der Küste.

Inseln haben seit Jahrhunderten die Fantasie beflügelt und Literaten inspiriert, ob Robert Louis Stevenson, der die *Schatzinsel* als Schauplatz für seinen Piratenklassiker erfand, oder Daniel Defoe, der mit *Robinson Crusoe* noch heute Aussteigerträume befeuert. Inseln sind von einer besonderen Magie. Sie versprechen eine überschaubare, abgeschlossene Welt. Sie sind eigen. Sie bieten einen Mikrokosmos, ein Leben mitten im Meer. Und diese Welt ist nur wenige Seemeilen entfernt. Dort, wo der Wind wohnt und der Blick endlos ist. Wo morgens die Dünen glühen und abends kein Schiff mehr geht. Wie von einer Laune der Natur hingetupft liegen die norddeutschen Inseln und Halligen in der Gischt. Vor den Küsten Nord- und Ostfrieslands oder – wie Helgoland – mitten im Meer. Ihre Bewohner leben fernab von der Hektik der modernen Welt. Und sind doch verbunden durch Schifffahrt, Handel, Tourismus. Es ist ein Leben, das geprägt wird von der Faszination des Meeres und einer bewegten Historie.

In diese kleinen Welten wollen wir mit *Inselstolz* eintauchen. Wir lassen Menschen, die wir nach monatelanger Suche ausgewählt haben, ihre Geschichten erzählen. Ganz persönlich, ganz nah, ganz authentisch. Unsere Autoren leihen ihnen eine Stimme. Jede Geschichte wurde vom Protagonisten autorisiert. Da ist zum Beispiel der Pellwormer Postbote Knudsen: Mit geschultertem Rucksack trägt er Briefe, Karten und Postwurfsendungen zur Hallig Süderoog. Die Mädchen Merle und Malin berichten, wie es ist, ohne Disco und Shoppingtouren aufzuwachsen. Die Inselfriseurin Uda Haars, deren Familie seit Generationen dafür sorgt, dass man auf Juist »schicke Köppe« hat. Oder der Wattführer Albertus Akkermann, der seine Führungen stimmgewaltig auf dem Akkordeon begleitet, nicht mit Shantys, sondern mit eigenen Liedern, Musik von Jacques Brel oder – nach Wunsch – mit *Jump* von Van Halen.

Manche unserer Inselbewohner, wie Christoph *Tüte* Schmiegel, folgten dem Lockruf und siedelten vom Festland über. Andere, wie Ruth Hartwig-Kruse auf Nordstrandischmoor, sind seit Generationen tief verwurzelt auf ihrer Insel und reihen sich ein in die Tradition ihrer Vorfahren – in ihrem Fall vor allem der Frauen. Viele Männer hielten das einfache und in den Wintermonaten einsame Leben nämlich nicht lange durch. Auch davon erzählt dieses Buch: Ein Insulaner lebt immer »am Rande der Gesellschaft«, wie es der Norderneyer Bernd Flessner ausdrückt. Man darf festhalten: Es schadet nicht. Flessner wurde zu einem der weltbesten Surfer.

Inselstolz – das sind 25 Erzählungen von Menschen, die sind wie ihre Heimat: rau, charmant und einzigartig. Liebenswert, manchmal dramatisch, oft voller Überraschungen. *Inselstolz* ist eine Hymne auf Norddeutschlands kleine Welten vor der Küste und das große Herz ihrer Bewohner.

Wir wünschen viel Lesespaß!
Uwe Bahn / Gerhard Waldherr

OSTFRIESISCHE INSELN

NEU217

SPIEKEROOG

WILLIS WELT

Seine Familie fährt seit
Generationen zur See.
Den Fischer-Beruf hat
Willi Jacobs schweren Herzens
aufgegeben. Aber er kann
nicht davon lassen,
das Netz auszuwerfen.

Es war im Juli 2009, wir hatten Gäste an Bord und fuhren Richtung Langeoog. Gerade passierten wir die Seehundbänke vor der Insel, als ein Kollege über Funk hektisch eine Warnung durchgab. Im nächsten Moment konnte man nichts mehr sehen. Ich wusste nicht, woher der Sturm kam, es wirbelte einfach aus allen Richtungen.

Meine Gäste fragten mich: »Haben Sie Angst?« Und ich sagte: »Ich habe Gottvertrauen in die Mannschaft und in meinen Kutter.«

Die Mannschaft, das war mein Decksmann Richard, der kommt aus dem Ural. Guter Mann, er fährt schon seit 1999 zur See. Und mein Boot, meine *Gorch Fock*, die habe ich gemeinsam mit meinem Vater bauen lassen. Ich weiß, was die abkann.

Die Bültjewerft baute unseren Familien-Fischkutter 1971. Das waren die einzigen in Ostfriesland, die noch Holzarbeiten machten. Gleich im darauffolgenden Frühjahr erhielten wir die Zulassung für Ausflugsfahrten. Fisch fangen und Gäste an Bord empfangen – ich habe immer beides gekannt. Schon mein Vater und mein Großvater waren sehr flexibel, wenn es darum ging, das Geld für die Familie zu verdienen. »Irgendwas läuft immer«, pflegte mein Großvater zu sagen. Und wenn nicht, schoss er eben einen Seehund und handelte mit dem Tran.

Die Jacobs sind schon seit 1840 Fischer und Seefahrer, vermutlich noch länger. Die Jungen lernten von den Alten, so war das auch bei mir. Als ich klein war, erzählte mein Großvater mir Geschichten und brachte mir Knoten bei. Der Hafen von Neuharlingersiel war unser Spielplatz, wenn auch nicht ungefährlich. Ich war ungefähr fünf, als ich fast abgesoffen wäre. Meine Cousine und ich spielten mit einem Boot am Kai, stießen es fort und zogen es an einem Strick wieder heran. Ich wagte mich zu weit raus, fiel plötzlich ins Wasser – und ich konnte nicht schwimmen. Meine Cousine konnte mich gerade noch herausziehen. Wie ernst die Geschichte war, kann man an der Belohnung ablesen, die sie für ihre Rettungsaktion bekam: einen silbernen Löffel, mit ostfriesischen Ornamenten verziert.

Mit fünfzehn begann ich meine Ausbildung an Deck der *Gorch Fock*, so hieß schon damals der Kutter meines Vaters. Die Fischereischule in

Büsum, die Motorenprüfung, das nautische Fischereipatent, das packte ich alles locker. Seit 1997 gehöre ich selbst dem Prüfungsausschuss der Fischereischule an. Mein Problem war: Ich wurde immer seekrank. Mein Vater ging damit gut um, aber es half ja nichts, ich musste da durch. Wenn die Krabben an Deck kamen, kämpfte ich gegen die Seekrankheit und schuftete. Gott sei Dank wurde das besser, als ich erwachsen wurde.

Wir fischten Krabben und Plattfische, also Seezungen und Schollen, im Frühjahr und im Herbst. Jahrelang fuhr ich oft nachts raus zum Fischen, weil ich mich nach den Gezeiten richten musste und wir tagsüber die Ausflugsgäste an Bord hatten. Das waren die härtesten Monate im Jahr. In manchen Nächten fiel ich todmüde ins Bett, nur um zwei Stunden später wieder aufzustehen.

Wir Fischer hatten gute Zeiten in den 80er-Jahren, bis Anfang der 90er. Da zog ich auch mal 1000 Kilo Plattfisch aus der Nordsee. An Krabben bis zu 1500 Kilo. Und das alles in kurzer Zeit, wir liefen immer nach spätestens zwölf Stunden wieder in den Hafen. Wenn die Marktpreise stimmen, kann man als Fischer gut leben.

Was einem wie mir, der aus einer alten Fischerfamilie kommt, heute fehlt, ist die Freiheit. Wir haben früher nach Instinkt gefischt. Das ist vorbei. Seit Ende der 80er-Jahre haben uns die Behörden stets mehr Vorschriften gemacht. Was man wann fangen darf, und wie viel. Ich bin fast dankbar, dass mein Vater diese Entwicklung nicht mehr erleben musste. Er starb 1998.

Trotzdem machte ich noch viele Jahre weiter mit dem Fischen. Die harten Nachtschichten ließ ich irgendwann sein. Und vor ein paar Jahren sagten meine Ärzte: »Sie müssen kürzer treten.« Sie hatten Recht. Es ging nicht mehr.

Dafür haben wir immer noch die Touristen. Mit denen gemeinsam werfe ich noch das Grundschleppnetz aus und erkläre, wie man fischt. Das passt prima zur anderen großen Tradition in meiner Familie. Wir waren immer gastfreundlich. Wenn die Spiekerooger ihr Schiff verpassten, klopften sie bei uns an die Tür. Meine Großmutter bereitete Tee oder Kaffee zu, und sobald es die Tide zuließ, brachte mein Großvater die Leute hinüber auf die Insel, auch bei Nacht.

Wir haben ein großes Herz. Ganz egal, wer da kommt. Mein Vater machte seit den 50er-Jahren Kutterfahrten mit körperlich behinderten Kindern vom Anna-Stift in Hannover, die ihre Ferien in einem der Kinderheime auf Spiekeroog verbrachten. Die waren immer die letzten Gäste der Saison, im Oktober. Im Sommer wäre das zu anstößig gewesen, so waren die Zeiten. Ich habe die Tradition vor ein paar Jahren wieder aufgenommen. Bei uns an Bord ist jeder willkommen. Die meisten Gäste kommen, um die Ursprünglichkeit von Spiekeroog zu genießen. Die Insel hat ihren dörflichen Charakter erhalten und einen bemerkenswerten Waldbestand, vor allem Kiefern. Und natürlich wollen die Leute die Seehunde sehen. Mein Großvater hat sie noch mit der Flinte gejagt, heute bejagen wir sie mit den Kameras.

Streng genommen könnte ich sogar noch schießen. Ich bin Wattjagdführer und dürfte kranke Tiere erlegen. Wenn Gäste an Bord sind, lasse ich das Gewehr natürlich beiseite. Wir holen die Kranken dann an Bord und bringen sie zur Seehundaufzuchtstation in Norddeich, wo sie eingeschläfert werden.

Im Sommer fahre ich jeden Tag raus, ich werde das machen, solange ich kann. Meine Frau hat mich schon immer dabei unterstützt – sonst könnte ich meinen Beruf gar nicht ausführen. Ich habe großes Glück: Mein Sohn und meine drei Töchter haben meine Leidenschaft für die Seefahrt offenbar geerbt. Ich hoffe, dass einer von ihnen die Familientradition weiterführt. Seit einiger Zeit bekomme ich Hilfe von meiner jüngsten Tochter Anna-Lena. Die fährt schon oft mit und übernimmt auch mal das Steuer. Anna-Lena sagt, sie wird einmal beides machen: Touristen und Krabbenfischerei. Warum auch nicht? Die Krabben halten die Fischerei an unserer Küste noch aufrecht.

Und dass eine Frau auf einem Kutter am rechten Platz ist, hat schon meine Tante Sophie bewiesen. Sie fuhr in den 30er-Jahren mit ihrem

Vater, also meinem Großvater, auf Krabbenfang. Als Tante Sophie noch lebte, sagte sie über Anna-Lena: »Die ist so wie ich früher war.«

Meine Kinder wissen aber auch um die Gefahren auf See. Spätestens, seit der Sturm über die *Gorch Fock* hinwegfegte. So ein Unwetter hatte ich nie zuvor erlebt. Später erfuhr ich, dass zwei Kanufahrer gerade noch gerettet werden konnten. Für uns hätte es übel aussehen können, wenn wir etwas in die Schraube bekommen hätten oder der Motor versagt hätte. Über die Brennstoffpumpe machte ich mir am wenigsten Sorgen, die hatten wir kurz zuvor überholen lassen. Und nach zwanzig Minuten war der Spuk auch vorbei.

Ein paar Tage später aber hatten wir einen Schaden, ausgerechnet an unserer Pumpe. Mich traf es wie ein Schlag: Wenn uns das im Orkan passiert wäre, dann wäre es eng geworden da draußen.

Man muss eben Gottvertrauen haben.

Willi Jacobs, *Jahrgang 1950, stammt aus einer alten Fischerfamilie in Neuharlingersiel. In der Hochsaison legt er jeden Tag in Spiekeroog und Neuharlingersiel ab und an, um Touristen das Meer, die Fischerei und die Seehundsandbänke näherzubringen. Regelmäßig finden auf der »Gorch Fock« auch Andachtsfahrten statt. Jacobs ist verheiratet, hat drei Töchter und einen Sohn.*

SEIN REVIER

Der Norderneyer Bernd Flessner ist der beste Windsurfer, den Deutschland je hatte. Er wuchs im idealen Surfrevier auf, verdankt der Insel viel und hat sich doch von ihr entfremdet.

Beim Windsurfen erlebe ich Momente, die jeden normalen Menschen in totale Begeisterung versetzen würden. Ich schnappe meine Ausrüstung, fahre zum Strand und los. Lande auf einer Sandbank und stehe allein in der Nordsee. Weiter nach Baltrum, ich schaue bei der Surfschule vorbei, fahre zurück und mache Halt beim alten Wrack des Muschelkutters. Keine Menschenseele, Pudersand, Tausende von Muscheln, blauer Himmel, perfekter Wind. An der Südseite von Norderney surfe ich zurück, vorbei an Naturschutzgebiet und Hafen. Solche Eindrücke kann man nicht kaufen.

Leider erlebe ich die Schönheit dieser Augenblicke nur noch selten. Sie sind zur Gewohnheit geworden. Seit ich zwanzig bin, verdiene ich mit Surfen mein Geld. Wenn ich auf dem Brett stehe, ist das schon lange kein Spaß mehr, sondern hartes Training. Eins kommt hinzu: Ich tue mich seit einiger Zeit schwer mit dem Inselleben.

Das mag mit dem vergangenen Winter zu tun haben. 25 Jahre lang habe ich in Südafrika überwintert, immer von November bis März schlug ich in Kapstadt mein Trainingslager auf. Ich war überhaupt die meiste Zeit des Jahres auf der ganzen Welt unterwegs. Erst jetzt habe ich mal wieder einen Winter in der Nordsee durchlitten. Furchtbar. Die Fähre fährt seltener, die Hotels haben geschlossen, die meisten Restaurants auch. Wochenlang dieser Ostwind, und das bedeutet: Kälte, Regen. Jetzt steht fest: Es wird hier keinen weiteren Winter für mich geben.

Viele loben das Reizklima der Insel. Super für die Bronchien, na klar, aber nur für Menschen vom Festland. Für uns Insulaner wäre die Bergluft besser. Ich bin sowieso dauergeplagt von der Entzündung der Nasennebenhöhlen, eine typische Windsurfer-Krankheit. In diesem grässlichen Norderneyer Winter wurde ich die Grippe wochenlang nicht los. Sicher, ich hätte nach Kapstadt fliegen können wie all die Jahre zuvor. Aber bei so etwas bin ich geradlinig. Ich hatte mir vorgenommen, mal wieder einen Winter hier auszuharren. Das musste ich durchziehen.

Aber es ist nicht nur das Wetter. Inselleben ist hart, manchmal fühle ich mich wie am Rande der Gesellschaft. Seit einiger Zeit lebe ich getrennt von meinen Kindern, sie leben auf dem Festland. Dazwischen ist die Fähre. So brauche ich für Hin- und Rückweg drei Stunden statt eine, und das zweimal die Woche.

Unsere Insel ist klein, jeder kennt jeden. Viele sagen: Ach, wie schön! Von wegen! Viele quatschen in alles mögliche rein und beklagen den Ausverkauf der Insel. In Wahrheit kassieren viele selbst ab, wenn sich die Gelegenheit bietet, zeigen aber mit dem Finger auf den anderen und sagen: Du darfst das nicht. Auf Norderney gibt es viele Häuptlinge und wenige Indianer.

Viele Inselbewohner gucken gegen den Tellerrand und nicht darüber hinaus. Mich nervt diese Mentalität, deshalb ließ ich mich 2011 zur Wahl des Stadtrats aufstellen, als Parteiloser. Ich bekam auch sehr viele Stimmen, aber über die Liste zogen andere ins Inselparlament.

Früher habe ich die Kehrseiten der Insel gar nicht gesehen. Im Gegenteil: Meine Kindheit war ein Traum und die Insel unser Abenteuerspielplatz. Einen besseren Ort kann man Kindern nicht wünschen, behütet, frei von Kriminalität und Randale. Wir hatten das Schwimmbad, Wälder, Dünen und Strand. Drei Rasenplätze zum Fußballspielen. Nicht umsonst kommt Werder Bremen seit zehn Jahren vor jeder Saison zum Trainingslager. Ich spielte auch nicht schlecht – in meiner Jugend stand ich in der Niedersachsenauswahl.

Wir waren noch die geburtenstarken Jahrgänge, vier Züge hatte die Schule, hundert Kinder in meinem Jahrgang, hundert ein Jahr drüber, hundert ein Jahr drunter. So viele waren wir! Nach Schulschluss rannten alle los, Fußballspielen, schwimmen, surfen. Wir fuhren mit der Fußballmannschaft aufs Festland und traten auf mit breiter Brust: Wir sind Norderneyer!

Damit das klar ist: Diese Insel hat meine Karriere enorm befördert. Ein besseres Revier in Deutschland findest du nicht. Ich kann hier Auto fahren – das ist auf vielen Inseln bekanntlich verboten – und mein

Material in fünf Minuten an jeden Fleck der Insel bringen. Auf Sylt geht das nicht so schnell. Für Norderney spricht auch die perfekte Lage zum Wind: Ich will ihn von der Seite haben, jedenfalls auf keinen Fall ablandig. Weht es aus Süden, gehe ich auf die Südseite. Kommt der Wind von Norden, wechsele ich auf die Nordseite. Wind und Wellen sprechen sowieso für die Nord- und gegen die Ostsee.

Kein Wunder, dass die Surfszene auf Norderney schon in den Pionierjahren des Sports aufblühte. Der erwachsene Schwiegersohn unserer Nachbarn, Frank, brachte den Sport 1975 auf die Insel. Ein Jahr später brachte er mir das Surfen bei.

Ich war sieben, und als Kind lernt man ja alles durch Spielen. Am Strand aufs Brett legen, ein bisschen rumpaddeln, das war Abenteuer. Wir hatten auf der Südseite zwar eine Surfschule, aber das meiste brachte ich mir selbst bei. Eine ausgefeilte Didaktik war sowieso noch nicht entwickelt. Außerdem kamen jedes Jahr neue Bretter auf den Markt, neue Manöver verbreiteten sich. Windsurfen wuchs in den 80er- und 90-Jahren zur Trendsportart, und Norderney war mittendrin.

Ich muss so zehn oder elf gewesen sein, als sich der Traum in mir festbiss: Ich will Profi werden. Natürlich gehören auch Glück, Ehrgeiz und Talent zu einer großen Karriere. Aber ohne diesen Traum geht es nicht. Du musst am Tag 24 Stunden an den Traum denken, ihn leben, spüren, schmecken und essen – denn die Ernährung spielt eine große Rolle. Ich bin mit Windsurfen im Kopf aufgestanden und zu Bett gegangen, nachts habe ich davon geträumt.

Meinen ersten World Cup fuhr ich 1989, im Jahr darauf wurde ich Profi. Ich lebte meinen Traum und stand vor der nächsten großen Frage: Was muss ich tun, um nicht nur einer der besten, sondern der beste Windsurfer der Welt zu werden? Die Antwort lautet: Du musst deinem Ziel alles unterordnen. Schau dir einen Sebastian Vettel an. Den mag ich sehr, aber im Wettkampf kennt er keine Freunde. Ich fürchte, ich war zu bescheiden und zu zaghaft. Man muss aber auch mal nach vorn preschen und das Maul aufreißen. Diese Härte bekommst du nur schwer, wenn du auf Norderney aufwächst. Mein Selbstbewusstsein wäre an einem anderen Ort vermutlich besser gereift.

Unser Bürgermeister und unser Kurdirektor haben meine Leistungen immer gewürdigt – das kann man aber bei Weitem nicht von allen hier sagen. Als würde individueller Erfolg das Inselklima vergiften. Ich habe eine lange Karriere hingelegt. Wurde 1990 Profi, kam in die Nationalmannschaft, kämpfte mich 1991 bis auf Platz 7 der Weltrangliste, im Jahr darauf der erste Deutscher-Meister-Titel. Im Laufe der folgenden Jahre wurde ich 16 Mal deutscher Meister, gewann 39 nationale Einzeltitel und drei Weltmeistertitel. Ich war Dauersieger aller deutschen Regatten und dominierte eine Sportart über 26 Jahre. Deshalb verwundert es mich bis heute, dass mir der Vorsitzende unseres Segelvereins, dessen Mitglied ich ja bin, kein einziges Mal gratuliert hat. Kein Brief, kein Anruf, in all den Jahren.

Für viele Leute auf Norderney bin ich immer noch der kleine Bernd, der mit der Blechtrommel um den Weihnachtsbaum gelaufen ist und Fußball gespielt hat. Ich kenne viele Topsportler, in Deutschland und der ganzen Welt – die bekommen in ihrer Heimatstadt für gewöhnlich eine Menge Anerkennung, sie stehen in der Presse, laufen über rote Teppiche und werden *Sportler des Jahres*. Nicht falsch verstehen: Ich habe es auf Ruhm und Ehre gar nicht abgesehen, aber ich habe mich oft nach etwas mehr Anteilnahme gesehnt. Das braucht man einfach als Sportler, das motiviert einen, gerade in einer Einzelsportart wie Windsurfen. Auf Norderney habe ich das Gefühl: Du wirst kleingehalten – bewusst oder unbewusst. Dass ich all diese Titel gewonnen habe, wurde für viele Leute hier so normal wie Ebbe und Flut, nicht mehr der Rede wert. Auf Sylt fühlt sich das anders an: Da wissen die Leute, was ich erreicht habe, und das lassen sie mich spüren.

So prägte auch Norderney meinen Charakter. Mit Anfang zwanzig wurde mir das klar: Wenn ich der Beste der Welt werden will, muss ich mich ändern. Auch mal Dreckschwein sein. Ein Egoist, dem alles andere egal ist. Ich hätte mich mental von dieser Insel lösen müssen –

und auch geografisch. Nach Hawaii ziehen, so wie es alle Topleute tun. Dort herrschen einfach die besten Bedingungen: Wind, Wetter, Wellen. Hawaii aber mag ich bis heute nicht. Gerade am North Shore, wo die Profis trainieren, ist mir zuviel Getue, da herrscht ein enormer Dünkel unter den Einheimischen. Das ging so weit, dass wir Europäer regelrecht angefeindet wurden. Für mich war Heimat wichtiger. »Mein Hawaii heißt Norderney«, habe ich mir gesagt, so heißt es doch in diesem Schlager.

Mein Vater starb, als ich acht war, das war hart. Meine Schwester ist sieben Jahre, mein Bruder zehn Jahre älter. Trotzdem hat mich meine Mutter nie hier festgehalten, sondern unterstützt, auch wenn ich oft auf Reisen war. Sicher war sie traurig, aber ich kam ja immer zurück. Genossen habe ich das natürlich auch: Ich komme nach Hause, meine Mutter macht Essen und wäscht meine Klamotten, ich gehe mit den Jungs an den Strand und surfe.

Als ich 33 war, starb meine Mutter. Danach schwand diese Unbeschwertheit, seither hat sich mein Blick auf die Insel gewandelt. Viele meiner Freunde haben Familie und sind fortgezogen, haben Karriere gemacht, als Pilot oder als Manager. Ich war noch erfolgreich, aber die Faszination für meinen Beruf ließ allmählich nach. Profi sein, das hat viel mit Selbstaufgabe zu tun. Es sei ein Wunder, dass ich das so lange durchgehalten habe, hat mir ein guter Freund und früherer Surf-Profi oft gesagt.

Und dann gibt es sie doch, diese Tage, die Spaß machen. Wenn ich mal mit einem Kumpel surfen gehe, der Wind kommt von der Seite, zweieinhalb Meter hohe Wellen, genau richtig zum Springen. Dieses Lebensgefühl steckt noch in vielen Leuten, die in den 80er-Jahren surften, aber nicht mehr oft auf dem Brett stehen. Es lässt sich doch wieder herauskitzeln.

Ich glaube, so ist es auch Kalle Sigges ergangen. Er führt das Strandhotel Georgshöhe, wo ich seit jeher das Fitnessstudio nutze. Er war ein begeisterter Surfer, als ich mit sieben zum ersten Mal auf dem Brett stand.

Und meine abenteuerliche Fahrt von Norderney nach Sylt 2011 hat uns wieder neu zusammengebracht. Er steuerte das Begleitboot.

Einmal quer über die Deutsche Bucht surfen, das hatte nie jemand versucht. Die Idee dazu hatte ich schon über zwanzig Jahre gehegt. Ich weiß noch, wie ich mit meinem Kumpel Eilt Wessels 1991 von Norderney nach Helgoland surfte, das liegt ja immerhin auf halbem Weg. Wir waren kaum angekommen, da sagten wir: Als nächstes fahren wir nach Sylt.

Dafür braucht es aber perfekte Bedingungen. Wind aus Westen, mit der Stärke 5 bis 6, und das muss über Stunden konstant sein, auf der gesamten Strecke. Außerdem benötigten wir eine Sondergenehmigung, damit Kalle mit seinem Boot die großen Schifffahrtslinien kreuzen durfte. Ich als Surfer habe damit gar keine Probleme.

Und vor Schiffen war mir nie bang. Wenn ich einen 300-Meter-Pott erspähe, fahre ich schon mal bis auf dreißig Meter ran und mache Fotos. Da sagen sicher viele: Wie abgefahren ist das denn! Oder unsere Fähren rammen, ein beliebtes Spiel. Ich nehme mein Slalombrett und begleite die, fahre zwischen den Schrauben, sodass du vom Fahrzeugdeck meinen Mast berühren kannst. Einmal sprang ich von der fahrenden Fähre runter. Erst das Brett, dann ich hinterher. Viele halten das bestimmt für verrückt, aber ich beherrsche diese Sportart. Zum Glück weiß das auch der Steuermann.

Von Norderney nach Sylt zu surfen ist für einen Profi anstrengend, aber machbar. Das Problem ist der Kopf. Es geht vier Stunden in die gleiche Richtung. Das machst du sonst nie, es kommt ja immer eine Halse oder Wende. Die Belastung ist also extrem einseitig. Ich fahre am Strand los und fahre und fahre. Ich schaue auf die Uhr, und es sind erst fünf Minuten vergangen.

Nichts gegen diese schöne Hochsee-Insel, aber das Schlimmste an dem Sylt-Abenteuer war Helgoland. Der rote Felsen tauchte irgendwann schräg rechts vor mir auf. Ich sah ihn fast zwei Stunden lang, weil er so hoch aus dem Meer ragt. Das machte mich fast wahnsinnig, ich dachte:

Das kann nicht sein, diese Drecksinsel will nicht näher kommen! Ich fuhr an ihr vorbei, und danach sah ich sie, wann immer ich zurückblickte, wieder eine Ewigkeit lang.

Zwischendrin schoss mir durch den Kopf: Ich ziehe gerade meinen Traum durch. Kein Land mehr in Sicht. Mutterseelenallein auf der Nordsee. Segler kennen das, Surfer nicht. Spektakulär. Wie oft im Leben surfe ich von Norderney nach Sylt? Genau einmal. Und wie üblich bei solchen Dingen: Es passieren Missgeschicke, die sonst nie passieren.

Ein Flüchtigkeitsfehler, das Segel kippte nach vorn und wurde von der Deutschlandfahne von Kalle Sigges Boot aufgespießt. Zum Glück nur ein kleines Loch, ich konnte das Segel weiterbenutzen. Ein neues aufzuziehen hätte uns sicher 25 Minuten gekostet – fraglich, ob die Windverhältnisse lang genug angehalten hätten.

Endlich kam Land in Sicht, da war ich wie gedopt. Eine letzte Verpflegungspause, und beim Wasserstart das nächste Malheur: Das Brett schoss nach vorn, und ich rammte mir die Finne ins Bein. Ist mir nie zuvor passiert. Kurz danach war es geschafft, am Strand von Hörnum war nur noch Freude. Nach Sylt in vier Stunden, das schafft mit dem Auto keiner.

Für mein Karriereende habe ich mir Sylt ausgesucht, der World Cup im September. Dort fing meine Profi-Laufbahn an, dort soll sie enden. Ich habe zusammengerechnet: Zwei Jahre meines Lebens habe ich auf Sylt verbracht. Mit den Syltern verstehe ich mich gut, weil ich Insulaner bin, wie sie. Ich sehe dort nur das Positive. Die schönen Häuser von Kampen. Fahre hoch zu Gosch, gehe in die Sansibar und treffe Freunde. Sylt hat ähnliche Probleme wie wir auf Norderney – aber ich nehme sie nur auf meiner eigenen Insel wahr: der Zoff, die Engstirnigkeit, der Neid.

Das ist eigentlich sehr schade, denn wir haben ja so viel Gutes, und unsere Urlauber genießen das. Die Magic, die Romantik und Schönheit, die Ruhe. Wenn ich zu den Nachbarinseln rübersurfe, mein Zeug am Strand ablege und umherspaziere, habe ich dieses Urlaubsgefühl selbst.

Ich wünsche mir, dass ich mich häufiger daran erinnere, welch ein Segen Norderney auch sein kann. Und was für ein Glück ich habe.

Bernd Flessner, *Jahrgang 1969, ist auf Norderney geboren und startete von dort eine in Deutschland einmalige Karriere als Profi-Surfer. Er gewann zahlreiche Europa- und Weltmeistertitel sowie Deutsche Meisterschaften.*

Jack
Wolfskin

JUIST

ZWISCHEN DEN DAUERWELLEN

Im Salon von Uda Haars geht es nicht nur um Föhnen und Schneiden. Ihr Studio ist ein Treffpunkt und die Friseurmeisterin könnte so etwas sein wie die Inselchronistin mit Schere. Wenn sie wollte.

Uda, haste schon gehört?« Diese Frage stellt man mir häufig. Mein Friseursalon *Haars* in der Wilhelmstraße ist inzwischen der einzige auf Juist. *Haars* ist kein Künstlername oder eine Erfindung. Ich heiße wirklich so. Haars, ein lustiger Nachname für eine Friseurin. Das ist so, als würde ein Rennfahrer Toni Vollgas heißen oder ein Ärztin Alexandra Autsch. Auf meinen zehn Frisierstühlen geht es nicht nur um Schneiden, Waschen, Föhnen, soviel ist klar. Die neuesten Geschichten, Geheimnisse oder das, was davon übrig geblieben ist, das ganze informelle Inselleben spielt zwischen Trockenhauben und *Gala*. Ich erfahre meist zuerst, wer mit wem Streit hat, wer sein Haus verkauft oder wer krank ist. *Haars* könnte eine Börse für Klatsch und Tratsch sein, wenn man wollte.

Ich will das lieber nicht.

Gerüchte machen schnell die Runde auf unserer Insel, denn weit haben sie es nicht. 1772 Menschen leben auf 53° 41' Nord, wenige hundert Meter neben dem siebten Breitengrad, der genau durch den Hafen verläuft. Wer mit dem Flugzeug anreist, der sieht, dass Juist – zwischen Borkum und Norderney gelegen, also in der Inselkette Ostfrieslands die zweite Insel von links – ein spezielles Eiland ist. Siebzehn Kilometer lang, aber nicht mal einen Kilometer breit, sieht meine Insel von oben aus wie ein Schlauch aus Dünen. An der schmalsten Stelle misst Juist nur fünfhundert Meter. Wegen der schmalen Fahrrinne und starken Tiden braucht die Fähre anderthalb Stunden zu uns. Manchmal sitzt sie auf einer Sandbank fest und muss von den Seenotrettern freigeschleppt werden.

Töwerland nennen wir unsere Insel auch, vom friesischen *töver*, Zauber, und Juist ist auch nach mehr als fünfzig Jahren mein Zauberland. Ich liebe meine Insel, den Strand, die Natur, die Leute, die hier wohnen. Schon als Kind habe ich in den Dünen gespielt. Cowboy und Indianer, es war eine Jugend wie in einem Kinderbuch von Astrid Lindgren. Mein Freund wohnt ein paar Inseln weiter, auf Wangerooge, da bin ich regelmäßig. Manchmal fahre ich zu einem Seminar und jedes Jahr zur

Friseurmesse nach Düsseldorf, um auf dem neuesten Stand zu bleiben. Ab und zu gönne ich mir einen Urlaub. Aber sonst bekommt man mich nicht runter von meiner Insel.

Ich bin geboren auf Juist, wie mein Vater und meine Oma. Meine Urgroßeltern sind sehr früh nach Juist gezogen und haben geholfen, die Insel zu beleben. Opa Rudolf Haars kam 1919 mit einem Friseurstuhl an. Meine Großmutter, die nach Hannover geschickt worden war, um in gutem Hause zu lernen, wie man einen Haushalt führt, hatte ihn in einem Park kennengelernt. Die Insulaner sagten: »Bring ihn mit, Johanna!« Der damals einzige Frisör war als Soldat im Ersten Weltkrieg gefallen. Zunächst arbeitete Opa Rudolf in einer Baracke, doch schon bald lief das Geschäft so gut, dass er einen Laden im Hotel Friesenhof in der Strandstraße pachten konnte. Meine Eltern haben dann 1959 in der Wilhelmstraße das Haus ihrer Eltern vergrößert und einen Salon eröffnet. Nach Opas Tod lösten sie den Salon in der Strandstraße auf.

In den goldenen Zeiten, den 1960er-Jahren, gab es fünf Friseursalons auf Juist. Die Menschen gingen damals häufiger in den Salon: die Herren, um sich rasieren zu lassen, die Damen, damit die Haare hochgesteckt wurden. Doch wir haben auch heute reichlich zu tun. Die meisten Kunden sind Stammgäste, die jedes Jahr und oft mehrmals zum Urlaub kommen. Einige machen seit Generationen auf Juist Ferien vom Alltag. Ich habe Kinder aufwachsen sehen und durfte beobachten, wie sich Familien entwickeln. »Na Uda, wie war der Winter?«, fragen sie dann. »Was gibt es Neues?«

Ich habe nichts gegen einen gepflegten Plausch, doch Lästereien mag ich gar nicht. Dann schweige ich einfach, das sagt genug. An meiner alten Anker-Kasse, die vorne auf dem Tresen steht, ist ein Aufkleber: »Arschlecken dreifuffzig, mit Rasieren dreiachtzig.« Auch private Probleme mag ich eigentlich gar nicht wissen. Was soll ich denn dazu sagen? Und es ist nicht schön, wenn jemand die ganze Zeit redet, ohne Punkt und ohne Komma, und man irgendwann das Gefühl bekommt, dass die Ohren sausen. Im Allgemeinen sind unsere Kunden aber wirklich freundlich und gut gelaunt. Sie sind in Urlaubslaune, sie haben Zeit, sie sind entspannt und großzügig. Ich habe einen Vergleich, denn ich habe auch schon in Deutschland gearbeitet. Als ich noch jünger war und mir mein Töwerland für einige Jahre zu eng wurde. Meiner beruflichen und persönlichen Entwicklung tat das gut. Schon während der Lehrzeit schickten mich meine Eltern in den ruhigen Wintermonaten fort. Nach Forchheim in Oberfranken und nach Darmstadt, und als Gesellin arbeitete ich saisonal im Kleinwalsertal, in Zermatt, München und Frankfurt. Als 1990 mein Vater starb, blieb ich auf Juist, um meine Mutter zu unterstützen.

Was alle Insulaner umtreibt, ist der Ausverkauf der Insel. Das ist vermutlich auf allen Eilanden Thema. Immer mehr solvente Herrschaften vom Festland kaufen sich eine Wohnung oder ein Haus, das sie untervermieten oder nur selten nutzen. Für uns Ureinwohner wird das Leben immer teurer, die Lebensqualität nimmt ab. Wenn es weiter so geht, werden irgendwann nur noch Touristen und Saisonkräfte hier wohnen, und die Insel wird in den kalten Monaten leer stehen wie ein altes Haus. Ich merke es am Konfirmationstag. Es ist nur noch eine Handvoll junger Menschen, die ich am Sonntagmorgen zu kleinen Damen und Herren frisieren darf. Die Konfirmation ist ein Höhepunkt des Jahres. Dann schließe ich schon um 7.30 Uhr den Laden auf, und die Damen der Insel bekommen »schicke Köppe«, wie ich das nenne.

Ich mag das ja gerne im Winter, wenn es ganz einsam ist. Wenn wir unter uns sind. Wenn der Wind um die Häuser heult und der Ostwind den Sand über den Strand fegt. Ist der Sturm etwas eingeschlafen, gehe ich am Spülsaum spazieren und schaue, ob etwas Interessantes für mich angetrieben ist. Anschließend mache ich es mir bei einem heißen Ostfriesentee mit Kluntjes gemütlich. Ich liebe es auch, wenn wir eingeschneit sind und die Fähre wegen des Eisgangs nicht anlegen kann. Ich mag die Einsamkeit und die Stille. Ruhe haben wir immer reichlich auf unserer kleinen Insel, aber im Winter ist es immer besonders schön. In früheren Zeiten muss es dramatisch gewesen sein, wenn Juist einfror.

Heute haben wir alle Tiefkühlschränke voller Pizza und Gemüse, und nur frische Lebensmittel können knapp werden. Wenn die Fähre nicht fährt, landen trotzdem die Flieger auf Juist. Muss schon viel passieren, dass die mutigen Piloten der FLN nicht abheben. Von mir aus darf es aber Tage geben, an denen gar niemand kommt.

Wenn ich alles festhalten würde, was ich so erlebe, dann könnte man mich eine Inselchronistin mit Schere und Föhn nennen. Ist aber nicht so. Abends, wenn ich den Laden abschließe, habe ich das meiste schon wieder vergessen.

Uda Haars, *Jahrgang 1961, ist Chefin des traditionsreichen Friseursalons »Haars« und vermietet Ferienwohnungen. Sie engagiert sich für die Inselstiftung Juist.*

VOM STÜRMER ZUM TÜRMER

Er ist der erfolgreichste Spieler in der Geschichte des deutschen Insel-Fußballs. Über 1500 Tore erzielte Jonny Vestering für den TSV Langeoog. Und noch immer ist er ein Aufsteiger: Täglich erklimmt der frühere Stürmer die Treppen des denkmalgeschützten Wasserturms.

Unter meinem tatsächlichen Namen kennt mich hier auf Langeoog kaum jemand. Der ist Jan-Gerhard Vestering. Als Jonny Vestering dagegen bin ich auf der Insel eine Berühmtheit. Es gibt ein Jonny-Vestering-Stadion und eine Jonnys Straat. Alle Männer in meiner Familie werden seit Generationen Jonny genannt. Gesprochen: Jonnie. Aber ich bin derjenige, der diesen Namen auf die Stadiontafel gebracht hat. Und darauf bin ich verdammt stolz.

Ich kann mich noch an den Moment erinnern, als diese Ehrung verkündet wurde. Es war im Jahr 1987 nach einem Fußballspiel des TSV Langeoog. Jemand sagte zu mir: »Jonny, wir wollen dir etwas zeigen.« Ich wusste von nichts. Dann wurde eine Blechtafel enthüllt mit meinem Namen. Ich war so platt, ich konnte überhaupt nichts sagen. Normalerweise werden Straßen, Stadien oder egal was ja erst etliche Jahre nach dessen Tod nach einem Menschen benannt. Aber die Langeooger haben das gemacht, als ich noch lebte. Die haben sich gesagt: Komm, wir machen das und fertig. Sie wollten mich damit für meine Verdienste um den Verein ehren, bei dem ich schon im Alter von neun Jahren Mitglied geworden war.

Man kann sagen: Fußball ist mein Leben. Ich spiele seit meiner Jugendzeit. Auch heute noch. Ich kann zwar nicht mehr gut sehen, weil ich seit über zwanzig Jahren eine schwere Augenkrankheit habe, aber mit dem Ball kann ich trotzdem noch umgehen. Ein guter Techniker war ich allerdings nie. Meine Stärke war immer meine Schnelligkeit, ich war sehr agil. Wenn der Ball in den Strafraum kam oder der Torwart den Ball fallen ließ, war ich zur Stelle. Ich war aber nicht nur Stürmer, sondern auch Verteidiger, Mittelläufer und Torwart.

Wenn man auf einer Insel Fußball spielt, muss man auf ein paar Besonderheiten achten. Bei Sturm kommt es vor, dass der Torwart einen Abschlag macht, der Ball zehn Meter weit fliegt und dann direkt wieder zu ihm zurückkommt. Bei uns bedeutete das deshalb, dass wir den Ball flach halten mussten. Mir kam das mit meiner Schnelligkeit entgegen. Und es galt bei uns immer eine Regel: Wenn wir die Platzwahl gewinnen, spielen wir mit dem Wind, der Sonne und dem auflaufenden Wasser, also mit der Flut. Das hatte natürlich keinen direkten Einfluss aufs Spiel. Es war mehr ein Aberglaube, mit dem wir uns motiviert haben.

In meinem Leben habe ich etwa 2000 Spiele bestritten und dabei 1500 Tore geschossen. In einer Saison waren es sogar mal fünfzig. Ich war so gut, dass ich, als ich siebzehn Jahre alt war, eines Sonntags bei den Herren spielen sollte. Das durfte man aber erst ab achtzehn. Also sollte ich auf den Pass eines anderen spielen. Der hatte allerdings schwarze Haare – ich war blond. Also gaben sie mir ein Shampoo, mit dem ich mir die Haare färben sollte. Und wie der Teufel es will, regnete es an diesem Tag. Ich ging zum Platz, und mein großes Glück war, dass das Spiel ausfiel. Denn mir lief die ganze Suppe übers Gesicht.

Meine Verdienste als Spieler waren aber nicht der einzige Grund, warum mir mit fünfzig Jahren die besondere Ehre eines nach mir benannten Stadions zuteil wurde. Das lag auch daran, dass ich schon mit 25 Jahren Trainer der Jugendmannschaften wurde und später auch Spartenleiter. Alle Langeooger, die in den vergangenen dreißig Jahren Fußball gespielt haben, sind durch meine Hände gegangen.

Alle zwei Wochen mussten wir für die Spiele aufs Festland, und da mussten wir die Termine immer so deichseln, dass ich mich um alle Mannschaften kümmern konnte. Ein typisches Wochenende sah dann so aus: Am Freitag spielte die B-Jugend, am Samstag die A-Jugend und am Sonntag die Herrenmannschaft, in der ich selbst mitgespielt habe. Bei Hochwasser fuhren wir jeweils mit dem Schiff nach Bensersiel, dort wartete ein Bus auf uns und brachte uns zu den Spielorten. Manche waren fünfzig, sechzig Kilometer entfernt, nach den Spielen musste es deshalb oft schnell gehen, um wieder rechtzeitig zum Hafen zurückzukommen. Für viele Kinder wurde ich dadurch zu einem guten Freund, weil ihre Eltern nicht mitkamen. Und wenn Not am Mann war, zog ich als Platzwart auch die Linien mit Kreide. Meine Frau habe ich mit 21 Jahren geheiratet, jahrelang sah sie mich an den Wochenenden nur, wenn ich ins Bett kam. Ich habe das alles aber sehr gern gemacht. Ich bin ein unruhiger Typ, ich muss mich immer bewegen.

Zu meinem schönsten sportlichen Erlebnis kam es ausgerechnet in meinem Abschiedsspiel im Alter von 56 Jahren. Das fand zu der Zeit statt, als der SC Freiburg im Sommer regelmäßig seine Trainingslager auf Langeoog abhielt, im August 1993. Der TSV Langeoog durfte gegen einen Bundesligisten antreten, das war eine große Sache auf der Insel. zwanzig Minuten vor Schluss wechselte ich die Seiten. Ich bekam das Trikot von Maximilian Heidenreich, einem gebürtigen Hannoveraner, und spielte mit aktuellen und künftigen Nationalspielern wie Jörg Heinrich und Jens Todt in einer Mannschaft. Das werde ich nie vergessen.

Heute spiele ich noch im Training mit den Jüngeren mit oder wenn die Alten Herren mal ein Spiel haben. Das passiert aber nicht mehr oft. Bis vor einigen Jahren stand ich auch noch auf dem Platz, wenn es zum Spiel der Gäste gegen die Insulaner kam. Das geht auf eine Initiative der Kurgäste vor fünfzig Jahren zurück, die sich damals am Strand organisiert hatten und gegen uns angetreten waren. Die Einnahmen spenden wir für krebskranke Kinder. Aber was soll ich heute noch unter all den jungen Leuten?

Damit ich trotzdem in Bewegung bleibe, habe ich direkt mit dem Beginn meiner Frührente den Job im Wasserturm übernommen. Ich wurde vom Stürmer zum Türmer. Den Namen habe ich 2009 bekommen, zum hundertsten Geburtstag des Turms.

In Rente musste ich schon 1994 gehen, wegen meiner Augen. Bis dahin hatte ich in vielen Berufen gearbeitet. Ich habe Maler gelernt und war mit diesem Beruf auch mehrere Male für jeweils einige Monate auf dem Festland. Aber ich wollte immer wieder zurück auf die Insel. Ich bin nicht für die Stadt gemacht. Ich liebe die Ruhe und die Freiheit.

Auf Langeoog fahren keine Autos, deshalb gibt es hier auch keinen Benzingeruch. Was soll ich da woanders? Deshalb war ich lange Jahre Hausmeister in der Volksschule. Als wir dort aus der Wohnung mussten, weil die für Lehrer vorgesehen war, ging ich zu einem Bekannten aus dem Fußballverein und fragte ihn, ob er uns helfen kann, ein Haus zu finanzieren. Mit einem Kredit kauften wir uns dieses Haus, in dem wir bis heute wohnen, und eröffneten eine Pension. Die betreibt heute unsere Tochter. Denn mit 57 war mit alledem Schluss.

Mein letzter Arbeitstag war der 31. Juli. Gleich am 1. August fing ich im Wasserturm an. Er ist das Wahrzeichen von Langeoog. In der Sommersaison bin ich an jedem Werktag für zwei Stunden da, lasse Leute nach oben, damit sie über die Insel gucken können, und erkläre die Geschichte des Turms. Er wurde 1909 als Wasserspeicher erbaut. Er steht oben auf den Dünen und versorgte die ganze Insel mit Trinkwasser. Durch den Eigendruck des Wassers gelangte es in alle Häuser. Seit 1992 kommt es aus dem Wasserwerk, und der Turm ist eine Touristenattraktion.

Ich muss zwar jeden Tag viermal die vierhundert Treppenstufen hoch und wieder runter, aber ansonsten ist es keine schwierige Aufgabe. Wichtig ist, dass man dabei nett und höflich bleibt. Ich verstehe mich auch als Botschafter der Insel. Und oft kommt es vor, dass Gäste in den Turm kommen und tuscheln: »Das ist der, von dem ich dir erzählt habe.« Oder: »Der ist hier berühmt, weil er Fußball gespielt hat.« Es gibt viele Gemälde und Fotos von mir, die mich zusammen mit dem Turm zeigen. Sie stammen von Leuten, die mir eine Freude machen wollen. Es sind so viele, dass ich sie gar nicht alle aufhängen kann. Dann wäre unsere ganze Wohnung damit tapeziert.

Jonny Vestering, *Jahrgang 1937, geboren in Emden, arbeitet als »Türmer« im Wasserturm, dem Wahrzeichen der Insel Langeoog. Nach ihm wurden das Stadion der Insel und eine nah gelegene Straße benannt. Er ist seit 1958 verheiratet. Seine Tochter führt die familieneigene Pension. Der Sohn, der ebenfalls Jonny genannt wird, betreibt eine physiotherapeutische Praxis in Pyrmont.*

EIN KLEINES BISSCHEN STRANDRÄUBER

Selbst auf der kleinsten Insel gedeihen miese Gerüchte. Die Griebels hätten einen gestrandeten Frachter geplündert, hieß es. Die Toilette ihrer Gaststätte sei versifft, raunte man. Lüder Griebel hat sich davon nie beirren lassen. Heute brummt sein Laden – und ein Souvenir des Havaristen ziert noch immer seine Bar.

Das Schöne bei uns ist: Auf Neuwerk sind alle gleich. Egal, wie reich jemand ist oder wie arm, welcher Schicht er auf dem Festland angehört, ob er ein Professor ist oder ein Arbeiter – wer regelmäßig hierher kommt, ist Teil einer großen Familie. Wer hier auftritt und mit seinen Millionen prahlt, ist schnell weg vom Fenster. Der findet keine Freunde. Und nach ein, zwei Jahren kommt so jemand nicht mehr. Diejenigen, die hierher passen, sind dagegen alle vom selben Schlag. Das merkt man nach ein, zwei Sätzen. Ich könnte mir keinen schöneren Ort zum Leben vorstellen.

Wenn man so will, gehört unsere Familie zum Inselinventar. Der erste Griebel kam vor 150 Jahren, weil er hier hergeheiratet hatte. Er hatte drei Söhne, jeder von ihnen besaß seinen eigenen Hof. Zu dieser Zeit gab es hier nur fünf Familien. Deshalb gehörte Neuwerk den Griebels fast allein. Heute sind es doppelt so viele Familien, aber die Griebels sind immer noch eine Bekanntheit. Das liegt zum einen daran, dass wir das einzige Vier-Sterne-Hotel auf der Insel und gleich daneben den *Anker* haben, meine Kneipe, die ich 1974 eröffnete. Und zum anderen daran, dass mein Vater, ich und unser Nachbar Hein von Kroge vor knapp vierzig Jahren als die letzten Strandräuber von Neuwerk in die Inselgeschichte eingegangen sind. Dabei haben wir den Hauptteil der Beute gar nicht abbekommen.

Auf einer Sandbank vor Scharhörn, etwa acht Kilometer von hier entfernt, lief bei einem Sturm ein Frachter aus Griechenland auf Grund, die *Emmanuel M.* Zehn Tage lang haben danach Schlepper erfolglos versucht, den Kahn wieder ins Meer zu ziehen. In genau dieser Zeit fuhr mein Onkel mit dem Wattwagen nach Saalenburg bei Cuxhaven. Das Besondere bei uns ist: Man kann von Neuwerk durchs Wattenmeer bis direkt zum Festland fahren – allerdings nur bei Ebbe. Man muss genau wissen, wann man sich beeilen muss, Land zu erreichen. Wir leben hier mit den Gezeiten. So wie die Menschen in den Großstädten den U-Bahn-Fahrplan kennen, haben wir im Kopf, wann das Wasser steigt und wann es wieder abläuft.

Auf dem Rückweg blieb Onkel Werner mit seinem Wagen in einer Rinne stecken, musste ihn deshalb, als die Flut kam, zurücklassen und ging mit den Pferden zu Fuß nach Hause. Also sind wir am nächsten Tag los, um den Wattwagen rauszuhebeln. Einer hatte eine Buddel Jägermeister dabei, und als wir mit dem befreiten Wattwagen wieder hier ankamen, waren wir voll wie die Eimer.

Am nächsten Morgen landete hier ein Polizeihubschrauber, weil die Lagerräume in der *Emmanuel M* leer geräumt waren. Zigaretten, Käse, Schnaps, aber auch Schreibmaschinen und der ganze Tüddelkram – alles weg. Wir hatten damit nichts zu tun, es waren die Schlepper, die sich zehn Tage lang bedient hatten. Aber weil wir tags zuvor betrunken auf der Insel angekommen waren, hieß es, wir seien es gewesen. In der Zeitung stand: »Heiße Spuren führen nach Neuwerk.«

Das hatte bestimmt auch damit zu tun, dass mein Vater schon einmal wegen Seeräuberei vor dem Kadi gestanden hatte. Vor Scharhörn war ein Schiff gestrandet, dessen Besatzung mein Vater und seine Kollegen so'n büschen zwangsgerettet hatten. Sie hatten sich mit zwei Wattwagen auf den Weg gemacht. Der erste fuhr vorne herum zum Schiff und man sagte der Besatzung: »Jungs, das Schiff säuft ab, ihr müsst in dieser Tide von Bord.« Die Leute waren bald so vollgesabbelt, dass sie im Wattwagen mit nach Neuwerk fuhren und von da aus sofort aufs Festland. Zeitgleich luden die anderen Neuwerker den Hänger des zweiten Wattwagens voll. Der war inzwischen von der anderen Seite an das Schiff herangefahren. Weil mein Vater und die anderen Neuwerker die Besatzung gerettet hatten, wurden sie aber nicht verknackt.

Als die Polizei wegen der *Emmanuel M* bei uns in der Küche saß, machte sich mein Vater über die Polizisten lustig. »Na, ihr seid aber auch langsamer geworden«, sagte er. »Früher wart ihr ja ein bisschen schneller.« Anschließend wurden wir einzeln verhört. Als ich an der Reihe war, sagte der Polizist zu mir: »So, min Jong, weißt du, was ich hier habe? Ein Foto, auf dem du auf der *Emmanuel M* zu sehen bist.« Ein Bluff.

»Das kann gar nicht sein«, konterte ich. Ich hatte ja ein reines Gewissen. Damit war das vom Tisch.

Ein Jahr später hat das Schiff ein Holländer gekauft. Der wollte es mit Winden ins Meer ziehen, in einen Hafen bringen und dort ausschlachten. Damit war er allerdings jahrelang beschäftigt. Und wir haben immer wieder dabei geholfen. Deshalb waren wir auch oft mit unserem Wattwagen da. Und in dieser Zeit haben wir dann geholt, was noch zu holen war. Es war allerdings nicht einfach, an Bord zu kommen. Der Bug war 25 Meter hoch. An Bord gab es drei lange Leitern, aber die waren alle eingeklappt. Ich war der junge Fiddelheini. Also musste ich an der Ankerleine entlang nach oben klettern, durch das Bullauge krabbeln und dann eine der Leitern herunterlassen.

Wie mein Vater und Hein von Kroge dann an Bord kamen und durchs Schiff gerannt sind! Das kann man nicht beschreiben. Ich war vorher nie auf so einem Schiff gewesen, aber die beiden wussten genau, wohin sie mussten. Sie waren zwei Stunden nicht zu sehen, dann kamen sie mit allem zurück, was sie tragen konnten. Der von Kroge war nicht mal einen Meter siebzig groß und kriegte keine fünfzig Pfund von der Erde, trotzdem schleifte er eine riesige Lukenpersenning übers Deck. Dem Holländer war das egal, der war nur interessiert am Schiff. Für den war das, was wir von Bord geholt haben, Klüdderkram. Deshalb konnte ich es mir nicht verkneifen, das Steuerrad mitzunehmen. Und das hängt noch heute bei uns im *Anker.*

Mein *Anker,* mein Lebenswerk! Wenn ich heute auf den vierzehn mal acht Metern sitze, mit denen damals alles angefangen hat, bin ich stolz. Wir haben hier ganz schön etwas geschaffen. Aber bis es so weit war, mussten meine Frau und ich eine Zeit überstehen, in der wir manchmal nicht mehr wussten, wovon wir leben sollten. Das war ganz schön eng.

Los ging es ein paar Jahre nach der Episode mit der *Emmanuel M* Ich war das vierte Kind auf dem Hof. Eigentlich wollte ich Autoschlosser werden, aber weil meine Schwester und die zwei Brüder jeweils etwas anderes gelernt und den Hof verlassen hatten, sollte ich ihn übernehmen.

Ich habe meine Frau kennengelernt, wir haben geheiratet und die erste Tochter bekommen. Meine Eltern hatten nicht viel Geld und ich wollte mir etwas dazuverdienen, also habe ich in einem alten Holzschuppen auf dem Hof eine kleine Bar eingebaut. Ich habe tagsüber den Hof gemacht und abends für Gäste Bier ausgeschenkt. Das ging so zwei Jahre lang.

Dann musste ich die Bude dicht machen, weil ich keine Toilette hatte. Jemand hatte mich verpfiffen. Hier war es früher so: Nach außen halten alle zusammen, aber bei den Neuwerkern untereinander gönnt der eine dem anderen nicht das Schwarze unter den Fingernägeln. Heute hat sich das gelegt, aber damals gab es sogar eine Rivalität zwischen dem Norden und dem Süden der Insel mit regelmäßigen Prügeleien und so Schüdderkram. Das war wie in *Der große Graben* bei Asterix und Obelix.

Nachdem ich die Hofbar hatte schließen müssen, vererbte mir mein Vater ein Stück Land. Auf dem baute ich einen kleinen Schuppen: vierzehn auf acht Meter groß, mit einem Boot über dem Tresen, und komplett mit dunklem Holz vertäfelt. Ich habe mir von Beginn an viele Gedanken um die Einrichtung und die Atmosphäre gemacht. Es sollte ein gemütlicher Ort werden. Und trotzdem blieb der *Anker* im ersten Jahr fast durchgehend leer.

Ab und zu kamen die jungen Einheimischen, aber die Inselgäste ließen sich nicht blicken. Ursprünglich war der Plan gewesen, es so zu machen wie auf dem Hof meiner Eltern: tagsüber Landwirtschaft und abends Kneipe. Aber irgendwann ging das nicht mehr, weil ich mit der Finanzierung nicht nachkam. Also musste mein Bruder, der in Köln Jockey gelernt hatte, nach Hause kommen und den Hof übernehmen. Und ich habe mich auf die Gastronomie konzentriert.

Warum keiner kam? Es wurde schlecht über uns gesprochen. Zwei Jahre, dann sind die weg vom Fenster, sagte man über uns. Um nachzuhelfen, hieß es zum Beispiel: Die Toiletten sind nicht sauber. Da wurde ich natürlich bissig. Aufgeben kam nicht in Frage.

In unserem zweiten Jahr gab es einen Schlüsselmoment. Es war furchtbar schlechtes Wetter, als ein Gast aus Hamburg zur Tür hereinkam. Er guckte sich um, bekam den Mund nicht mehr zu. »So sieht das also hier aus«, sagte er. Er ging auf die Toilette, wo alles sauber und ordentlich war. Dann sagte er: »Also, was hier erzählt wird, was das für ein Saftladen sei … Das ändere ich heute! Ihr backt jetzt einen Kuchen und ich komme heute Nachmittag mit zwanzig Mann zum Kaffee. Ich sammle die Leute von ganz Neuwerk zusammen.« Er hielt Wort, und damit war der Bann gebrochen. Danach konnte keiner mehr erzählen, wie dreckig hier alles sei. Und von da an ging es stetig bergauf.

Nach und nach haben wir den *Anker* vergrößert. Wir haben eine große Küche angebaut, in der wir an Spitzentagen heute vierhundert Essen zubereiten, und einen geräumigen Gastraum, in dem wir die Speisen servieren. Dann kamen das *Tüdelüt* im Garten dazu, wo wir Brot backen und Würste grillen, und die *Watt-Oase* – das ist ein Buffet mit Steinofenbrot, Lachs, Matjes, Wurst und Käse, das wir regelmäßig im Wattenmeer aufbauen. Eines Tages kam mein Sohn zu mir und sagte: Lass uns ein Hotel bauen. Er hatte eine Ausbildung zum Hotelkaufmann auf dem Festland absolviert und in renommierten Häusern gearbeitet.

Für mich war von Beginn an klar, dass ich ihm dabei die Verantwortung übertragen würde. Meine Eltern hatten so etwas anders gehandhabt, das war mir immer im Rücken gelegen. Bei uns sind Vater und Sohn nahezu gleichberechtigt, zwischen dem Hotel *Nige Huus* und dem *Anker* gibt es eine direkte Verbindung.

Mein Sohn ist der geborene Hotelmanager, ich bin mit Leib und Seele Kneipier. Bei uns vermischt sich der traditionelle Seemannsstil mit dem eines modernen Hotels. Denn um die Einrichtung der Zimmer und die Renovierungsarbeiten, die im Winter regelmäßig anstehen, kümmern sich alle gemeinsam: meine Frau, meine Schwiegertochter, mein Sohn und ich. Da wird oft diskutiert, und am Ende kommen wir zu einem Ergebnis, mit dem alle zufrieden sind.

Meine Frau und ich wollen uns jetzt langsam verdrücken. Als ich 65 wurde, gaben wir die Führung an unsere Kinder ab. Für meine Frau und mich hat sich dadurch allerdings wenig geändert. Wir müssen noch genauso arbeiten. Es gibt einfach zu viel zu tun, und es ist nicht einfach, Leute vom Festland zu bekommen, die auf Neuwerk arbeiten wollen. Wir werden noch einen Koch einstellen, damit ich nicht mehr zwölf, dreizehn Stunden in der Küche stehen muss. Wir wollen ja gar nicht komplett raus aus dem Geschäft, nur weg von der Front. Um ganz auszusteigen, machen uns die Arbeit und das Leben hier auf Neuwerk einfach zu viel Spaß.

Lüder Griebel, *Jahrgang 1946, geboren in Cuxhaven, eröffnete am 1. Mai 1974 auf der Insel Neuwerk die Kneipe »Anker«. Zwanzig Jahre später baute er gemeinsam mit seinem Sohn gleich nebenan das Hotel »Nige Huus«. In die Inselgeschichte ging er als einer der letzten Strandräuber Neuwerks ein.*

TORNADO!

Ein Sommertag unter blauem Himmel.
Christof »Tüte« Schmiegel ist mit seinem Boot unterwegs.
Doch dann braut sich ein Wirbelsturm zusammen,
wie es auf Baltrum noch keinen gab.

Auf einem Ferientraum wie Baltrum zu leben, bedeutet keineswegs, auf einer Insel der Seligen zu Hause zu sein. Nicht als Gast hierherzukommen, sondern ein Einheimischer zu sein, fühlte sich zunächst komisch an. Wir sind ein Dorf mit 480 Einwohnern mitten im Meer. Mit all dem Tratsch, den Gerüchten, mit den unsichtbaren Linien, die es in jedem Dorf gibt. Nur, dass wir vom Meer umgeben sind und es schwerfällt, sich aus dem Weg zu gehen. Hinzu kommt, dass die Leute im Norden bekanntlich von Natur aus eher verschlossen sind.

Pa Dalton zum Beispiel, wie wir unseren Nachbarn nennen, weil seine Söhne wie Orgelpfeifen aussehen. Er hat ein Jahr kein Wort mit uns geredet. Zum Richtfest unseres *Skipper's Inn,* einer Mischung aus Restaurant und Bar, hatten wir niemanden explizit eingeladen. Wir dachten:

Wer kommt, der kommt. Wir dachten, das macht man so. Das haben uns die Insulaner übel genommen. Ein Jahr hat es gedauert, bis *Pa Dalton* schließlich (mangels vieler Alternativen) unseren Laden betrat. Wir haben angefangen zu reden. Er kam öfter wieder, wir haben öfter geredet, auch heiß diskutiert. Manchmal ließ er sein volles Bierglas am Tresen stehen und stürmte wutentbrannt aus der Bar. Aber er kam immer wieder, und wir diskutierten weiter. Ich kann mir mittlerweile kaum einen besseren Nachbarn vorstellen. Es hat halt nur etwas länger gedauert.

Auch bei uns gibt es Dinge, die extrem deutsch sind. Zum Beispiel den Drang, alles und jeden mit Verboten und Vorschriften kontrollieren zu wollen. Als wir unser Haus bauten, gingen insgesamt 41 Anzeigen meiner Nachbarn ein. Meist Leute vom Festland, die Wochenenden in ihren Eigentumswohnungen verbringen und sich von Lärm und Staub belästigt fühlten. Weil aber noch niemand eine lärm- und staubfreie Baustelle erfunden hat, wusste ich nicht so recht, was ich tun sollte. Absurd wurde es, als die Polizei anrückte, weil jemand (anonym) angezeigt hatte, dass ich angeblich »kobaltbelastetes Material« im Fundament vergraben hatte. Es handelte sich um einige Badezimmerkacheln, die ich als Freundschaftsdienst für einen anderen Nachbarn in die Grube geworfen hatte. Ich sagte: »Okay, reißen Sie alles ab! Machen Sie den Boden auf! Aber: Sollten Sie nichts finden, wird das für Sie alles teuer, sehr teuer.« Fortan herrschte Ruhe.

Dass unser Hund *Idefix,* ein furchterregender Malteser-Chichu von bestimmt vier Kilo Streichelgewicht, ein Fall für die Baltrumer Gefahrenabwehrverordnung wurde, hätte ich nicht zu träumen gewagt. Um ehrlich zu sein, wusste ich vorher gar nicht, dass eine Baltrumer Gefahrenabwehrverordnung überhaupt existiert. Im Brief des Ordnungsamtes stand es so: »Trotz Kenntnis haben Sie am 22.4. gegen 08.30 Uhr Ihren Hund unangeleint im Kreuzungsbereich Hotel Fresena laufen lassen (…). Dies stellt einen Verstoß gegen §7 i.V.m. §11 der Baltrumer Gefahrenabwehrverordnung (BGefAVO) dar. Als Bürgerin der Insel ist Ihnen die Problematik bekannt!«

Zuerst schmunzelte ich, als Bürgerin der Insel. Statt zwanzig Euro Verwarngeld zu bezahlen, schrieb ich unter dem Punkt »Angaben zur Sache« auf der Rückseite: »Die Tat wird bezweifelt. Bitte entsprechendes Lichtbild vorlegen, das die Anschuldigungen beweist.« Über die Fragen, wer mich a) in Stasi-Manier angeschwärzt hatte und warum man b) beim Amt anonymen Anzeigen in dieser Form nachging, mochte ich nicht nachdenken. Schlechte Energie lohnt sich nicht. Ich dachte, der Fall *Idefix* sei mit meinen launigen Zeilen erledigt. Um das klarzustellen: Dass während der Hauptsaison Dobermänner frei herumtollen, will niemand. Ich verstehe den Sinn von Anleinpflicht. Aber darf man deswegen morgens früh auf einer völlig menschenleeren Straße einem Hund im Handtaschenformat nicht ein wenig Bewegungsspielraum lassen?

Als ich wenig später wegen einer anderen Angelegenheit ins Amt musste, stellte ich fest, dass ich naiv gewesen war. Der Beamte sah mich, regte sich fürchterlich auf, bellte etwas von Gefahrenabwehr, von Ordnungsgeldern und Gerichtskosten und einem anderen Fall, in dem ein Baltrumer Hotelier zur Kasse gebeten worden war. Ich überlegte einen langen Moment, ob ich als *Don Tüte* gegen diese menschliche Windmühle reiten sollte. Ich ließ es sein und zahlte. Die Anzeige hängt seither im Treppenhaus des *Skipper's,* vor dem Herren-WC. Sie bescherte immerhin einen der herzhaftesten Lacher. Ein Gast, ein junger Kerl, kam von der Toilette. Er sah empört aus, kramte in seiner Hosentasche und knallte einen Zwanzig-Euro-Schein auf den Tresen. Er rief: »Lasst ihn laufen! Freiheit für *Idefix!*«

Ich liebe es, nach dem ersten Kaffee mit meinem Boot *Bangvörnix* loszufahren. Früh morgens, wenn der Himmel ganz weit und nordisch ist. Die Luft riecht nach Salz, nach Seetang, nach Baltrum. Ich schiebe den Hebel nach vorne. Der Kutter von Nils, dem Fischer, ist am Horizont zu sehen. Er wirft mir einen Beutel Krabben herüber, die Stunden später in unseren Topf und auf die Mittagskarte kommen. »Fangfrisch« ist keine Werbefloskel. Mit meiner *Bangvörnix,* einem sechs Meter langen

Arbeitsboot aus Aluminium, beschleunige ich hinaus auf die See. Kaum ein besseres Gefühl.

Als ich vor einigen Jahren mein altes Leben zurückließ, meine Baufirma verkaufte und aus dem ländlichen Westfalen nach Baltrum zog, gab es im Freundeskreis einige, die sich entgeistert erkundigten, ob ich noch ganz dicht sei: Auf eine Insel ziehen? Auf eine große Düne zwischen Norderney und Langeoog, auf der es keine Straßennamen gibt und die Häuser ihre Nummern in der Reihenfolge tragen, in der sie gebaut wurden? Zog ich in die Isolation, um zu versauern? So ähnlich hörte ich das immer wieder. Es war mir egal. Ich wollte immer mit dem Meer leben. Das Meer ist meine Heimat. Ich fühle mich nur wohl, wenn die See in der Nähe ist. Selbst im Urlaub fahren meine Frau Sandra und ich oft auf eine Insel, nach Madeira oder Mallorca. Vielleicht sind wir ein wenig verrückt, mag sein. Aber wir leben unseren Traum.

Im Alter von sechzehn Monaten war ich zum ersten Mal auf Baltrum, im Urlaub mit meinen Eltern. Ich wuchs in Ochtrup auf, einer Stadt im Münsterland, an der Grenze zu Holland. Einmal nahm mich mein Vater mit nach Borkum, er war Architekt und hatte dort beruflich zu tun. Wir trafen einen Typen mit Spitznamen *Tüte*. Ich war in der dritten Klasse und sehr beeindruckt. Wieder daheim erzählte ich allen von *Tüte* – meiner Familie, in der Schule, im Schwimmverein. Es dauerte keine Woche, da hatte ich selbst den Spitznamen weg. *Tüte* ist also kein Andenken an eine wilde Drogenvergangenheit. Der Name ist eigentlich die erste richtige Spur, die eine Insel in meinem Leben hinterlassen hat.

Mit vierzehn Jahren entdeckte ich das Surfen. Später dann, während meines Architektur-Studiums, jobbte ich auf Baltrum als Surflehrer, fünf Jahre lang. Im Anschluss an mein Diplom arbeitete ich in einem Architekturbüro in Norden, dann kam die eigene Firma. Und schließlich wurde die Sehnsucht so groß, dass wir den Schritt auf die Insel wagten. Es musste sein – wir bauten das *Skipper's Inn.* Ich denke, dass viele Menschen mit solchen Ideen spielen. Aber nur wenige haben den Mut, es dann auch zu tun, wenn die Phase der warmen Gedanken vorüber ist und man sich entscheiden muss. Wie oft ich von Gästen gefragt werde, ob ich nicht einen Job hätte oder jemanden kennen würde, der einen hat, für zweitausend Euro, für eine Wohnung, das würde doch schon reichen. Meistens bleibt es bei romantischen Träumereien, einer gedanklichen Flucht. Die Familie, der Job – es passt einfach nicht. Doch der Traum fühlt sich gut an.

Meine Frau und unsere Tochter leben nun seit sechs Jahren auf diesem Sandhaufen im Meer. Unser Sohn Nils macht auf einer anderen Insel, auf Juist, seine Ausbildung zum Koch. Wir haben es nicht einen Tag bereut, im Gegenteil. Mir tun die Gäste leid, die zur Fähre müssen. Früher, als ich während der Sommersaison als Surflehrer auf Baltrum arbeitete und zurück nach Hagen musste, zum Studium, in die Stadt, zurück in eine Welt, in die ich gar nicht zurück wollte, schlich ich oft mit Tempo achtzig über die Autobahn. Schneller ging es nicht. Ich überlegte noch kurz vor dem Ziel immer wieder, einfach umzudrehen.

Seit ich mit meiner Familie auf Baltrum wohne, hat sich meine Sicht auf die Natur verändert. Es ist etwas anderes, wenn der Sturm aus Norden über das Meer kommt, wenn man die Wellen schlagen hört und selbst durch einen Neubau der Wind heult. Bei schweren Stürmen steht die Nordsee auf der einen Seite der Insel bis oben am Schutzwall, und auf der anderen Seite läuft das Watt voll. Dann wird Baltrum, die kleinste der ostfriesischen Inseln, richtig eng. Dann hat man das Gefühl, als ob einem jemand den Hals zudrückt.

Wenn man den Wetterforschern glauben soll, kommen die Stürme in den nächsten Jahren durch den Klimawandel immer heftiger. »Jahrhundertstürme« wie *Kyrill* könnten, so fürchtet mancher Experte, fast normal werden. Gerade wurde der Schutzwall am *Westkopf* von Baltrum erhöht und umgebaut, um den Brechern die Wucht zu nehmen. Zuletzt schlugen die Wellen 1985 über die Befestigung und liefen durch die Straßen der Insel. 2009 war es knapp. Schäden gab es nur wenige, denn die Häuser sind robust gebaut. Die alten ducken sich regelrecht in den Wind, die neuen sind besonders solide konstruiert. Weil die Verbindungsstraße überflutet war, mussten die Bewohner aus dem Ostdorf durch die Dünen laufen, um zu uns in den Westen der Insel zu gelangen.

Ich mag die Stürme, das Raue, das Wilde der Nordsee. Einmal aber war ich näher an den Naturgewalten, als mir lieb war. Es war ein Alptraum, der am 12. Juli 2010, einem warmen Sommertag, über unsere Insel kam. Ein Tornado.

Ich hatte gerade Freunde mit meinem Boot auf dem Festland abgesetzt, im Hafen des Fischerdorfs Neßmersiel, als mein Handy klingelte. Sandra war dran, und an der Art, wie ihre Stimme klang, merkte ich sofort, dass etwas nicht stimmte.

»*Tüte*, pass auf! Da zieht ein böser Sturm auf!« Ihre Stimme überschlug sich. »Fahr bloß nicht zurück!«

Ich dachte: Ein böser Sturm? Sie übertreibt. Ich bin in masthohen Wellen vor Baltrum gesurft, ich war bei jedem Wetter draußen. Ich kenne das Meer. Olaf, unser Inselpilot, der mit einem Motorschaden in Neßmersiel lag und mich gebeten hatte, ihn und einige Familienmitglieder zurück nach Baltrum zu schleppen, schaute in den Himmel. »Kein Problem, *Tüte*. Das Unwetter ist noch weg. Wir packen das.« Baltrum ist ein wenig wie das unbeugsame gallische Dorf, das vor nichts und niemandem Angst hat. Der erste Imbiss am Hafen heißt *Verhungernix,* mein kleiner Hund *Idefix*. Mit knapp fünf Knoten schleppte meine *Bangvörnix* Olafs Boot Richtung Insel.

Kurz vor Ende des Leitdamms, der entlang des Priels Richtung Baltrum verläuft, stockte mir der Atem. Ich hatte noch nie so etwas gesehen. Es sah aus, als ob Gott den Himmel in einen Eimer Pech getaucht hätte. Eine schwarze Wand, eine dunkle Faust aus Wolken. Ich kannte das nur aus Endzeitfilmen. Wirklich beängstigend. Zum Glück hatten mich die Jahre auf dem Surfbrett gegen Panikattacken abgehärtet. In solchen Situationen heißt es: ruhig bleiben. Ich gab ein wenig mehr Gas, um schnell hinter den Leitdamm zu kommen. Bei stärkerem Wind hätte sonst eines der Boote gegen die Steine geschleudert werden können. Wir hatten gerade die Spitze des Dammes passiert, als die Hölle losbrach: Sturm, Hagel, Starkregen. Mein Boot wurde vom Wind versetzt, der Motor setzte auf einer der Sandbänke auf, ich musste ihn hochnehmen. Olaf und seine Familie kauerten in seinem kleinen Kajütboot, während ich mich unter die fünfzig Zentimeter meines Steuerstandes quetschte, um Sandra eine SMS zu schicken. *Bangvörnix* wurde von den Wellen hin- und hergeschleudert.

Ich tippte: »Mir geht es gut, mach dir keine Sorgen.«

Dass Sandra zum selben Zeitpunkt am Hafen auf mich wartete und sich nur mit einem Sprung vor einer fliegenden Gangway gerettet hatte, konnte ich nicht ahnen. Ein Strandkorb traf eine Frau und brach ihr den Kiefer. Eltern warfen sich über ihre Kinder und Hunde wirbelten durch die Luft. Der Tornado fräste eine Spur der Verwüstung über unsere kleine Insel.

Meine Sorge galt Olafs Boot, das fünfzehn Meter hinter mir immer tiefer in die Wellen tauchte. Der Hagel hörte schließlich auf, ich fuhr den Motor wieder. Das gesamte Meer war mit Gischt überzogen, Dunst nahm mir die Sicht. Zum Glück hatte Olaf GPS an Bord. Sein Sohn stand auf dem Bug und lotste mich mit Handzeichen Richtung Baltrum. Wir waren knapp eineinhalb Kilometer abgetrieben und schon ins Fahrwasser von Langeoog geraten. Eine gefühlte halbe Stunde kämpften wir gegen den Wind, bis wir die Umrisse der Hafengebäude erkennen konnten. Als wir einliefen: strahlender Sonnenschein, klarer Himmel, kein Windhauch. Als sei nichts geschehen. Auch das war unheimlich.

Erleichtert entdeckte ich Sandra, die uns vom Frachterkai zuwinkte. Der Tornado hatte Hausdächer mitgerissen, mehr als ein Dutzend Boote durcheinandergeworfen und einige Abschnitte der Steganlage mitgenommen. Das Unwetter kostete an diesem Tag zwei Menschen in Norddeutschland das Leben. Die Schäden gingen in die Millionen. Auf Helgoland wurden elf Bewohner eines Campingplatzes verletzt, im ostfriesischen Leer beschädigte der schwere Sturm den Hafen. Mancherorts stürzten Häuser ein. Wir hatten Glück gehabt, nichts als Glück. Wir legten an und machten die Boote fest. Olaf drückte und küsste mich.

Christof »Tüte« Schmiegel, *Jahrgang 1965, ist gelernter Architekt, ehemaliger Surflehrer, Harley-Fahrer, Johnny-Cash-Fan und Betreiber des »Skipper's Inn« auf Baltrum.*

Heute wird wohl kein Schiff mehr gehen
und keiner geht vor die Tür.
Alle sind heute verschüchtert,
nur ich bin es nicht, und das liegt an dir.
Am Fenster fliegt eine Kuh vorbei,
da kommt jede Hilfe zu spät.
Ein Glas auf die Kuh und eins auf die See.

Ich liebe die See und sie liebt mich auch,
hörst du, wie sie nach mir brüllt?
Ich hätte sie niemals verlassen soll'n,
das ist, was sie mir klarmachen will.
Wenn hinter uns nicht der Deich wär',
käm' jede Hilfe zu spät.
Ein Glas auf den Deich und eins auf die See.

Hier wurd' ich an Land gespült,
hier setz' ich mich fest.
Von dir weht mich kein Sturm mehr fort,
bei dir werd' ich bleiben, so lang du mich lässt.
Deine Hand kommt in meine,
und jede Hilfe zu spät.
Ein Glas auf uns und eins auf die See.

Ein Glas auf uns und eins auf die See.

Element of Crime, »An Land«

DÜNENPREDIGER

*Irgendwann war zwischen
Gott und Kurt Weigel ausgemacht:
Der Cloppenburger wird
Inselpfarrer. Nur die Wangerooger
musste er zunächst überzeugen.
Jetzt ist fraglich, ob sie ihn
je wieder ziehen lassen.*

Es gibt Menschen, die gehen auf eine Insel und glauben, sie könnten ihr Vorleben und das »Päckchen« aus bösen Erinnerungen und Verletzungen, das sie tragen, auf dem Festland zurücklassen. Vielleicht, weil Reisekataloge ihnen das so suggeriert haben. Meer und Strand, Wind und Weite versprechen ein ganz anderes Leben. Und dann kommen sie auf die Insel und stellen fest: Du kannst dein Päckchen nicht zurücklassen. Im Gegenteil, gerade auf einer Insel wird einem klar, was man alles mit sich herumträgt. Auf einer Insel gibt es keine Ablenkungen, keine Fluchtmöglichkeiten, keinen Notausgang vom eigenen Ich. Du wirst ganz auf dich zurückgeworfen. Es ist so, wie es ein Arzt einmal formulierte: »Auf der Insel kommt alles raus, was drinnen ist.«

Inseln sind eine eigene kleine Welt. Sie sind zwar räumlich begrenzt, vermitteln aber gleichzeitig das Gefühl von Grenzenlosigkeit. Das Meer erscheint immer gleich. In Wahrheit aber verkörpert es immerwährenden Wandel. Es ist immerzu in Bewegung. Ebbe und Flut. Spannung und Entspannung. Genau das, was sich auch in uns abspielt. Auch uns begleiten Höhen und Tiefen, auch wir kennen die Flaute und den Sturm, wenn es in uns brodelt, wir aufgewühlt sind und erschüttert von der Wucht unserer Empfindungen. Ich blicke auf das Leben wie auf Ebbe und Flut. Das ganze Leben ist wie Ebbe und Flut. Eine ständige Herausforderung in einer immer neuen Situation.

Schon als Kind hat mich die Weite des Horizonts fasziniert, wenn ich die Ferien in Dangast am Jadebusen verbrachte. Als junger Kaplan kam ich für sechs Wochen nach Wangerooge, und diese sechs Wochen haben gereicht, um zu sagen: Hier möchte ich als Pfarrer tätig sein. Als ich hier wirken durfte, habe ich jahrelang Urlaub auf der Hallig Langeneß gemacht. Die Leute haben mich für verrückt erklärt. Wenn mich jemand fragt, warum ich Irland liebe, sage ich: Es ist meine Seelenlandschaft. Die äußere entspricht der inneren Landschaft. Viele Menschen, die nach Wangerooge kommen, sagen: Hier sehe ich viel mehr Sterne, hier sehe ich fast das Ganze. Und dann stellt sich die Frage nach dem Ganzen, dem Ganzen des Lebens und der Welt. Was ist hinter dem

Horizont? Ich fahre nicht gerne in die Berge. Es engt mich ein, wenn ich in einem Tal stehe.

Ich komme aus einer Kaufmannsfamilie. Mein Vater hat in Cloppenburg nach dem Krieg praktisch aus dem Nichts ein Geschäft aufgebaut. Teppichböden, Tapeten, Farben, Glas, Gardinenstoffe. Die Firma stand für meine Eltern immer an erster Stelle. Meine drei Brüder und ich liefen nebenher. Wir wohnten in drei Zimmern, nur am Samstag durften wir ins Badezimmer der Hausbesitzerin. Als Kinder mussten wir im Geschäft und im Haushalt Aufgaben übernehmen. Daher rührt meine Leidenschaft fürs Kochen und Backen. Ich glaube, wer frühzeitig lernt zu arbeiten, kommt zurecht im Leben. Das ist wie bei einem Auto. Wenn das langsam eingefahren wird, kriegst du es nie richtig flott.

Cloppenburg ist einer der wenigen Orte in Norddeutschland, die katholisch geprägt sind. Meine Eltern waren gläubige Menschen. Eine wichtige Rolle spielte meine Großmutter, die eine fromme Frau war und jeden Morgen um Viertel nach sechs zur Messe ging. Als meine Brüder und ich Messdiener wurden, durften wir bei Oma übernachten, um vor der Schule den Dienst in der Kirche tun zu können. Nach dem Abitur war mir klar: Irgendwas muss passieren. In die elterliche Firma einsteigen, wie meine Brüder? Ich wollte nicht Leuten Tapeten andrehen, die mir nicht gefallen. Ich wollte Kunst, Musik und Germanistik studieren. Doch eines Morgens wachte ich auf und wusste: Es muss Theologie sein. Ich bin nie dahin gebetet, nie dahin getragen worden. Ich musste mich vielmehr immer fragen lassen: »Warum machst du das?«

Nach dem Studium war ich ein halbes Jahr als Volontär beim *NDR,* weil es mich interessierte, in einer nicht-religiösen Umgebung zu arbeiten. Man wusste erst nicht, was man mit mir anfangen sollte und schickte mich in das Synchronstudio, in dem die Sesamstraße bearbeitet wurde. Anschließend ging ich für ein halbes Jahr zu Graf Dürckheim, einem Psychotherapeuten und Zenmeister, der im Schwarzwald ein Therapiezentrum aufgebaut hatte. Dort traf ich auf den damaligen Pfarrer von Wangerooge, der mich 1976 für sechs Wochen auf die Insel holte. Er setzte sich dafür ein, dass ich seine Nachfolge antreten konnte, auch weil er überzeugt war, dass ich die Arbeit in seinem Sinne fortsetzen würde.

Das war 1980. Ich hatte keinen guten Start auf Wangerooge. Ich war äußerst umstritten, um nicht zu sagen: unerwünscht. Es gab einen dicken Ordner von Briefen, in denen ich aufgefordert wurde, auf dem Festland zu bleiben. Ich sollte auf Wangerooge eine Diplomarbeit schreiben zum Thema »Kirche und Freizeit«, und die Leute dachten wohl: Der kommt nur für seine Diplomarbeit und danach geht er wieder. Und mir wurde angelastet, ich würde ihren geliebten Pfarrer vertreiben, der sich ganz offensichtlich schwer tat, Abschied zu nehmen von Wangerooge. Ich habe mir gesagt: Du musst einen Sommer durchhalten, dann merken die Menschen, dass der seine eigenen Qualitäten hat. So gehe ich bis heute an viele Sachen heran: Bevor ich Magengeschwüre bekomme, nehme ich die Sache lieber nicht ernst.

Wangerooge ist eine kleine Kommune, die sich noch kleiner anfühlt, weil es eine Insel ist. Von unseren 183 Katholiken besuchen etwa zehn im Schnitt den Gottesdienst, wobei der Altersdurchschnitt bei sechzig aufwärts liegt. Ich habe kaum Taufen oder Hochzeiten, wenig Kommunionskinder. Mal eine Beerdigung im Jahr, mal zwei. Während der Osterzeit und im Sommer ist der Andrang infolge des Tourismus ungleich größer. Deshalb hatte mein Vorgänger für diese Zeiten eine Urlaubsseelsorge eingerichtet, die er anfangs mit Hilfe eines Ehepaars und ihrer sechs Kinder aufbaute. Diese Tradition führe ich weiter. Ich habe ein Urlauberteam aus fünfzehn bis zwanzig Leuten, die mit mir ein Programm erarbeiten und betreuen: Dünengottesdienste, meditatives Tanzen, Tango, Theater, offenes Singen, Schriftgespräche, viel Musik, wir bauen Flutburgen. Alle zweieinhalb Wochen kommen neue Mitarbeiter.

Währenddessen leben wir im Pfarrhaus wie in einer WG. Ein bunt gemischter Haufen, zwischen sechs und 76 Jahre alt, alles ehemalige Urlaubsgäste, die ich angesprochen habe oder die von sich aus auf mich zugekommen sind. Darunter ist auch eine Frau mit Down-Syndrom, die sagt: »Der Kurt braucht mich doch als Messdienerin.« Wenn sie Gemüse putzt oder Kartoffeln schält, dauert das zwar seine Zeit, doch die Gruppe erlebt, dass nicht jeder die gleichen Fähigkeiten hat, jeder aber wichtig ist für die Gemeinschaft. In der Urlaubsseelsorge geht es darum, etwas für sich selbst und für die Touristen zu machen. Wenn jemand denkt, bei uns kann man die Kinder parken und seine Ruhe haben, täuscht er sich. Wenn jemand sagt, er möchte seine Freundin mitbringen, sage ich: »Fahr' besser woanders hin.«

Eine kleine Gemeinde wie Wangerooge mit einer großen Urlaubsgemeinde zusammenzubringen, ist nicht leicht. Im Sommer kommen auf jeden Einheimischen acht bis zehn Touristen. Wangerooge hat circa 900 Einwohner und registriert jährlich bis zu 120.000 Übernachtungen. Die Menschen fühlen sich überfremdet. Während der Hochsaison ziehen sie sich fast gänzlich zurück und kommen erst im September wieder für ein Gespräch auf die Straße. Hinzu kommt, dass auch bei uns Investoren vom Festland immer mehr Häuser aufkaufen. Im Winter brennt in manchen Straßenzügen kein Licht mehr.

Wir sind gewissermaßen der Nordpol der Diözese Münster. Unsere Kirche ist Sankt Willehad geweiht, dem ersten Bischof von Bremen. Unser Pfarrhaus trägt den Namen von Sankt Ansgar, dem Apostel des Nordens. In der Kirche haben wir eine Statue des Heiligen Nikolaus, dem Patron der evangelischen Kirche und der Seefahrer. Das Wasser, das Meer spielt im Leben der Menschen hier eine zentrale Rolle. Deshalb spiegelt sich dieses Thema auch in den Mosaikfenstern der Kirche wider, die Gleichnisse aus dem Alten und Neuen Testament darstellen.

Das Meer hat mich auch in der Gestaltung des Altars inspiriert. Die Weite des Meeres bedeutet für mich auch Offenheit, die Freiheit, sich kreativ auszudrücken. Das mache ich mit meiner Lyrik, in der ich ausdrücke, was sich sonst nur schwer ausrücken lässt. Früher habe ich viel gemalt, zur Zeit schreibe ich viele Lieder. Den Altar habe ich geschmückt mit Fischernetzen, Steinen und Balken, die vor 35 Jahren während der Karwoche hier angeschwemmt wurden. Es kommt schon mal vor, dass jemand fragt: »Wann kommt endlich der Müll weg?«

Ich weiß aber, dass man etwas nur lange genug lassen muss, wie es ist, bis die Menschen lernen, es zu schätzen. Das gilt auch für das Foto, das am Karfreitag über dem Altar hing. Es zeigte eine afghanische Mutter mit ihrem toten Sohn in den Armen. Da geht es nicht um die Frage Muslimin oder Christin, sondern um das Symbol der Mutter. Das ist universell. Vielleicht bin ich nur deshalb auf einer Insel gelandet, weil der Bischof dann sicher ist, dass ich hier nicht so viel kaputtmachen kann.

Gottes Garten ist groß und bunt und vielfältig. Da mag ich gerne am Rande sein, wenn ich meine Aufgabe äußerlich und innerlich unabhängig gestalten kann. Es gibt Menschen, die mich deshalb einen »Heiligen« nennen oder den »Papst von Wangerooge«. Mir gefiele, wenn sie sagen würden: »Wangerooge ist eine lyrische Insel mit einem poetischen Pfarrer.« Das soll nicht heißen, dass dieser Pfarrer nicht an 2000 Jahren christlicher Tradition festhält, dass er nicht akzeptiert, dass seine Kirche Regeln unterworfen ist. Es liegt in der Natur des Menschen, festhalten zu wollen. Regeln geben Halt. Es liegt aber auch in der Natur des Menschen, seiner Neugierde zu folgen und Regeln zu hinterfragen. Katholisch heißt: »Die ganze Welt umfassend.« Das darf man nicht nur geografisch interpretieren. Ich schaue jedenfalls nicht so sehr auf ein Dogma oder auf das, was aus Rom kommt.

Wer immerzu nach oben schaut, der muss aufpassen, dass einem die Möwen nicht ins Auge scheißen.

Ich wüsste keinen Beruf, in dem ich das, was ich tun möchte, so tun könnte wie in meinem. Und ich wüsste keinen besseren Platz, wo ich das tun könnte, als Wangerooge. Dennoch werde ich 2015 von hier weggehen. Ich werde dann 65 sein, und ich habe an einigen Menschen erlebt, wie wichtig es ist, ein gutes Ende zu finden. Ich habe zum Bischof gesagt: »Bevor ihr überlegt, wie ihr mich von Wangerooge wegkriegt, fange lieber ich an zu überlegen.« Wo ich dann landen werde, weiß ich noch nicht. Ich könnte mir vorstellen, in einer Großstadt wie Berlin zu leben. Warum nicht? Entweder in einer Großstadt oder auf einer Insel wie Wangerooge. Beides sind Herausforderungen. Irgendwo dazwischen wäre wohl nicht mein Platz.

Die Kirchenväter haben Gott mit dem Meer verglichen. Wegen seiner Dynamik, der Tiefe, der Gefahr, der Unendlichkeit und der Fragen, die es aufwirft. Wenn Gott Liebe ist, kann man sich in dieses Meer legen, und das Meer wird einen tragen unter der Bedingung, dass ich keine Angst habe. Ich muss nur weiter atmen und mich treiben lassen. Wenn ich Angst habe, halte ich die Luft an und verkrampfe, denn Angst macht eng. Mir macht das Meer keine Angst. In einem meiner Gedichte habe ich versucht zu erklären, warum das so ist.

Meer,
dir traue ich,
weil du trägst
die schwersten Lasten,
die leichtesten Federn.
Auch mich wirst du tragen,
wenn ich es dir übergebe,
was ich durchschritt,
durchschrie,
und nun freigebe aus brunnentiefer Seelenlandschaft.

__Kurt Weigel__, geboren 1950, ist katholischer Priester, Urlaubsseelsorger, Exerzitienbegleiter, Buchautor und durch zahlreiche Rundfunk- und Fernsehansprachen bekannt. 2007 erhielt Weigel für sein pädagogisches und kommunales Engagement den Comenius-Preis. Er war von 1980 bis 1985 Pfarrer auf Wangerooge, danach Spiritual im Priesterseminar in Limburg an der Lahn, wo er 1994 verabschiedet wurde und als Seelsorger nach Wangerooge zurückkehrte.

NORDFRIESISCHE INSELN

MÜNCHENERIN IN HOOGER TRACHT

Wie trifft man die Entscheidung seines Lebens? Hört man auf den Kopf oder aufs Herz? Katja Just folgte ihrem Kindheitstraum, zog von der bayerischen Hauptstadt auf die Hallig und genießt seither die Stille. Sie kann sie hören, trotz des Windes, trotz der Touristen.

Immer wieder werde ich gefragt: »Sie sind als junge Frau auf eine Hallig gezogen – haben Sie das nie bedauert?« Oder die Leute wollen wissen: »Fehlt Ihnen denn das Großstadtleben gar nicht?« Ein anderer Klassiker: »Und im Winter, ist es da nicht fürchterlich langweilig?«

Kann ich verstehen, warum ich das gefragt werde? Kann ich. Aber ein bisschen ärgert mich das auch. Weil in den Fragen auch Vorurteile über die Hallig mitschwingen. Als wäre die Entscheidung, nach Hooge zu ziehen, falsch gewesen. Als wäre das Leben hier eintönig und unspannend. Als könnte eine junge Frau hier nichts mit sich anfangen, als gehörte sie nicht hierher.

Noch dazu als Münchenerin.

Ich war 25, als ich nach Hooge ging. Nicht etwa, weil ich mein Leben in Bayern nicht gemocht hätte. Ich habe sehr gerne dort gelebt und gearbeitet, gewohnt habe ich in Ismaning, mitten im Grünen, nicht weit weg von der Isar. Ich hatte einen großen Freundeskreis, mit dem ich Motorradtouren gemacht habe, spontane Ausflüge in die Berge. Am Wochenende war ich in Museen, in der Oper oder ich ging ins Fitnessstudio, an lauschigen Abenden saßen wir im Biergarten. Mein Job im kaufmännischen Bereich einer Fluggesellschaft hat mir großen Spaß gemacht.

Heute? Ist alles anders. Heute lebe ich in einer über dreihundert Jahre alten Friesenkate, ein paar hundert Meter vom Meer entfernt. Statt Motorradtouren unternehme ich Spaziergänge am Deich. Statt in die Alpen zu wandern, schaue ich auf die Nordsee. Statt in die Oper zu gehen, singe ich im Halligchor. Ich hacke Holz, mähe den Rasen, schippe Schnee, halte meinen Garten in Schuss – das ersetzt das Fitnessstudio. Und heute sitze ich eben nicht mehr mit Freunden im Biergarten, sondern hinter meinem Haus, zwischen blühenden Dreimasterblumen, Lavendel, Salat und Kräutern und meiner Buchsbaumhecke, während die Schmetterlinge in der Luft tanzen.

Ich lebe mit ganzem Herzen in meiner Halligwelt. Ich genieße es, auf der Warftkrone zu sitzen und bis zum Festland zu schauen, den Wind zu spüren, die Wellen zu beobachten. Die Weite des Himmels, der unverstellte Blick in alle Richtungen gibt mir ein unbeschreibliches Gefühl von Freiheit. Ich liebe die Sonnenuntergänge, wenn ein knalloranger Feuerball am Horizont versinkt. Ich liebe die Sommernächte, in denen es nie ganz dunkel wird und du im Haus kein Licht brauchst. Und ich bin immer wieder fasziniert von meiner Hallig im Winter, wenn das Weiß des Schnees und das Goldgelb des Schilfs übergehen in das Graugrün der dann besonders temperamentvollen Nordsee.

Auf Hooge hat jede Jahreszeit ihre besondere Farbe. Im Frühling, wenn das Gras wieder sprießt, ist sie zartgrün. Wenn die Butterblumen und der Löwenzahn kommen, wird sie gelb. Im Sommer ist alles lila vor Klee und Halligflieder. Im Spätsommer färbt der QUELLER die Hallig rot, und im Spätherbst ist alles braun. Und in dieses Farbenspiel hinein setzen die Vögel tausendfach ihre Farbtupfer. Wir haben hier Knutts, die aus Afrika kommen und in riesigen Schwarmwolken heranschweben. Die Ringelgänse machen ab Ende Februar bis Mai auf ihrem Weg nach Sibirien hier Station.

Queller: im Volksmund auch Friesenkraut genannt, ist eine Salzwiesenpflanze, deren Stängel Ähnlichkeit mit Spargel aufweisen und blanchiert, kurz angebraten oder roh gegessen werden.

Die Vogelwelt auf der Hallig ist absolut faszinierend. Wir haben Alpenstrandläufer, Eiderenten, Fitisse, Bluthänflinge, Seeschwalben, Kibitze. Als ich hierherkam, wollte ich jedes Jahr eine neue Vogelart kennenlernen. Eine hat mich besonders interessiert. Gehört hatte ich den Gelbspötter schon lange, sein Gesang ist sehr anstrengend, weil er andere Vogelstimmen nachahmt, es hört sich an wie das Daddeln in einer Spielhalle. Wie gesagt, ich konnte ihn hören, nur sehen konnte ich ihn nicht. Dann habe ich ihn in meinem Garten entdeckt. Von da an trällerte er von morgens bis abends und flatterte aufgeregt zwischen meinen Weiden und dem Eichenbaum hin und her.

Die Natur ist das prägende Element einer Hallig, auch weil es wenig gibt, was von der Natur und ihrer Schönheit ablenkt. Landunter gehört da einfach dazu. Im Herbst und Winter ist Landunter eine Gesetzmäßigkeit, auch wenn es sich in den vergangenen Jahren immer seltener ereignet hat. Wenn Sturm aufkommt, wenn Warnung ausgegeben wird, ist das immer wieder ein besonderer Moment. Dann läuft man ums Haus, schaut, was in Sicherheit gebracht werden muss und wartet auf das Wasser. Natürlich ist man dann aufgeregt, aber für Halligbewohner ist es eigentlich Routine. Man kann nicht auf einer Hallig leben und erwarten, dass einem das Wasser nie in den Garten läuft.

Am meisten jedoch liebe ich die Stille. Es klingt zwar abgedroschen, aber es ist so: Auf Hooge kann man die Stille hören. Das heißt nicht, dass man gar nichts hört. Der Wind spielt im Reet. Das Gras knistert, wenn es sich nach Landunter wieder aufrichtet. Das Meer rauscht. Doch manchmal ist es hier so still, dass man auf Pellworm die Hühner gackern oder die Hunde bellen hört. Der Wind trägt die Geräusche über das Wasser. Einmal war ich bei Nebel draußen und dachte, hinter mir fährt ein Trecker. Dabei war das unmöglich, denn ich stand mit dem Rücken zum Meer. Ich werde nie vergessen, wie ein Gast ankam und gleich losgelaufen ist. Von meinem Haus zum Deich sind es dreihundert Meter, nach der Hälfte fing der Mann an zu springen, seitwärts zu tanzen, er hat gejauchzt vor Glück. Man kann hier ganz schnell entspannen, loslassen, zu sich kommen. Ich nenne das: Entschleunigung.

Hooge wird die Königin der Halligen genannt. Wir sind etwa hundert Menschen, die dauerhaft auf diesem Stück Marschland leben, das die Stürme über die Jahrhunderte übrig gelassen haben. 5,6 Quadratkilometer. Das ist nicht viel. Hooge ist nicht mehr Festland, aber auch noch nicht ganz Meer. Für mich ist es Schnittstelle oder Grenzbereich. Das merkst du überall im täglichen Leben. Auf der Hallig ist es immer auch ein Leben mit Mängeln, Verzicht. Wir haben keinen Arzt, keine Apotheke, keine Tankstelle. Unser Kaufmannsladen steht im Ruf, der kleinste in Deutschland zu sein. Alles hängt hier von der Fähre ab. Jeder Sack Zement muss hierhergebracht werden. Jeder Handwerker kommt vom Festland. Du kannst hier nicht mal um die Ecke gehen und einen Termin mit deinem Steuerberater machen. Und wenn im Winter die Fähre nur noch eingeschränkt verkehrt oder wegen Sturm oder Eis ausfällt, sind wir praktisch abgeschnitten vom Rest der Welt.

Die Hallig kenne ich schon aus Kindertagen. Ich war sieben, als meine Eltern zum ersten Mal hier Urlaub machten. Drei Sommer habe ich hier verbracht, wir blieben stets sechs Wochen. Mein Kinderarzt hatte gegen meine chronische Bronchitis die Nordsee empfohlen. Wegen der guten Luft. Wir wohnten damals auf der Ipkenswarft bei Dedi und Siegfried Baudewig. Das war noch ein echter, lebendiger Bauernhof mit Kühen und Kälbern. Auf der Lorenzwarft durfte ich auf Pferden reiten. Wenn der Wind stark genug war, haben wir uns Rollschuhe an die Füße geschnallt, die Windjacke über den Kopf gehalten wie ein Segel und uns über die Straßen treiben lassen. Für mich war das die deutsche Version von *Wir Kinder aus Bullerbü*.

1995 machten meine Mutter und mein Stiefvater nach mehrjähriger Pause erneut Urlaub auf Hooge, diesmal auf der Ockenswarft, in dem Haus, in dem ich jetzt lebe. Die Besitzerin sprach davon, auf das Festland ziehen zu wollen. Da haben die beiden nicht lange überlegt, das Haus gekauft und danach liebevoll restauriert. Möbliert haben wir es mit Antiquitäten. Einen westfriesischen Hochzeitsschrank fanden wir ausgerechnet in München. In der Küche steht ein Tisch mit einer Holzplatte aus dem 17. Jahrhundert, die Stühle sind aus einem Sitzungssaal eines Rathauses. Wir haben den Alkoven wieder hergerichtet. Der Weg zum Haus wurde mit Muscheln verziert. Den Garten hat meine Mutter nach dem Vorbild eines Klostergartens angelegt. Auf dem ehemaligen Heuboden im ersten Stock wurden zwei Ferienwohnungen eingerichtet und zwei Gauben in das Reetdach gezogen. Im Jahr 2000 wollte ich mit meinem Freund hierherziehen und den Betrieb übernehmen.

Was dann passierte, traf mich wie ein Schlag. Die endgültige Entscheidung umzuziehen stand an, und mein Freund sagte: »Nein, ich komme nicht mit.« Wie? Was? Was soll das heißen? Wir waren seit zwei Jahren zusammen. Wir hatten das alles ausführlich besprochen. Er hatte eine Firma gegründet, die hier gut hingepasst hätte. Es hatte bereits Gespräche gegeben, dass er sich auf Hooge um Computer- und Internetdienste kümmern sollte. Sogar über Kinder hatten wir gesprochen.

Wenn schon, dann sollten meine Kinder auf Hooge aufwachsen, nicht in München. Warum hatte mir mein Freund nicht vorher gesagt, dass er nicht auf die Motorradtouren, die Ausflüge in die Berge, das Fitnessstudio verzichten wollte? Nur plattes Land und Meer, nein, das wolle er nicht. Aber in Wahrheit ging es auch um etwas anderes. Er hatte sich in eine andere Frau verliebt.

Damals war ich hin- und hergerissen zwischen einem Herzenswunsch und einer Vernunftentscheidung. Auf der Hallig zu leben, war mein Traum. Warum also sollte ich in München bleiben und so tun, als ob sich nichts verändert hätte, wo sich doch durch die Trennung von meinem Freund alles verändert hatte? Sicher, zu zweit wäre alles einfacher gewesen. Es ist immer einfacher, sich gemeinsam eine Existenz aufzubauen. Letztlich habe ich mir gesagt: Jetzt erst recht. Und bin alleine auf die Hallig gezogen.

Ich war hier, auch wenn es sich anfangs so angefühlt hat, nie allein. Und ich musste auch nicht von vorne anfangen. Man lebt hier anders zusammen. Ich kann auch ohne dass ich mit jemandem eine Freundschaft pflege, zu Besuch kommen, mit den Leuten Kaffee trinken und schnacken. Jeder weiß, dass er sich im Notfall auf den anderen verlassen kann. Bei Landunter wird jede helfende Hand gebraucht. Selbst wenn man sich mal streitet, geht man am nächsten Tag wieder tolerant miteinander um. Es ist immer wieder schön, wenn an Weihnachten, Silvester und zum BIIKEBRENNEN all die jungen Hooger, die auf dem Festland zur Schule gehen, eine Ausbildung machen oder arbeiten, nach Hause kommen. Man spürt, wie sehr sie alle an ihrer Heimat hängen, an ihrem kulturellen Erbe. Da ist ein Zusammenhalt, den ich in München so nicht erlebt habe.

Biikebrennen (von friesisch: biike, hochdeutsch Bake bzw. Feuerzeichen): ein Volksfest, das in Nordfriesland traditionell am 21. Februar, dem Petritag, gefeiert wird und das Osterfeuer ersetzt. Der Ursprung des Festes ist unklar; im Mittelalter sollte das Feuer vermutlich böse Geister vertreiben und die neue Saat schützen; auf den Inseln und Halligen diente das Biikefeuer später zur Verabschiedung der Walfänger, die am Petritag die Häfen verließen.

Ich war nach meinem Umzug sehr schnell hier mittendrin im Halligleben. Seit 2003 bin ich Mitglied der Gemeindevertretung. Wir treffen uns im Halligchor, in der Trachtentanzgruppe. Dass ich dabei eine alte Hooger Tracht tragen darf, macht mich besonders stolz. Die Tracht gehörte einer Halligbewohnerin, Tante Magda, die sie noch selbst geschneidert hat. Als Tante Magda starb, vererbte sie die Tracht ihrer Enkelin. Die aber lebt in Süddeutschland und wollte, dass die Tracht auf Hooge bleibt. So kam sie als Leihgabe zu mir mitsamt dem schweren silbernen Brustschmuck und der Haube. Traditionell wird der Brustschmuck den Mädchen zur Konfirmation geschenkt. Und es ist schön zu sehen, dass die Tradition auch heute noch weitergegeben wird. Das jüngste Mitglied unserer Trachtentanzgruppe ist Merle.

Merle ist dreizehn und die Tochter von Jörg und Samar Sidani-Dell Missier, die vor 22 Jahren als Kindergärtnerin aus dem Libanon nach Hooge kam. Merle ist ein phantasievolles, lebendiges, unkompliziertes Mädchen. Genauso wie ihre Cousine Malin, die Tochter von Jörgs Zwillingsbruder Jan. Die beiden Mädchen sind zusammen aufgewachsen wie Schwestern. Wann immer es ging, haben wir etwas zusammen unternommen. Wir sind mit Chico, meinem Schäfercollie, spazieren gegangen. Wir sind mit dem Bollerwagen losgezogen und haben mit Limonade und Obstsalat ein Picknick auf dem Deich gemacht. Wir sind bei Ebbe ins Watt gelaufen. Wo können Kinder noch so unbeschwert und frei leben?

Im Sommer arbeiten die Menschen rund um die Uhr vorrangig für die Touristen. Jährlich kommen ja etwa 100.000 Tagesgäste. Wir haben 45.000 Übernachtungen bei etwas mehr als vierhundert Betten. Der Belegungskalender auf meiner Internetseite ist kein Marketing-Gag. Ich bin tatsächlich in beiden Ferienwohnungen lückenlos auf Monate hinaus belegt. Rein, raus. Rein, raus. So geht das bei mir fast das ganze Jahr über. Die Anspannung und Hetze der Hochsaison ist im Herbst bei allen deutlich zu spüren. Im Winter kommt die Kälte und dann empfindet man die Abgeschiedenheit umso mehr. Die Fähre bleibt, wenn sie überhaupt fährt, wieder öfter im Schlick stecken und du sitzt manchmal stundenlang fest. Und dann kommt der Ostwind, der einem die Energie aus dem Körper zieht und durch jedes Haus pfeift. Der

Ostwind kommt überall hin. Man ist hier den Naturgewalten schon extrem ausgesetzt.

Die Hallig ist zu eng, um sich zurückzuziehen oder jemandem aus dem Weg zu gehen. Intimsphäre? Haben wir praktisch nicht. Irgendjemand sitzt immer mit dem Feldstecher am Fenster, um Vögel zu beobachten und sieht dabei, wer mit wem spazieren geht. Außer im Tourismus gibt es kaum Arbeitsplätze. Die Jungen kommen nach der Schule und ihrer Ausbildung nicht mehr vom Festland zurück. Die Hooger werden immer älter. In der Schule sind nur noch fünf Schüler. Der Kindergarten musste kürzlich schließen. Was wir zu viel haben, sind Zweitwohnsitze von Menschen, die im Winter, wo sie am meisten gebraucht würden, nicht da sind. Wir bräuchten Zuzug von jungen Familien mit Kindern, die hier aber nur schwer einen Platz zum Wohnen finden, weil es kaum Mietwohnungen gibt und die Immobilienpreise um ein Drittel über denen auf dem Festland liegen. Wenn wir nicht aufpassen, steht uns der Ausverkauf bevor, den Sylt schon hinter sich hat.

Nicht jeder ist gemacht für das Leben auf einer Hallig. Du musst in der Lage sein, dir selber zu helfen. Du musst viel mit dir selbst anfangen können. Du musst bereit sein, Dinge, die du nicht ändern kannst, anzunehmen. Früher konnte ich das auch nicht so gut. Hooge hat so gesehen meinen Blick auf die Welt sehr verändert. Hooge hat mir eine Ruhe und Gelassenheit vermittelt, die ich früher nicht einmal erahnen konnte. Wenn die Fähre stecken bleibt, schimpft man kurz, aber dann nutzt man die Zeit und quatscht eben mit den anderen Passagieren. Wenn im Winter der Ostwind eisig über die Hallig heult, weißt du, dass du das nicht ändern kannst und freust dich besser darüber, dass er häufig schönes Wetter bringt. Und bei Landunter sehe ich weniger die Arbeit, die damit verbunden ist, sondern dieses großartige, einzigartige Erlebnis, völlig umgeben zu sein vom Wasser und in einem Haus zu sitzen, als wäre es ein Schiff auf hoher See.

Habe ich es bereut, als junge Frau nach Hooge gegangen zu sein? Nein, das habe ich nicht. Ich habe es vielleicht hier und da infrage gestellt.

Auch auf Hooge ist nicht immer alles schön. Aber wo ist alles schon immer schön? Natürlich vermisse ich die Berge und das Motorradfahren. Der Tag, an dem ich mein Motorrad verkauft habe, war ein schrecklicher Tag. Natürlich vermisse ich das Kulturangebot einer Stadt wie München. Wenn ich nach München fahre, gehe ich immer in die Oper und bereite mich darauf ganz intensiv vor und lese alles, was man über die Aufführung wissen muss. Aber will ich dort wieder leben? Nein. Ich hatte außer auf Hooge nur noch einmal das Gefühl: Das ist mein Platz, hier bin ich richtig. Das war, als ich 2008 in Neuseeland aus dem Flugzeug stieg. Wenn es eine realistische Chance gäbe, dort zu leben, würde ich vielleicht darüber nachdenken. Aber hier einfach so abzuschließen, dicht zu machen, das würde ich wahrscheinlich nicht schaffen.

Das Leben ist eine Aneinanderreihung von Entscheidungen. Vielen kleinen und einigen großen. Auf Hooge zu leben, war vielleicht die größte Entscheidung meines Lebens. Es war die richtige Entscheidung. Ich weiß heute, dass ich es immer bereut hätte, wäre ich nicht hierhergekommen. Ich hätte nie erfahren, wie einmalig das Halligleben ist. München wird immer meine Heimat bleiben, doch mein Zuhause ist Hooge.

Katja Just, *Jahrgang 1974, lebt seit 2000 auf Hooge und vermietet Ferienwohnungen in ihrem »Haus am Landsende« auf der Ockenswarft.*

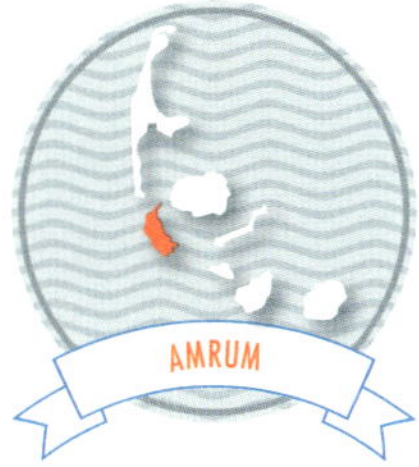

WEHEN IN DEN WELLEN

Als Seenotretter war Gerd Hogrefe so etwas wie der Sanitäter der Inselwelt. Und manchmal auch Geburtshelfer mit Kapitänspatent.

Wäre ich gerne über den Teich gefahren? Große Fahrt, die Weiten der Ozeane? Wäre das etwas für mich gewesen? Natürlich habe ich mich das hin und wieder selbst gefragt.

Für den Laien mag Große Fahrt der Inbegriff der Seefahrt sein, das Prädikat, das jeden Seemann vom Koch bis zum Kapitän adelt. Für mich hat sich das immer eher langweilig angehört. Du stellst auf der Brücke einen Kurs ein und fährst tagelang in eine Richtung. Inzwischen legen die Tankschiffe Kilometer vom Festland entfernt an einem Entladepier an, wenig später legen sie ab, und das Ganze wiederholt sich in umgekehrter Richtung. Das wäre nichts für mich gewesen.

Mich hat immer die Küstenfahrt gereizt. Die Nordsee. Besser gesagt das nordfriesische Wattenmeer mit seinen Untiefen, seinen schmalen Fahrrinnen, seinen einzigartigen Inseln und Halligen, von denen jede ihren eigenen Reiz hat. Mit der Tide umzugehen, erfordert Erfahrung und Fingerspitzengefühl. Hinzu kommt das Wetter, das täglich neue Herausforderungen bringt. Bei Stürmen kämpfst du mit meterhohen Wellen. Vereinfacht gesagt: An unserer Küste ist alles immer anders, musst du dich ständig neu auf Bedingungen und Umstände einstellen.

Damit musste ich klarkommen, das gehörte zum Beruf. Ich war 31 Jahre in der Seenotrettung tätig. Erst als Rettungsmann, wie bei uns Matrosen genannt werden, dann als Dritter Vormann, also Steuermann, dann als Zweiter Vormann, zuletzt zehn Jahre als Erster Vormann, das heißt als verantwortlicher Kapitän.

Jeder meiner vielen hundert Einsätze war auf seine Art einmalig. Wir holten Kranke und Verletzte von den Inseln und Halligen und brachten sie nach Wyk auf Föhr ins Krankenhaus, manchmal auch nach Dagebüll. Da war alles dabei, vom Schädel-Hirn-Trauma über Infarkte bis zur Blinddarmentzündung. Wir hatten eindeutige Fälle wie Beinbrüche, Armbrüche, Schnittwunden, aber auch Organgeschichten, bei denen die Diagnose erst nach der Ankunft im Krankenhaus gestellt werden konnte; das nennt man »unklarer Bauch«. Und wir transportierten viele Schwangere zum Kreißsaal. Nicht immer kamen wir rechtzeitig an.

Seenotrettung ist ein vielseitiges Geschäft. Wir werden gerufen, weil es auf Amrum und Pellworm zwar Ärzte, aber kein Krankenhaus gibt. Auf den Halligen gibt es noch nicht einmal Ärzte. Hooge und Langeneß haben einen Krankenpfleger, Oland eine Krankenschwester. In den meisten Fällen können oder dürfen die aus rechtlichen Gründen nur das Allernötigste tun. Deshalb wird ein Hubschrauber oder der Seenotrettungskreuzer angefordert.

Als Seenotretter hat man aber hauptsächlich mit Schiffsbergung zu tun. Oft geht es um Sportboote. Mastbruch. Ruderschaden. Wasser im Boot. Feuer an Bord. Strandungen. Du hast immer wieder Fischkutter, deren Netz in die eigene Schraube gerät oder die mit Maschinenschaden liegenbleiben. Bei Eis im Winter wird Schlepphilfe für die Fähren geleistet. Manchmal hast du auch auf Sportbooten oder Fischkuttern medizinische Notfälle. Strandungsfälle sind dagegen selten. Mein größter Strandungsfall war die *Pallas,* ein Holzfrachter, der im Oktober 1998 brennend vor Amrum auf Grund lief. Die Rettungsaktion scheiterte, mit verheerenden Folgen. Tun konnten wir als Seenotretter damals wenig. Wir waren nur einen Tag an den Löscharbeiten beteiligt. Da war schon nichts mehr zu retten.

Ich wohne in Steenodde, direkt neben meinem Elternhaus, in dem ich geboren wurde. Das war in der Nacht des 31. Januar 1953, während bei der berühmten Hollandsturmflut in der westlichen Nordsee die Deiche brachen. Mein Vater war gelernter Schmied und arbeitete im Seezeichenamt in Wittdün. Er hatte schon als Junge ein eigenes Boot. Ich bekam mein erstes Boot zu meinem zehnten Geburtstag. Es war ein ehemaliges Rettungsboot, das mein Vater einem Frachtschiffkapitän abgekauft hatte. Man konnte damit Segeln und Rudern, wozu man einen Riemen am Heck benutzte wie ein Gondoliere. Man nennt die Bewegung Wriggen. Wann immer es ging, war ich auf meinem Boot. Ich war begeisterter Angler, fing Schollen und Aale, im Sommer auch Makrelen.

Meine Altersgenossen interessierten sich mehr für Fußball. Das war aber nie mein Ding.

In meiner Jugend auf Amrum fühlte ich mich stark eingeengt. Die Menschen waren damals noch sehr konservativ. Man hörte auf den Pastor und den Schuldirektor oder auf die Alten, die von ihren Traditionen geprägt waren. Gesprochen wurde Amrumer Friesisch, das sich von dem des Festlands oder dem auf Sylt stark unterscheidet. Als Jugendlicher konnte ich mir nicht vorstellen, auf Amrum zu bleiben. Im Sommer begleitete ich meinen Vater bei seinen Touren mit seinem Motorsegler. Nach Norwegen, durch die dänischen Inseln. Die Tour von Kiel bis Amrum durch den Nordostseekanal dauerte drei Wochen. Dadurch verstärkte sich der Wunsch, die Welt kennenzulernen.

Mit 16 begann ich eine Lehre als Maschinenschlosser auf der Büsumer Schiffswerft. So konnte ich die Leidenschaft für das Wasser mit meinem Hang zur Technik verbinden. Gleichzeitig trat ich in die Marinejugend ein, eine Nachwuchsorganisation der Bundesmarine. Wir machten Kuttersegeln und wurden in Seemannschaft ausgebildet. Wir waren auf einem 1942 gebauten Minensucher unterwegs. Wir waren eine bunte Truppe, vom Bauunternehmer bis zum Kfz-Schlosser war alles vertreten; einige hatten sogar ihre Ehefrauen dabei. Dank der Marinejugend lernte ich Malmö, Kopenhagen, aber auch Helgoland kennen.

Nach der Berufsausbildung stand fest: Ich will zur Marine und Offizier werden. Da wusste ich noch nicht, dass zwischen Marinejugend und Bundesmarine ein großer Unterschied besteht. Das eine war Seesport, das andere ein militärischer Laden. Das eine war Spaß, das andere Zwang. Als mein Kompaniechef mich fragte, ob ich mich für vier Jahre verpflichten wolle, sagte ich ab. Mir gefielen der Umgang und der Ton bei der Marine überhaupt nicht. Die Offiziere kamen teilweise noch aus der Nazizeit. Mannschaftsdienstgrade wurden nicht gerade menschenwürdig behandelt. 22 Mann waren wochenlang rund um die Uhr in einen Raum mit Dreierkojen gepfercht – das war krass. Ich dachte: Mach' deinen Wehrdienst zu Ende und gut ist es.

Das Maschinenbaustudium schmiss ich nach zwei Semestern – zu viel Rechnen. Und die Stelle als Maschinenschlosser bei Siemens in Kiel hatte ich auch nicht lang – zu eintönig.

Schließlich las ich in einer Annonce: Bootsmann für deutsche Privatjacht im Mittelmeer gesucht. Ich dachte: Warum nicht? Schließlich hatte ich Erfahrungen in der Marinejugend und auf dem Motorsegler meines Vaters vorzuweisen. Zehn Tage später meldete sich ein Herr mit bayerischem Akzent am Telefon. Er sagte, die Bewerbung habe ihm gefallen, die Jacht liege in Sevilla, sei 23 Meter lang und es gebe noch einen englischen Maschinisten und einen spanischen Matrosen. Das Angebot: freies Essen, freie Unterkunft und achthundert Mark im Monat. Das Schiff lief unter panamaischer Flagge, das bedeutete, ich musste meinen Verdienst nicht in Deutschland versteuern.

Der Eigner hieß Heinz Krüger und kam aus Penzberg. Er war ein Pfundskerl, ein Urbayer, der gerne segelte. Ihm gehörte ein Wasserkraftwerk, das an die Stadtwerke München verpachtet war, der Penzberger Bahnhof, mindestens eine große Gaststätte, dazu ein Sesselskilift, viel Land und Wald. Ich flog von Hamburg nach Sevilla, und von Mai bis Dezember 1977 fuhren wir das ganze westliche Mittelmeer ab. Meistens wurde am späten Nachmittag in einem Hafen geankert, man machte Ausflüge, ging zum Abendessen, nahm noch einen Drink. Häufig wurden wir begleitet von Krügers Freunden und Bekannten. Man bewegte sich unter Millionären. Wem hätte das nicht gefallen? Ich wusste: Wenn ich in diesem Job hängenbleibe, komme ich nie wieder davon los.

Ich war damals schon mit meiner späteren Frau zusammen. Sie hatte mich während meines Mittelmeertrips in Palma de Mallorca besucht, wo wir uns verlobten. Als mein Job erledigt war, mieteten wir in Kiel eine gemeinsame Wohnung. Ich fing in einer kleinen Schlosserei an, einem Familienbetrieb mit einem Meister und vier, fünf Gesellen; sie machte eine Ausbildung zur Steuerfachgehilfin. Irgendwann erzählten meine Eltern, die Deutsche Gesellschaft zur Rettung Schiffbrüchiger suche Seeleute. Kapitän Harry Tadsen, der in Wittdün Vormann auf dem Seenotrettungskreuzer *Ruhr-Stahl* war, hatte ihnen das erzählt. Als meine Eltern mir ein Grundstück anboten, auf dem wir bauen konnten, gingen wir zurück nach Amrum.

Zunächst fuhr ich unter Kapitän Tadsen als Rettungsmann auf der *Ruhr-Stahl.* Tadsen meinte, ich solle unbedingt das nautische Patent machen. Dafür war ich jeweils sechs Monate auf den Seefahrtschulen in Bremen und Cuxhaven. Danach wurde ich umgemustert zum Dritten Vormann. Als die *Ruhr-Stahl* nach Uruguay verkauft wurde, bekamen wir die *Eiswette,* die bedeutend moderner war. 23 Meter lang. Zwei Schrauben. 2000 PS. Die Maschinentechnik war top. Die *Eiswette* war ein schönes Schiff, wie eigentlich alle Schiffe bei der DGZRS. Gleichzeitig wurde der Dienstplan geändert. Vorher hatten wir drei Wochen Dienst, zehn Tage frei, nun zwei Wochen Dienst und zwei Wochen frei. Als Tadsen pensioniert wurde, wurde ich Zweiter Vormann. Als mein Vormann pensioniert wurde, übernahm ich seine Position.

Deutsche Gesellschaft zur Rettung Schiffbrüchiger (DGzRS): 1865 gegründete, nichtstaatliche Seenotrettungsorganisation mit Sitz in Bremen, die zuständig ist für den Such- und Rettungsdienst in deutschen Hoheitsgewässern. Die DGzRS finanziert sich durch freiwillige Zuwendungen wie Mitgliedsbeiträge, Spenden, Nachlässe und Abgaben der Schifffahrt. Die Gesellschaft verfügt über eine Rettungsflotte von 60 Seenotrettungskreuzern und -booten auf 54 Stationen. Derzeit sind für die DGzRS 185 festangestellte Mitarbeiter sowie etwa 1400 freiwillige und ehrenamtliche Mitglieder im Einsatz.

Am meisten sind mir die Geburten an Bord im Gedächtnis geblieben. Alleine drei hatte ich als Vormann auf der *Eiswette.* Das ging deshalb gut, weil man in solchen Fällen nie ohne Hebamme fährt. Manche Frauen haben geschrien wie verrückt, sodass ihre Männer Schweißausbrüche bekamen. Die taten mir richtig leid. Andere waren völlig ruhig und entspannt. Eine Geburt auf der *Eiswette* verlief total stressfrei. Ruckzuck war das Kind da. Ob man es noch rechtzeitig nach Wyk ins Krankenhaus schafft, weiß man nie. Von Amrum nach Föhr sind es acht Seemeilen. Selbst bei idealen Bedingungen und zwanzig Knoten Höchstfahrt braucht man mit An- und Ablegen mindestens eine halbe Stunde. Wenn unterdessen die Wehen im Abstand von vier, fünf Minuten kommen, weißt du: Jetzt wird es eng.

Die Strandung der *Pallas* gehört natürlich auch zu den Einsätzen, die man nicht vergisst. Das war ja kein Mastbruch oder Maschinenschaden, kein Allerweltsfall. Dass ein Problem auf uns zukam, wussten wir, als die Crew vor Dänemark von Bord ging. Als die *Pallas* drei Tage später brennend und führerlos vor Amrum auf Grund gelaufen war, wurden wir für einen Tag im Löschdienst eingesetzt. Als wir mit der *Eiswette* am Wrack ankamen, roch es schon stark nach Schweröl. Das konnte nur bedeuten: Die Treiböltanks waren gerissen, das Schweröl verbrennt zusammen mit dem Holz. Auf dem Schiff war eine Wahnsinnshitze. Mindestens 600, 700 Grad Celsius. Das Löschwasser verdampfte, bevor es überhaupt auf dem Deck ankam. Da war nichts mehr zu machen. Ich dachte nur: Die wird auseinanderbrechen. So kam es dann auch.

Durch das angeschwemmte Schweröl verendeten Tausende von Vögeln im Watt und an den Stränden. Und vor allem Amrum erlitt durch den Sensationsjournalismus einen massiven Imageschaden.

Wenigstens haben die Verantwortlichen durch die *Pallas* begriffen, dass wir an der Nordsee ein Havariekommando brauchen. Und dass für solche schweren Unglücksfälle ein leistungsfähiger Hochseeschlepper bereitgestellt und auch entsprechend eingesetzt werden muss.

Ich habe sehr gerne als Seenotretter gearbeitet. Seit 2009 bin ich im Ruhestand, aber die vielen guten Erinnerungen bleiben. Die Frage, ob ich nicht doch lieber auf Große Fahrt gegangen wäre, stelle ich mir schon lange nicht mehr. Es macht sowieso keinen Sinn, nachzukarten.

Gerd Hogrefe, *geboren 1953, lebt mit seiner Frau Anne in Steenodde auf Amrum. Das Paar hat drei erwachsene Kinder.*

AUSZUG AUS DER HEILEN WELT

Jeden Tag das Meer sehen, von jedem Platz. Das werden Gudrun und Hermann Matthiesen vermissen. Sie waren die einzigen Bewohner der Hallig Süderoog, 23 Jahre lang. Sie nehmen Abschied von ihrem kleinen Paradies im Wattenmeer.

GM Wenn ich sehe, wie die Bäume ausschlagen, wie die Wiesen langsam wieder ihr Grün annehmen, dann werde ich wehmütig. Noch einmal meine blühenden Heckenrosen sehen, das Orchester der Singvögel hören, den Strandwermut riechen. Dann wird es vorbei sein. Schon im Oktober werden wir nach Pellworm umgezogen sein. Ich weiß nicht, ob wir jemals wieder dieses Gefühl von Unabhängigkeit und absoluter Freiheit spüren, das wir hier auf der Hallig geliebt haben.

HM 23 Jahre werden wir dann auf Süderoog gewesen sein. Eine lange Zeit, in der wir alles verinnerlicht haben, was das Leben auf der Hallig ausmacht: das strahlende Licht im Sommer; die eisige Stille im Winter; die Zwischentöne im Frühling und Herbst; den weiten Blick; die schöne Luft. Wir konnten hier in Ruhe und Frieden leben, in Harmonie mit der Natur und unseren Tieren. Du setzt dich abends ans Wasser und du findest völlig zu dir. Du spürst, dass es da etwas Höheres gibt, eine größere Macht, und dass wir als Menschen nur kleine Rädchen sind.

Nicht mehr jeden Tag von jedem Platz aus das Meer sehen zu können, ist eine schlimme Vorstellung.

GM Der Abschied wird weh tun, das weiß ich. Wir sind schließlich nach und nach mit der Hallig verwachsen. Die Hallig liebt uns, wir lieben die Hallig. Dass wir hier gelandet sind, war ein großes Geschenk. Das hat der liebe Gott so gewollt.

HM Vielleicht sollten wir erstmal erzählen, wie alles begann. Willst du?

GM Angefangen hat es im Herbst 1990, als wir mit unserem Fischkutter wegen schlechten Wetters in Pellworm hängenblieben. Am Abend besuchten wir ein befreundetes bekanntes Ehepaar. Der Mann hatte sich für die Stelle des VERWALTERS auf Süderoog beworben. Als die beiden davon erzählten, war deutlich zu spüren, dass die Frau absolut nicht auf die Hallig wollte. Wenn wir sie scherzhaft als zukünftige »Halligbäuerin« ansprachen, regte sie sich fürchterlich auf. Die beiden hatten ein damals zehnjähriges Kind, das hat die ablehnende Haltung der Frau verstärkt. Es war klar, dass der Mann alleine keine Chance auf den Job hatte. Die Stelle war ausgeschrieben für jemanden mit Partner.

HM Ich fragte Gudrun, ob sie sich vorstellen könne, mit mir auf Süderoog zu leben. Ich sagte, mir würde das gefallen. Wir waren schon immer sehr naturverbunden. Damals lebten wir auf einem Bauernhof an der Küste in Desmerciereskoog, einem Ortsteil von Reußenköge, zwischen Bredstedt und Husum. Der war schon ziemlich einsam gelegen.

Der Verwalter der Hallig Süderoog ist Angestellter des Landesbetriebs für Küstenschutz, Nationalpark und Meeresschutz (LKN) in Husum. Die Hallig ist der einzige ständig bewohnte Ort im Nationalpark Wattenmeer und gehört dem Bundesland Schleswig-Holstein, das sie 1971 für 400.000 Mark von der Familie Paulsen erwarb.

GM Am nächsten Tag rief ich beim Landesbetrieb für Küstenschutz, Nationalpark und Meeresschutz (LKN) in Husum an. Der zuständige Beamte sagte, wir seien zu spät dran, die Sache sei schon entschieden. Doch dann fragte er, wer wir sind. Ich erzählte, dass Hermann als Fischer arbeitete. Ich erzählte von unserem Bauernhof. »Oh«, sagte der Beamte, »den kenne ich, da bleibe ich immer stehen, wenn ich mit dem Auto vorbeikomme, und schaue mir die süßen Ferkel auf der Koppel an.« Am Ende des Gesprächs fragte er noch, wo Hermann geboren wurde. Als er hörte, dass er Pellwormer ist, sagte er, ich solle noch am Abend eine Bewerbung einwerfen.

HM Weil wir zuvor nie auf Süderoog waren, fuhren wir einen Tag später hin. Es war Anfang Oktober, ganz schlechtes Wetter. Im Vorgarten des Hauses standen nur noch drei Bäume. Der Boden der Hallig war vom Pensionsvieh, das der Verwalter eingestellt hatte, komplett zertrampelt. Da wuchs nichts mehr. Der Verwalter schien komplett frustriert zu sein. In jenem Jahr hatte er bis Oktober schon hundert Mal

Landunter gehabt. Die Frau war ihm weggelaufen. Die Räume im Haus waren dunkel, das wirkte alles ziemlich trostlos. Das bremste unseren spontanen Übermut schlagartig. Ich sagte zu Gudrun: »Hm, ich denke, da haben wir Blödsinn gemacht.«

GM Inzwischen hatte der Landesbetrieb aber unsere Bewerbung bekommen und uns zu einem Vorstellungsgespräch gebeten. Nach unserem Besuch auf Süderoog traten wir entsprechend unkooperativ auf. Hermann fragten sie, ob er für Touristen Führungen machen und die Geschichte der Hallig erzählen würde. Hermann sagte: »Ich kann besser mit dem Spaten arbeiten.« Wir dachten, wir hätten uns damit geschickt aus der Affäre gezogen, hakten die Hallig ab und nahmen unseren alten Trott wieder auf.

HM Einige Wochen später kam ich mit meinem Fischkutter in den Nordstrander Hafen. Die anderen Fischer begrüßten mich und sagten. »Gratulation, ihr habt die Hallig!«

GM Als ich dazu kam, sagte ich zu Hermann: »Und dein Boot habe ich auch schon verkauft.«

HM Das hat mich zunächst umgehauen. Ich bin 27 Jahre zur See gefahren, 21 Jahre davon als Kapitän und Küstenschiffer. Asphalt für den Deichbau, Futtermittel liefern. Mein erstes Schiff taufte ich *Süderoog*. Ich ahnte natürlich nicht, dass ich da mal leben würde. Ich kannte sie vom Vorbeifahren und dachte nur: Das ist eine schöne Hallig, so nennst du dein Schiff. Nach der *Süderoog* hatte ich die *Nordland*. Die war 42 Meter lang, da gingen zehn Sattelschlepper à 30 Tonnen rein. Aber irgendwann waren die Frachten rückläufig, das Geschäft lohnte sich nicht mehr und ich kaufte mir einen Krabbenkutter. Im Frühjahr und Herbst ging ich auf Porren, im Sommer auf Seezunge und Scholle.

GM Zum ersten Mal sah ich Hermann, als mein Freund auf der *Nordland* eine Funkanlage installierte. Ein Jahr später war ich mit einem Bekannten wieder zu Besuch. An dem Tag bin ich gleich geblieben. Ich war siebzehn. Jetzt sind wir seit 33 Jahren verheiratet.

HM Wir passen eigentlich gar nicht zusammen, weil Gudrun Wassermann ist und ich Fisch bin. Wir sind beide stur, ungeduldig, bei uns muss immer alles schnell gehen. Auf der Hallig muss man sich verstehen. Man ist sehr aufeinander angewiesen. Ohne den anderen geht es nicht. Mal gibt der eine nach, mal der andere, wer Recht hat, der führt.

GM Wir kamen am 19. November 1990 auf Süderoog an. Unser Vorgänger fuhr mit dem Schiff, mit dem wir kamen. Am Anfang war die Hallig gewöhnungsbedürftig. 62 Hektar kriegst du nicht von heute auf morgen in den Griff. Haus, Stall und Koppeln waren in keinem guten Zustand. Anfangs mussten wir richtig hart arbeiten. Und wir mussten lernen, uns mit bestimmten Dingen abzufinden. Wenn wir mal nicht wegkönnen, weil das Wetter schlecht ist, zum Beispiel. Im Winter sind wir manchmal wochenlang abgeschnitten von der Welt. Heute sind wir darüber nicht mehr so enttäuscht wie früher. Im Gegenteil, wir genießen es.

HM Fließendes Wasser haben wir seit 1996. Strom liefert eine Solaranlage. Anfangs hatten wir eine Windmühle, aber all den Strom, den sie produzierte, konnten wir gar nicht verbrauchen. Wir gehen sehr bewusst mit Energie um. Unsere Fußböden sind für Fegen und Teppichklopfen ausgelegt. Dann braucht man auch keinen Staubsauger. Die Waschmaschine läuft nur, wenn das Dieselaggregat Strom liefert. Auf Fernseher, Internet oder Mobiltelefon verzichten wir aus Überzeugung. Wichtige Informationen erhalten wir von Freunden und Bekannten. Die einzigen Zeitschriften, die wir abonniert haben, sind *Natur & Heilen* und *Starke Pferde*. Unsere Verbindung zum Festland ist unser Fischkutter.

Und natürlich Knud, unser Postbote, der zweimal wöchentlich kommt und im Sommer Wattwandergruppen führt.

GM Wir haben ein kleines Gewächshaus, wir kochen unser Obst, Gemüse, sogar das Hundefutter selbst ein. Früher habe ich Butter gemacht, jetzt nicht mehr. Brot backe ich mitunter noch. Hermann schlachtet und macht Bratwürste, Rouladen, Suppenfleisch. In seiner Räucherkammer hängen gerade Lammschinken und ein Hinterschinken von einem Biobullen. Wir haben unseren eigenen Bio-Standard kreiert. Alle ein bis zwei Monate fahren wir mit dem Fischkutter nach Nordstrand und holen unsere Vorräte ab. Die Bestellung geben wir per Telefon dem Biogroßhandel durch. Im November besorgen wir bei einer Tour die Vorräte für den ganzen Winter. Kleidung kaufen wir im Naturtextilversand. Shoppen gehen wir nie.

GM Ich werde oft gefragt, ob ich nichts vermisse. Aber was brauche ich denn, was ich nicht habe? Wir haben gemerkt, dass das, was wirklich gut ist für uns, auch kommt, und alles andere nicht wichtig ist. Ich muss auch nicht alles kriegen, was ich vielleicht haben will. Ich glaube, dass die Menschen in ihrem Konsumdenken nicht mehr erkennen, was sie wirklich brauchen, was wirklich wichtig ist. Sehnsucht nach dem Festland hatte ich nie. Wenn ich in Hamburg meine Schwester besuchte, war das nicht direkt schlimm, aber schön war es auch nicht.

HM Wenn jemand zu mir sagt: »Was, Sie leben ganz alleine mit Ihrer Frau auf einer Hallig, reicht Ihnen das?«, sage ich: »Was soll ich machen? Sie gönnt mir keine zweite.«

GM Den Spruch bringt er gerne. Im Ernst: Ich bin immer wieder überrascht, wie die Menschen darauf reagieren, wenn sie von uns erfahren. Wir waren ja schon oft im Fernsehen oder in der Zeitung. Danach kriegen wir dann immer Post oder Weihnachtsgeschenke von wildfremden

Leuten. Einmal fand ich eine Flaschenpost. Ein Mädchen hatte sie auf Norderney ins Meer geworfen. Das Mädchen lebte in Bedburg im Rheinland. Ich schrieb ihr, und zurück kam ein Brief von der ganzen Schulklasse mit Foto. Das alles zeigt mir, welche Sehnsucht die Menschen nach einer heilen Welt haben, die sie bei uns vermuten.

HM Die suchen natürlich nach einem Klischee. Die Realität interessiert sie weniger. Bei uns gehören Landunter und Sturmfluten zum Alltag. Weil wir die Warfterhöhung, die uns von der Politik immer wieder versprochen wurde, nie bekamen, stand das Wasser immer mal wieder im Vorgarten. Reingelaufen ist es nur einmal, als ich vergessen hatte, die tiefere Tür im Süden mit Silikon abzudichten. Beim Sturm *Anatol* sah es zunächst schlimm aus. Da war schon zwei Stunden vor Hochwasser der Hausflur voll. Aber dann hat der Wind von Südwest auf Nordwest gedreht und abgenommen statt zugenommen, was völlig überraschend kam.

GM Größere Probleme hatten wir im Watt. Manchmal sind wir von einem Gewitter überrascht worden, manchmal vom Wasser. Einmal mussten wir bei furchtbarem Wetter gegen Sturm und ansteigende Tide zu Fuß zur Hallig laufen. Einmal kamen wir von einer Fortbildung des Nationalparks mit dem Schiff zurück. Unser Schiff war damals noch nicht umgebaut und für starke Stürme gerüstet. Da kamen unvorstellbare Wellen auf uns zugerollt. Ein Wunder, dass wir mit unserer Nussschale heil durchkamen.

HM Ich konnte einmal wegen Sturm nicht anlegen und musste vor der Hallig ankern. Da saß ich dann elf Stunden mit einer Packung feuchter Kekse und einer Flasche Wasser fest.

Alles in allem kann man aber sagen: So richtig gefährliche Situationen waren in all den Jahren selten. Aber wahrscheinlich würde das jemand, der die Natur nicht so liebt wie wir, anders sehen.

GM Bis heute haben wir um unseren FETHING herum fünfhundert Bäume und Sträucher gepflanzt. Birken, Eschen, Erlen, Eichen, eine Kastanie und Ulmen, die sind ganz wichtig. Ulmen stehen für gute Gesinnung. Wir haben Äpfel, Birnen, Mirabellen, Holunder. Damit die Singvögel hier nisten können. Süderoog ist für Singvögel wieder ein ganz wichtiges Biotop in der Nordsee geworden. Vergangenes Jahr summten plötzlich zwei Bienenschwärme hier, schätzungsweise 40.000 Tiere. Wenn die nicht innerhalb von eineinhalb Tagen Nahrung bekommen, sterben sie. Ich habe dann eine Imkerin auf Pellworm angerufen und zu den Bienen gesagt, sie sollten sich gedulden, Hilfe sei unterwegs. So sind wir zu unseren Bienenstöcken gekommen.

Fething: Teich, in dem Regenwasser gespeichert wird, das zur Versorgung des Nutzviehs auf Halligen dient; einige werden zusätzlich von Grundwasserquellen gespeist.

HM Zum landwirtschaftlichen Betrieb gehören 25 Mutterschafe, zwei Kühe, drei Pferde, Gänse und Hühner. Unsere größte Sorge galt immer den Tieren. Wenn man hier Tiere hält, hat man auch die Verantwortung, für sie da zu sein. Für unsere Tiere haben wir eine riesige homöopathische Hausapotheke angelegt. Als unsere Junglämmer an der Breinierenkrankheit laborierten, die tödlich ist, hat Gudrun für sie eine homöopathische Heilung mit drei Mitteln entwickelt. Gegen jede Krankheit ist ein Kraut gewachsen. Und wir sagen: Ein Landwirt, der bei Kälte, Sturm und Regen seine Tiere nicht reinholt, gehört nach draußen, neben seine klatschnassen, eisigen Tiere. Und zwar ohne Ölzeug.

GM Bei uns gibt es noch echte Glucken mit Küken. Glucken kommt von glücklich, nicht umgekehrt. So wie heutzutage Hühner gehalten werden, würde ich auch nicht glucken. Unsere fressen, was sie wollen, sie können sich bewegen, wie und wo sie wollen.

HM Damit sich die Landwirtschaft mit dem Tourismus ergänzt, haben wir die Lammzeit immer so gelegt, dass wir mit den Flaschenlämmern aus dem Gröbsten raus waren, wenn Anfang Mai die Saison begann. Wenn sie im Oktober vorbei war, hatte ich wieder mehr Zeit für Reparaturen und andere Sachen. Schafe scheren. Hufe machen. Du kümmerst dich um das Land, die Zäune, wir haben sukzessive den Steindamm erhöht. Dazu Kohlen schleppen, Futtergetreide im ersten Stock einlagern. Nach Landunter muss der Fething möglichst schnell leergepumpt werden, sonst gehen die Bäume ein.

GM Die Touristen werden mit selbstgemachtem Kuchen und Kartoffelsuppe bewirtet. Wenn du manchmal fünfzig Leute auf dem Hof stehen hast, die Hunger und Durst haben, muss jeder Handgriff sitzen. Das ist schon anstrengend. Wir haben das auch gemacht, um neben Hermanns Gehalt noch ein kleines Einkommen zu haben.

HM Die Wattwanderer bleiben eine Stunde, die Ausflugsschiffe zwei Stunden. Ich zeige ihnen das Haus, den Pesel, unser Flur wurde mit historischen Möbeln ausgestattet vom Museum in Husum. Ich zeige ihnen den Schutzraum, gehe mit ihnen zum Fething. Nebenher erzähle ich die Geschichte. Dass auf Süderoog seit dem 17. Jahrhundert die Erbpacht galt, bei der das Amt des Strandvogts von Generation zu Generation übertragen wurde. 1868 stellte Paul Andreas Paulsen, dessen Familie lange auf Süderoog ansässig war, den Antrag, man möge ihm die Hallig übereignen. Sein Sohn Hermann Neuton, der 1898 hier geboren wurde, war so angetan von der Idee des Völkerbunds, dass er von 1927 bis 1951 hier Jugendlager abhielt. Die Kinder und Jugendlichen kamen aus verschiedenen Ländern und sozialen Schichten. Allerdings waren es lange Zeit nur Jungs. Weshalb Süderoog auch bekannt ist als die »Hallig der Jungs«.

GM Wenn ich zurückblicke auf unsere Zeit auf Süderoog, kann ich nur sagen: Wir wollten genau so leben. Deshalb haben wir hier auch ein Vermögen gelassen. Die Bäume, der Trecker, der Hänger, unser Fischkutter, die Windmühle, der Solarstrom, das Futter für die Tiere. Das kostet alles enorm viel Geld. Und das macht man nicht aus Profitdenken. Dazu braucht es Überzeugung. Wer auf Kosten der Natur Geld verdienen will, ist auf einer Hallig fehl am Platz.

HM Was uns geärgert hat: Wenn Leute kamen, die ihre Geschichte über die Hallig und uns schon im Kopf hatten. Wenn ein Fernsehteam Gudrun für Aufnahmen aufs Pferd gesetzt hat oder bloß beim Stricken filmen wollte.

GM Können die mich nicht mal beim Kochen, Abwaschen und Toiletteputzen filmen? Das ist meine Arbeit. Über Hermann wurde in den Medien berichtet, er würde mit dem Kutter bis Holland fahren und dort Fisch verkaufen. Das ist reiner Unfug. Über mich hieß es, ich würde um fünf Uhr morgens aufstehen und bis elf Uhr abends arbeiten. Das kann schon mal vorkommen, aber nicht jeden Tag. Dafür erwähnen die meisten Journalisten nicht, dass wir uns als Naturschützer verstehen, ökologisch wirtschaften und uns und unsere Krankheiten homöopathisch behandeln. Wenn wir authentisch dargestellt werden sollen, dann muss das im Mittelpunkt stehen. Nicht mal den *Apotheken Ratgeber* hat das interessiert.

HM Wir wären gerne noch länger hiergeblieben, aber es ging einfach nicht mehr. Die Arbeit ist in meinem Alter nicht mehr zu schaffen. Wir haben in Pellworm einen Resthof gekauft und renoviert, den wir als Ferienwohnung vermieten werden. Wir werden im Lütthus, dem Stallgebäude neben dem Haus, einziehen, den ich umgebaut habe. Leider werden wir das Meer nicht mehr sehen können, weil der Deich davor liegt. Die gute Seite ist, dass wir noch was Neues anfangen können. Worauf ich mich freue, ist, dass wir mehr Tanzen gehen. Das letzte Mal, als wir Tanzen waren, kamen wir erst um fünf Uhr morgens nach Hause.

GM Wir werden ganz sicher das Beste aus unserem neuen Leben machen. Aber die Leute von den anderen Halligen, die uns gut kennen, sagen alle: Ihr gehört nicht nach Pellworm. Ihr gehört nach Süderoog.

***Gudrun Matthiesen**, Jahrgang 1962, und **Hermann Matthiesen**, Jahrgang 1948, verlassen Süderoog am 30. September 2013 und leben künftig auf Pellworm.*

DIE STRANDBURG

Seit über hundert Jahren thront ein Grandhotel auf einer Düne in Westerland. Die Besuche von Künstlern, Politikern und Schauspielern haben das »Miramar« berühmt gemacht. Ein Verdienst von Inhaber Nicolas Kreis und seiner Familie.

Das *Miramar* hat viel mit Liebe zu tun. Eine Liebesgeschichte hat es inspiriert. Die Liebe hat alle Menschen getragen, die es geführt haben. Die Liebe zum Familienerbe hat meinen Großvater, meine Mutter und letztlich auch mich ganz natürlich in unsere Aufgaben hineinwachsen lassen. Und dazu gehört nicht zuletzt die Liebe zu dem Ort, dem Platz, an dem das Haus steht: Sylt, Westerland, unsere Düne über der Promenade.

In diesem Jahr wird das *Miramar* 110 Jahre alt. Sein Entstehen hat es dem Geist der Gründerzeit zu verdanken. Von der Architektur her ist es schon Jugendstil. Es steht für Westerlands Aufstieg zum Weltbad, hat zwei Weltkriege und den Faschismus überstanden. Es hat das Kaiserreich, die Weimarer Republik, die junge Bundesrepublik und die Wiedervereinigung erlebt. Im *Miramar* wurde bezahlt mit Goldmark, Reichsmark, D-Mark, Euro und während der Inflation der 20er-Jahre mit Devisen aller Art. Und es war in all der Zeit so oft in seiner Existenz bedroht, dass es ein Wunder ist, dass es überhaupt noch da ist.

Es ist nicht leicht, die Geschichte eines Hauses und seine Identität zu bewahren und dennoch stets zeitgemäß zu bleiben. Das *Miramar* hat sich den Stil und die Eleganz eines klassischen Grandhotels bewahrt, ohne dabei in Patina zu ersticken, obwohl jede Vorhangfalte und jeder Teppich, jeder Flur, jede Wand eine Geschichte erzählt. Im *Miramar* ging es immer darum, den Gast mit Komfort und Charme zu verwöhnen, ihm eine besondere Erfahrung, eine unvergessliche Zeit zu bescheren. Und das schafft man auch nur mit Liebe, der Liebe zu unserem Beruf.

Die Idee für das *Miramar* hatte mein Urgroßvater von einer Reise an die Adria mitgebracht. In der Nähe von Triest hatte er das Schloss *Miramare* gesehen, das Erzherzog Maximilian von Habsburg als Liebesnest für seine Frau Charlotte von Belgien bauen ließ. Von da an hatte er einen Traum: So ein Haus würde auch er bauen und daraus ein Hotel machen. Otto Busse – so hieß er – war ein zupackender Geschäfsmann. In der Berliner Prinzenstraße führte er ein Restaurant mit Droschkenverleih. Als er in Holland keinen geeigneten Platz für sein Projekt fand, kam er nach Sylt, wo seit 1899 Grundstücke auf dem Dünengürtel zwischen Rantum und der Grenze zu den Norddörfern angeboten wurden. Am Ende der Friedrichstraße war er am Ziel. Diese Düne, die musste er haben.

Sich in eine Idee zu verlieben, ist eine Sache. Den Mut zu haben, sie umzusetzen, eine andere. Ein luxuriöses Stadthotel auf einer friesischen Insel, die damals noch schwer zu erreichen war und auf die sich im Winter keine Gäste verirrten – wie sollte das funktionieren? Damals landeten die Besucher noch in Munkmarsch, von wo aus sie mit Pferdekarren nach Westerland gebracht wurden. Doch mein Urgroßvater witterte das Potenzial von Sylt für den Tourismus. Das gesunde Klima. Die Reize der Landschaft. Die langen, weißen Strände. Es gab schon ein Kurhaus, eine Wandelhalle, ein Warmbadehaus, dazu ein Elektrizitätswerk und Telefonanschluss über ein Seekabel, was für die Zeit eine Besonderheit war. Eine Verbindung mit dem Schnelldampfer von Hamburg über Helgoland nach Hörnum war geplant. In einem Brief an seinen Sohn Georg schrieb er: »Auf keinen Fall ist Geld zu verlieren, wenn man das Land auch nur zum Wiederverkauf erwirbt.«

Das *Miramar* wurde im Sommer 1903 eröffnet. Sechzig Fremdenzimmer, hieß es in einem Prospekt, vorzügliche Betten und jeder Komfort der Gegenwart. In die Ausstattung hatte mein Urgroßvater ein Vermögen gesteckt: Eichenmöbel, Chaiselongues, Marmortische, Handtuchhalter aus Nickel, Kristallglasspiegel. 370.000 Mark hat ihn das gekostet. Das Westerländer Kurhaus war 90.000 Mark billiger. Das *Miramar* war vom ersten Tag an ein Erfolg. Die Gäste kamen aus Wien, Budapest, Bukarest, Galizien, Paris, Moskau, sogar aus Brasilien und den USA. Sie kamen mit Chauffeur und Kindermädchen und zogen sich dreimal am Tag um. Besonders geschätzt wurde der Blick. Statt mit den üblichen zwei schmalen Fenstern wurde das *Miramar* mit großen Panoramafenstern ausgestattet. Die Leute sagten, sie fühlten sich dem Meer so nahe wie auf einem Luxusliner.

Die Nähe zum Meer wäre dem *Miramar* allerdings beinahe zum Verhängnis geworden. Obwohl der Baumeister und der Architekt aus Westerland kamen, hatte keiner meinen Urgroßvater vor Sturmfluten gewarnt. Am 12. März 1906 wütete das Meer derart, dass am nächsten Morgen die Vordüne weg war. Drei Meter Küste verschlungen von der See. Über Nacht war die Abbruchkante an das *Miramar* gerückt. Der Westflügel drohte unter seinem Eigengewicht einzustürzen. Deshalb ließ mein Urgroßvater eine 68 Meter lange Stützmauer bauen, die zu Beginn der Sommersaison 1907 fertig war. Das war revolutionär damals, der Stadt Westerland wäre so eine Maßnahme nie eingefallen. Hätte die Mauer nicht gestanden, das *Miramar* wäre spätestens bei der nächsten Sturmflut ins Meer gestürzt.

Die ersten vier Jahre meines Lebens verbrachte ich im Hotel. Erst danach bauten meine Eltern ein Haus in Wenningstedt. Aber auch danach waren wir die meiste Zeit im *Miramar*. Ich fühlte mich sehr stark zu meiner Großmutter hingezogen. Sie war die dritte Frau meines Großvaters Georg Busse. Bei Oma Helene durfte ich fast alles machen. Sie war ein wenig jungslastig. Vielleicht, weil ihre vier Kinder Mädchen waren. Ihr einziger Sohn, den sie in die Ehe mit meinem Opa brachte, war im Krieg gefallen. Ich erinnerte sie wohl an meinen Opa. Noch heute höre ich oft, ich wäre ihm sehr ähnlich. Wegen meines weißen Haars, wegen der Augen und weil ich angeblich seine Lebenseinstellung geerbt habe. Leider kann ich dazu nicht viel sagen, er ist lange vor meiner Geburt gestorben.

Mein Großvater war ein Künstler und Lebemann. Er hatte an der Münchener Kunstakademie studiert und galt als einer der ersten freien Bildberichterstatter Berlins. Mit seinen Collagen belieferte er den Ullstein-Verlag und große Illustrierte. Er hatte neun Töchter, zwei Söhne und einen Adoptivsohn. Mein Großvater war die schillernde Figur des Hauses, der mit den prominenten Gästen wie Hans Albers für Fotografen posierte, der mit bekannten zeitgenössischen Malern befreundet war, die ihn auch animierten, selbst zu malen. Was er auch tat. Als Maler war er wirklich beeindruckend. Noch im hohen Alter wurde er von der Presse als Sylter Original gefeiert. Meine Oma stand immer ein wenig in seinem Schatten. Sie war 1919 als Sekretärin ins *Miramar* gekommen und führte es bis 1972. Sie brachte das Hotel durch die schwersten Zeiten, die Weltwirtschaftskrise, den Zweiten Weltkrieg und die Jahre danach.

Meine Mutter Petra war die jüngste Tochter von Oma Helene. Sie hatte in Heidelberg das Hotelfach gelernt und am Bodensee gearbeitet. Mein Vater, Günther Kreis, war ursprünglich Holzhändler. Meine Mutter war diejenige, die sich mehr um die Gäste kümmerte. Mein Vater war eher der Geschäftsmann, der von seinem Büro aus agierte. Er war auch jemand, der sich der Kunst zugewandt fühlte, allerdings mehr der Literatur. Er hat Bücher bewundert wie *Zettels Traum* von Arno Schmidt. Für mich war das nur eine Aneinanderreihung von Buchstaben, die keinen Sinn ergab. Ich war nicht der brillanteste Schüler. Deutsch, Latein, Englisch waren nicht meine Sache. Mit fünfzehn wurde ich nach St. Peter-Ording aufs Internat geschickt. Das habe ich meinem Vater damals sehr übel genommen. Für uns Kinder blieb wenig Zeit, weil meine Eltern in Wenningstedt auch noch ein Restaurant führten.

Meine Eltern haben die Erbengemeinschaft in den 70er-Jahren ausbezahlt mit einem Privatkredit, den ein Stammgast einfädelte. Sie haben das *Miramar* danach grundlegend saniert. In meiner Jugend gab es teilweise nur Waschbecken auf den Zimmern, geduscht wurde auf der Etage, die Heizung musste modernisiert werden. Ein Haus wie das *Miramar* ist eine ständige Herausforderung. Das bedeutet Bauen, Renovieren, Bauen, Umbauen, Renovieren. Mein Urgroßvater hatte das Flachdach konzipiert, um später eine weitere Etage draufzusetzen. Passiert ist das erst 1989. Wir würden gerne noch den Flügel zur Seeseite schließen. Aber im Prinzip wirst du nie fertig. Irgendwo fehlt immer ein Haken. Das unterscheidet uns von vergleichbaren Häusern der großen Hotelketten. Aber ich glaube, gerade dass sich das *Miramar* immer noch entwickelt, macht seinen Charme aus.

Ich musste nie dazu gedrängt werden, das Hotel zu übernehmen. Ich wollte das immer machen. Ich bin gerne hier. Ich sitze gerne mit meiner Frau oder Freunden auf der Terrasse und lasse den Blick schweifen. Ich sitze gerne abends an der Bar und kümmere mich um die Gäste. Ich frage nie, was jemand beruflich macht. Das sind teilweise sehr vermögende Leute mit großen mittelständischen Betrieben, denen man das überhaupt nicht ansieht. Und dann hast du wieder einen, der reinkommt und den dicken Maxe macht, aber kein Geld in der Tasche hat. Es kommt hier ohnehin nicht so gut an, wenn sich jemand aufspielt. Die Einheimischen schätzen eher hanseatische Zurückhaltung. Ich will auch nicht ständig erzählen, welche Prominenten bei uns absteigen. Wenngleich allgemein bekannt ist, dass Udo Lindenberg zu unseren Stammgästen zählt. Aber Udo ist schon lange kein Gast mehr, der gehört längst zur Familie.

Die Familie war immer das Rückgrat des *Miramar*. Meine Eltern haben mich und meine Frau von Beginn an sehr selbstständig arbeiten lassen. Meine Frau kommt aus Zypern. Wir lernten uns während unserer Ausbildung an der Hotelfachschule Bad Hofgastein und in Schloss Kleßheim bei Salzburg kennen. Wir sind seit 1981 zusammen, seit 1982 ist sie auf Sylt. Ohne meine Frau könnte ich das *Miramar* nicht machen. Sie ist extrem geschäftstüchtig. Sie geht in ihrer Arbeit total auf. Wenn ich mich mit meinem Vater gezofft hatte und ich sagte: »Ich kündige«, sagte er: »Du kannst gehen, aber deine Frau bleibt hier.«

Christiana hat auch einen wesentlich besseren Geschmack als ich. Aber das liegt wohl in der Natur der Sache. Männer sagen: »Hier stehen Blumen.« Frauen sagen: »Hier stehen Blumen und sie sind falsch zusammengesteckt.« Ich gehe zur Bank und zum Steuerberater. Meine Frau ist die große Organisatorin, die Therapeutin für die Mitarbeiter und kümmert sich um die Details. Sie besorgt Jugendstillampen, antike Kerzenleuchter oder eine Antiquität für die Rezeption. Und immer passt es. Wir achten auch darauf, möglichst viel der historischen Substanz, etwa die Stuckdecken, zu erhalten. Das *Miramar* ist das einzige Hotel seiner Zeit auf Sylt, das bis heute erhalten geblieben ist.

Leider ist während des Zweiten Weltkrieges und in den Jahren danach viel kaputtgegangen oder abhandengekommen. Nach 1945 war das *Miramar* zunächst ein polnisches Lazarett, danach wohnten Flüchtlinge und britische Soldaten im Haus. Meine Großeltern mussten für mehrere Jahre ausziehen. Als meine Oma 1949 zurückkam, hatten die Wände Risse, die Fenster waren verzogen, Mobiliar und Kunstgegenstände waren verschwunden. Von den alten Gästebüchern ist beispielsweise nur noch eines übrig. Zum Glück waren wenigstens die Bilder, die mein Großvater im Treppenhaus an die Wände gemalt hatte, unversehrt.

Ein anderes Haus, an einem anderen Platz, an einem anderen Ort? Wer weiß, ob es überlebt hätte. Aber das *Miramar* steht nun mal auf dieser dramatischen Düne, auf einer wirklich außergewöhnlichen Insel. Die Infrastruktur, die Sylt bietet, ist einmalig. Du findest hier alles von der Imbissbude bis zur Sternegastronomie. Du hast Geschäfte, Boutiquen, Nachtclubs, einen Golfplatz, einen Flugplatz. Schon klar, wir haben kein Mittelmeerklima, aber wir haben diese gute Mischung aus Sonne, Wind und Wellen. Als unsere Kinder noch klein waren, bin ich mit ihnen jeden Nachmittag ans Meer gefahren. Unser Strandkorb stand vor der Sansibar. Ich sage gerne: Schade, dass ich auf Sylt nicht Urlaub machen kann.

Wie es weitergehen wird mit dem *Miramar?* Die Hotelbranche hat es allgemein schwer. Gute Mitarbeiter zu finden, ist schwierig geworden. Die Leute registrieren sehr wohl, wenn der Preis für das Schnitzel hochgeht. Und ich kann verstehen, dass man überlegt, ob man für dasselbe Geld lieber eine Woche woanders verbringt anstatt zwei, drei Tage im *Miramar*. Noch dazu, wenn man zweimal hier war und das Wetter nicht gepasst hat. Ich persönlich mag es, dass das Klima hier rauer ist, aber für das Geschäft wäre es besser, wenn wir mal wieder einen Reklamesommer hätten.

Ob meine Kinder das Hotel einmal weiterführen wollen, überlasse ich ihnen. Sie müssen nicht, wenn sie nicht wollen. Welcher Aufwand hinter so einem Betrieb steckt, wissen sie. Wir arbeiten häufig von acht Uhr morgens bis Mitternacht. Meine Frau oder ich – einer ist immer hier. Die Liebe zum *Miramar* haben meine Kinder jedenfalls geerbt. Wenn ich sage, wir könnten doch auch verkaufen, auch wenn es nur im Spaß dahingesagt ist, dann herrscht ganz schlechte Stimmung. Bei so einem Satz kriege ich mit den Kindern richtig Ärger. Aber jeden Tag am *Miramar* vorbeizukommen und nicht reinzugehen, weil es nicht mehr der Familie gehört? Unvorstellbar. Ich könnte noch nicht mal auf Sylt umziehen. Hörnum ist weit, sagt der Sylter. Mir wäre Hörnum eindeutig zu weit weg.

***Nicolas Kreis**, geboren 1959, betreibt das Hotel »Miramar« seit 2000 zusammen mit seiner Frau Christiana, geborene Theodosiadou. Das Paar hat zwei Kinder. Mariella studiert Betriebswirtschaftslehre in Hamburg; Lucas besucht das Internatsgymnasium Louisenlund in Güby (zwischen Schleswig und Eckernförde).*

Flatternde Fahnen am Badestrand
Vielhundertfältig, von jedem Land
Wohlige Freude, kindliches Lärmen
Der Strandweg wimmelnd von Mädchenschwärmen
Hoch aus den Lüften der Möwe Schrei
Von ferne grüssend ein Segel vorbei
Da surrt es – ein ›Hoch‹ grüsst dem Flieger nach
Das ist Westerland am sonnigen Tag

Das Meer aufbrausend in Gischt und Schaum
Im Nu überflutend der Burgen Raum
An die Buhnen krachend mit wilder Gewalt
Dass pfeifendes Heulen die Luft durchhallt
Zerrissender Wolken ein fliehendes Heer
Die der Sturmgott treibt über Länder daher
Und ein Tosen wie uraltes Siegerlied
Das ist Westerland, wenn der Sturmwind zieht

Du deutsche Insel am Nordseestrand
Wo friesische Art in Ehren genannt
Empfange alljährlich die Pilgernden gern
Die in der Grossstadt dem Meere fern
Lass in Sonnesgluten und Windeswehen
Ein kernhaft gesundes Geschlecht erstehen
Das in Freiheitskämpfen der Zukunft wild
So fest einst steht wie der Vogt von Sylt

Gästebucheintrag von Gustav Stresemann
(Außenminister der Weimarer Republik)
»Zur Erinnerung an den schönen und genussvollen
Aufenthalt im ›Miramar‹, Sommer 1913«

KEIN TAG OHNE BEUTE

In den Dünen geht er auf Motivjagd. Seit Jahrzehnten macht der Chronist Georg Quedens Fotos von Vögeln, Meer und Landschaft. Seine kindliche Neugierde hat nie nachgelassen, obwohl sie ihn fast das Leben kostete.

Es war Spätherbst. Ich muss zehn oder elf Jahre alt gewesen sein. Wie fast jeden Tag war ich von vier Uhr morgens an in den Dünen unterwegs. Mein Revier. Möweneier suchen. Karnickel jagen. Mit der Angelleine ins Watt. Es gab nichts Schöneres. Außer natürlich, Strandgut aufzuspüren. Wenn es nachts wehte und stürmte, wenn die Fenster klapperten, musste ich raus und nachsehen, ob etwas Wertvolles angeschwemmt wurde. In einem meiner Bücher habe ich es so beschrieben: »Unvergleichlich, die Wonnen der Jagdleidenschaft und des Beutetriebs in dunklen oder mondhellen Sturmnächten, an der brüllenden Brandung des Kniepsandes, umzingelt von allen Geistern des Meeres.«

An diesem Morgen im Spätherbst war ich stundenlang barfuß durch den Sand gelaufen, der eisig kalt war vom Frühreif. Um Karnickel zu fangen, musste ich barfuß laufen. Mit Schuhen wäre ich nicht schnell genug gewesen. Ich kannte damals jede Karnickelhöhle auf Amrum, und ich hatte keine Berührungsängste, wenn ich die Tiere zu fassen kriegte. An den Hinterläufen aus dem Loch gezogen, ein Handkantenschlag hinter die Ohren, zack, in Sekundenbruchteilen waren sie tot. Die Jagd ist wie eine Droge. Man ist dann wie in einem Tunnel, fixiert auf die Beute und nimmt sonst nichts wahr. Ich spürte damals nicht, wie die Kälte in meine Beine kroch. So holte ich mir eine bakterielle Entzündung in Knie und Hüftgelenk.

Die Erkrankung hat mein Leben für immer verändert. Ein, zwei Penizillinspritzen, und die Sache wäre erledigt gewesen. Doch damals gab es in Deutschland kein Penizillin. Die Ärzte hatten nicht die Ausbildung wie heute, viele waren bessere Sanitäter. Ich weiß nicht, ob sie rechtzeitig und richtig handelten. Jedenfalls blieb mein linkes Bein steif, ein Dutzend Operationen später hatte ich keine Gelenkpfanne mehr, dafür ein verkürztes Bein, und irgendwann war auch noch eine Niere weg.

Wer weiß, was aus mir geworden wäre. Vielleicht hätte ich studiert. Doch wegen der vielen Krankenhausaufenthalte war ich selten in der Schule und absolvierte am Ende nur sechs Klassen. So bin ich Fotograf geworden wie mein Vater, bei dem ich eine Lehre machte. Mein Vater war gelernter Maler und Anstreicher, hatte sich aber mit dem zunehmenden Fremdenverkehr mit einem Fotoladen selbstständig gemacht. Dazu betrieb er eine Autovermietung. Diese Geschäfte sollte ich übernehmen. Übernommen hat sie letztlich mein Bruder, der zunächst zur See fuhr und Kapitän werden sollte, aber diese Karriere wegen eines Augenfehlers nicht fortsetzen konnte. Für meinen Berufs- und Lebensweg war es ein Glücksfall, dass er schließlich die väterlichen Geschäfte fortführte. So hatte ich die Möglichkeit, mich selbst zu erfinden.

Ich konnte zwar nicht mehr so laufen wie vorher, doch meine Leidenschaft trieb mich weiter in die Dünen. Nur dass ich meine Objekte nun mit der Kamera erbeutete. Stundenlang kauerte ich in meinen Zeltverstecken. Man muss die Vögel täuschen, etwa indem jemand mitkommt, der dann das Zelt wieder verlässt.

Mit der Zeit baute ich ein Archiv auf. 1958 hielt ich meinen ersten Diavortrag, seither sind es bis zu dreihundert im Jahr. Über die Nordsee und das Wattenmeer, über die Amrumer Vogelwelt, über Amrum in der guten alten Zeit. Wenn man auf die achtzig zugeht, geht das in die Beine, aber ansonsten bin ich kerngesund. An mir verzweifelt jeder Arzt und Apotheker, nicht ein Pfennig ist an mir zu verdienen. Die Hüftsache hat sich ja längst eingelaufen, das nehme ich gar nicht mehr wahr.

Große Mandränke: Sturmflut des 16. Januar 1362, bei der laut mündlicher Überlieferung an der Nordseeküste 100.000 Menschen ertrunken sein sollen. Diese Zahl wird jedoch unter Historikern als übertrieben angesehen. Als »zweite große Mandränke« wird die Sturmflut vom 11. 10. 1634 bezeichnet, bei der ungefähr 10.000 Menschen ums Leben kamen und die Insel Strand auseinandergerissen wurde und in den Fluten versank. Die Reste von Strand bilden heute Pellworm, Nordstrand und Nordstrandischmoor.

Ich behaupte: Es gibt wenige Menschen, die sich für Natur und Geschichte so interessieren wie ich. Und es gibt keinen, der sich in Nordfriesland so auskennt wie ich. Fragen Sie, was Sie wollen, ich weiß eine Antwort. Ich habe die letzten dreihundert Jahre im Kopf.

Natürlich kann ich Ihnen auch sagen, wo Rungholt lag. Das wird gerne gefragt. Rungholt war eine blühende Stadt, ein blühender Handelsort an der nordfriesischen Küste, die damals noch ganz anders aussah als heute, und die in der GROSSEN MANDRÄNKE 1362 in den Fluten versank.

Ihre Überreste liegen zwischen Pellworm und Nordstrand, nordwestlich von Südfall. Bei uns kennt jeder das Gedicht von Detlev von Liliencron, das früher in jedem Schulbuch stand: »Heute bin ich über Rungholt gefahren / Die Stadt ging unter vor sechshundert Jahren …«

Ich habe über die Besiedlung der Marschen, der Inseln und Halligen geschrieben, über den Deichbau, die Sturmfluten und die zerstörerische Kraft des Meeres. Über die Zeit, als Westlandföhr und Amrum noch zum dänischen Königreich gehörten und darüber, dass die Amrumer in Scharen auswanderten, als die Insel 1864 Preußen zugeschlagen wurde. Die Preußen bürgerten jeden aus, der sich weigerte, Wehrdienst zu leisten. Es gab Zeiten, da lebten mehr Amrumer in New York als auf Amrum. Das war eine kulturelle Katastrophe. Unter den Dänen wäre uns das nicht passiert. Wären wir bei Dänemark geblieben, würden auf unseren Friedhöfen keine Denkmäler für 128 Tote aus zwei Weltkriegen stehen.

Ich weiß nicht, wie viele Bücher ich insgesamt geschrieben habe. Ich schätze, achtzig werden es sein. Dazu kommen noch die Jahreschroniken von Amrum, von denen auch schon dreißig Bände erschienen sind. Die machen eine Höllenarbeit.

Einer muss es machen. Einer muss sich unserer Historie annehmen. Die Einheimischen achten mehr auf die Zimmerauslastung als auf ihre Geschichte. Der Friese liebt das Geld. Das muss man aber verstehen, schließlich war das Leben hier oben lange entbehrungsreich. Wir leben heute alle vom Fremdenverkehr. Ich schreibe meine Bücher ja auch nicht auf Friesisch.

auch Mark Courant: bis ins 19. Jahrhundert gebräuchlichstes Zahlungsmittel im Bereich der norddeutschen Hansestädte. Die C. war auch im Ostseeraum als Handelswährung weit verbreitet und gilt als Vorläufer der Reichsmark und der Deutschen Mark.

Bevor der Fremdenverkehr hier einsetzte, war Amrum geprägt von der Seefahrt. Amrumer Männer waren auf allen Weltmeeren. Als Walfänger im Eismeer, vor Spitzbergen, vor Island und Grönland. Mit der Handelsschifffahrt kamen sie bis nach Südamerika, Australien und in die Südsee. Währenddessen blieben die Frauen mit den Kindern alleine und führten das Regiment. Fischfang war hier nie sonderlich ausgeprägt. Wohin hätte man den Fang verkaufen sollen? Husum und Hamburg, die nächstgrößeren Städte, sind zu weit entfernt. Die Landwirtschaft reichte gerade für den Eigenbedarf. Wir sitzen hier auf einer altzeitlichen Altmoräne, deren Boden nicht viel hergibt. Die einzige lukrative Einnahmequelle war lange Zeit die Bergung gestrandeter Schiffe.

Solang die Segelschiffe die Weltmeere dominierten, etwa bis 1900, gab es kaum einen großen Sturm ohne Strandungsfall. Die Schiffe kamen aus dem Ärmelkanal und waren auf dem Weg nach Bremen und Hamburg oder wollten um Skagen herum zu den Ostseehäfen, in umgekehrter Richtung ging es zu den britischen Inseln oder den Überseehäfen. Bei Westwindstürmen trieben die Segler hilflos auf die Sandriffe und Untiefen, die bis zu zwölf Kilometer vor Amrum liegen. Auch viele Dampfschiffe traf dieses Schicksal. Der letzte prominente Strandungsfall war der des Holzfrachters *Pallas*. Er sorgte im Oktober 1998 monatelang für Schlagzeilen, weil er eine Ölpest auslöste, die 10.000 Seevögel das Leben kostete. Behörden und Rettungsdienste leisteten sich eine Serie von Pannen.

Wenn der Sturm über die Brandung geht, liegt etwas Dunkles über der Nordsee. Was anderen Angst machte, bedeutete für die Amrumer gute Geschäfte. Ein Drittel des Wertes von Schiff und Ladung standen dem Berger zu, das waren in Einzelfällen bis zu 40.000 COURANTMARK, unvorstellbare Summen für eine arme Inselbevölkerung. Es gab damals in Norddorf, Nebel und Süddorf, später in Wittdün einen STRANDVOGT, der die Bergung leitete und den Papierkram erledigte. Es war keine Seltenheit, dass die Dokumentation Hunderte von Seiten umfasste. Die Amrumer Strandvogte und ihre Seeleute waren berühmt für ihre Tüchtigkeit. Besonders den Syltern gefiel das nicht. Bevor der Hafen von Hörnum gebaut wurde, musste

Strandvogt: vom jeweiligen Landesherrn bzw. der Obrigkeit eingesetzte Person, der die Aufsicht über bestimmte Küstenabschnitte übertragen wurde. Zu den Aufgaben des S. gehörte bei Schiffbruch die Rettung von Menschen und die Bergung von Schiff und Ladung. Angeschwemmtes Strandgut war zu jeder Zeit sicherzustellen. Der S. erhielt bei einer Bergung eine Entlohnung, die sich nach dem Wert von Schiff und Ladung richtete, und war am Erlös von Strandgut beteiligt. Seit 1991 gibt es das Amt des S. an deutschen Küsten nicht mehr.

der Strandvogt von Rantum mit seinen Leuten erst vierzehn Kilometer durch die Dünen stapfen, bevor er zur Bergung aufbrechen konnte. Die Amrumer waren von Norddorf aus in einer Stunde am Strandungsort auf Hörnum. So schnappten sie den Syltern den einen oder anderen Bergefall vor der Nase weg. Das haben sie uns bis heute nicht vergessen.

Der erste Quedens auf Amrum war Zollkontrolleur, Leiter des Seezeichenwesens und kassierte die BAKENGELDER der Segler. Er kam 1734 aus dem Lüneburgischen über Föhr auf die Insel. Seine fünf Söhne sind die Stammväter aller Quedense auf der ganzen Welt. Meine Vorfahren verdienten ihren Lebensunterhalt als Beamte, Schiffer, Seeleute, Kapitäne auf Handelsschiffen. Mein Großonkel Richard Matzen zum Beispiel fuhr als Matrose auf der *Potosi,* die zu den größten Frachtenseglern ihrer Zeit gehörte. Der berühmteste Quedens war sicher der Bruder meines Urgroßvaters: Volkert Martin Quedens, der 1844 in Steenodde im Stammhaus der Familie geboren wurde, dem späteren Gasthof *Zum lustigen Seehund.*

Bakengeld: Schiffsabgabe, die zur Unterhaltung der Betonnung und Befeuerung der Fahrwasser eingesetzt wird.

Volkert Martin fuhr mit fünfzehn Jahren erstmals zur See und kam bis Hongkong und New York. Später war er Fischer, Landwirt und Schiffsberger. 1890 gründete er den Badeort Wittdün auf der Amrumer Südspitze. Als Strandvogt wurde er bis 1900 in 21 Bergefällen genannt. Er muss ein gewaltiger Mann gewesen sein, resolut und ehrgeizig. Als Schiffsberger gebrauchte er durchaus seine Ellbogen, um Konkurrenten auszubooten. Ein einfaches Leben war ihm nicht vergönnt: Fünf seiner sechs Kinder starben; damals starben die Kinder wie die Fliegen. Das ist noch gar nicht so lange her.

Auch bei den Schiffsbergungen gab es immer wieder Tote. Das war ein gefährliches Geschäft, bei stürmischer See, im Winter bei Eiseskälte, in die Ruderboote zu springen, um Mensch und Material zu retten. Es ärgert mich, wenn ich diesen Blödsinn höre, der gerne verbreitet wird, die Amrumer hätten bei Sturm Feuer am Strand entzündet, um die Schiffe auf die Sandbänke zu locken. Das kann nur jemand erzählen, der keine Ahnung hat. Das Letzte, was ein Kapitän machen würde, wäre, ein Feuer an Land anzusteuern. In der Nähe von Land droht immer Strandung.

Neben der Bergung lebte Amrum hauptsächlich vom Strandraub. Dazu gehörten nicht nur das Sammeln von Vogeleiern und die Karnickeljagd. Auch Havarien, die nicht zu Bergungsfällen vor Amrum wurden, lieferten ergiebige Einnahmen. Am Strand wurde alles Mögliche angeschwemmt. Wrackholz, Masten, Tauwerk, Kisten mit Waren aller Art. Die Leute scherten sich wenig darum, dass das Einsammeln von Strandgut unter Strafe stand. Strandgut gehörte dem Gesetz nach dem Landesherrn. Wer erwischt wurde, konnte zu mehreren Monaten Zuchthaus verurteilt werden, was die Familien hart traf, weil damit der Ernährer ausfiel. 1816 mussten 27 Amrumer, ein Viertel der erwachsenen männlichen Einwohner, ins Gefängnis. Die Einheimischen aber sahen in ihrem Tun nichts Falsches, nach althergebrachtem Verständnis gehörte Strandgut dem Finder, wie sie es kannten aus der Ballade über den friesischen Freiheitshelden Pidder Lyng:

Frei ist der Strandgang
Frei ist die Nacht
Frei ist der Fischfang
Frei ist die Jagd

Auch ich habe in meiner Jugend so manches schöne Stück Holz gefunden. Das bedeutete, dass wir wieder ein paar Tage heizen konnten. Der Fund halb abgebrannter Talglichter sorgte dafür, dass wir in Kriegszeiten, als der Strom rationiert war oder ganz ausfiel, abends *Mensch ärgere dich nicht* spielen konnten. Zu meinen größten Funden gehörten eine große Tonne Rinderschmalz und etliche Dosen Bohnenkaffee. Für zwei Pfund Bohnenkaffee bekam man nach dem Zweiten Weltkrieg ein Ruderboot. Eines Morgens war der Strand voller Orangen. Das war 1947. Wer kannte 1947 schon Orangen? Noch heute erzählt man sich die

Geschichte, als sechs Kisten mit Rasierklingen angeschwemmt wurden. Der Amrumer Rasierklingenmarkt brach daraufhin auf Jahrzehnte ein.

Nach 1945 trieb die Not die Menschen zwangsläufig an den Strand. Amrum hatte damals achthundert, vielleicht neunhundert Einwohner. Dazu kamen etwa tausend Flüchtlinge. Was das bedeutete für eine Insel, die kaum Lebensmittel produzierte, kann sich jeder ausmalen. Es wurde so viel gejagt, dass kaum noch Karnickel übrig waren. Vor allem die Vogelpopulation drohte durch das rücksichtslose Plündern der Nester zu kollabieren. So konnte es nicht weitergehen. 1954 schrieb ich einen Artikel, den der *Amrumer Inselbote* veröffentlichte. Überschrift: »Schützt die Amrumer Vogelwelt.« Die Leute dachten: Jetzt ist der Quedens komplett verrückt geworden. Die kannten mich bis dahin doch nur als Eierdieb und Karnickeljäger.

Seitdem liege ich auf der Lauer, wenn die Möwen und Austernfischer brüten. Wenn eine neue Vogelart hier auftaucht, kann ich nicht in meinem Ohrensessel sitzen bleiben. Der Löffler fängt hier an zu brüten. Der Kormoran breitet sich an der Nordseeküste aus. All das in Bildern zu dokumentieren, treibt mich weiter in die Dünen. So wie ich arbeitet heute kein Fotograf mehr. Meine Kamera ist eine alte Minolta, das Objektiv ist fünfzig Jahre alt, ich fotografiere immer noch auf Film. Die Aufnahmen landen in Tüten und nach Themen sortiert in meinem Wohnzimmerschrank. Ich weiß, was in jeder Tüte drin ist, ich kenne alle Motive. Aber nur ich, das ist das Problem.

Neulich kam mein Sohn und sagte: »Ik brük een Bil faan an ualen Maan.« Ein Bild von einem alten Mann? Hatte ich natürlich. Mein Sohn hat auch Fotograf gelernt, danach als Grafiker in Hamburg gearbeitet. Vor einigen Jahren kehrte er nach Amrum zurück. Ich hoffe, dass er mein Archiv einmal weiterführt. Ich habe mich schon gefragt: Was passiert, wenn ich einmal nicht mehr bin? Ich habe meine hunderttausend Aufnahmen schon in der grünen Tonne gesehen. Heutzutage zählt ja nur noch das Internet. Alles, was nicht im Internet ist, existiert nicht. Wenn man jungen Leuten heute etwas von der PATRONYMISCHEN

NAMENSGEBUNG erzählt, denken die, man redet von der Bronzezeit. Ich brauche kein Internet. Ich kann damit leben, was ich weiß.

Ob ich bedauere, dass ich schon als Jugendlicher krank wurde und deshalb nie weggekommen bin von Amrum? Ich würde sagen: Für Amrum hat es sich gelohnt. Und für mich gab es nie einen Anlass, fortzugehen. Ich fahre auch nicht gerne in Urlaub. Wenn ich doch mal wegfahre, sage ich: Meine Frau muss auch mal aus dem Haus kommen. Spätestens nach einer Woche sind wir sowieso wieder zurück. Wer auf Amrum lebt, braucht keinen Urlaub. Was soll ich woanders herumturnen, wenn es hier noch so viel zu tun gibt. Als nächstes kommt vielleicht ein Buch über das Rettungswesen von Amrum. Oder ich mache eines über die Vogelkoje, das war eine Entenfanganlage aus drahtüberspannten Käfigen und weit verbreitet hier oben an der Küste.

patronymische Namensgebung: Der Vorname des Vaters bestimmt den Nachnamen des Sohnes. Z.B. Jan Knutens Sohn Erk heißt Erk Jannen; Erk Jannens Sohn Lorenz heißt Lorenz Erksen usw. Die p. N. wurde 1828 abgeschafft, weil die Behörden bei Steuer- und Erbschaftssachen den Überblick über verwandtschaftliche Beziehungen verloren hatten.

Geschichte muss erhalten bleiben. Das ist wie bei Familienfotos. Die gehören in ein Album, das die Kinder später ansehen und anfassen können. Über Internet und Computer würde das nicht funktionieren, es wäre keine richtige Erfahrung. Meine Fotos und Geschichten gehören zwischen Buchdeckel. Nur Bücher sind sichere Aufbewahrer. Und die Garantie, dass Geschichte weiterlebt.

***Georg Quedens**, geboren 1934, ist Naturschützer, Heimatforscher, Chronist, Buchautor und Fotograf, lebt mit seiner Frau Karen in Norddorf auf Amrum. 2004 erhielt er den Hans-Momsen-Preis für besondere Verdienste um das kulturelle Leben in Nordfriesland, 2009 das Bundesverdienstkreuz am Bande.*

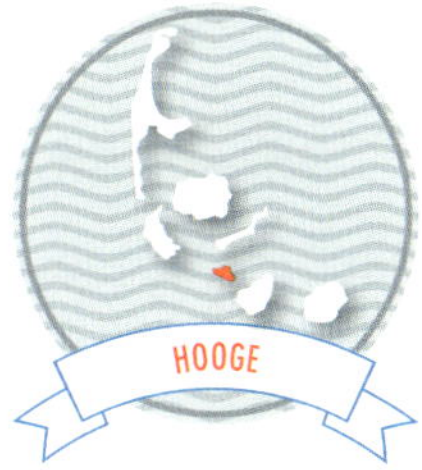

LANDUNTER? SCHULFREI!

Es hat auch sein Gutes, wenn das Wasser die Hallig überflutet: Dann fällt nämlich der Unterricht aus. Auch sonst finden die zwei Cousinen Merle und Malin Dell Missier das Leben im Wattenmeer ziemlich cool.

MERLE

Wenn ich morgens aufstehe und aus dem Fenster schaue, sehe ich eine grüne Wiese und einen Weg, dann kommt der Deich und dahinter ist Watt oder Meer. Je nachdem, ob Ebbe oder Flut ist. So ist das, wenn man auf einer Hallig lebt. Eine Hallig ist eine Insel mit Hügeln. Auf den Hügeln stehen Häuser. Die Hügel nennen wir Warften. Ich wohne auf der Hanswarft. Die heißt so, weil dort mal ein berühmter Kapitän gewohnt hat. Der hieß Hans Tade Bandix. In seinem PESEL hat mal der dänische König übernachtet.

Pesel: die »Gute Stube« eines Friesenhauses, die früher nur zu besonderen Anlässen benutzt wurde.

Am Schönsten an der Hallig finde ich, dass man ganz weit sehen kann. Auf der Hanswarft stehen und einfach aufs Meer schauen, das mache ich gerne, da vergesse ich die Sorgen, die ich manchmal habe, und schalte ab. Ich sitze auch gerne auf dem Deich. Im Sommer können wir in der Nordsee schwimmen. Bei Ebbe können wir Wattwanderungen zur Sandbank machen. Manchmal findet man dort kleine Bernsteine. Was ich auch gut finde: dass wir mit Tieren zusammen sind. Wir haben Kühe, Pferde, Schafe, Hunde und Katzen. Früher gab es auch Schweine, aber jetzt nicht mehr. Ich habe drei Meerschweinchen, die heißen Anna, Amanda und Timon.

Wir haben viel Wind auf der Hallig. Und im Herbst und Winter kommen die Stürme. Wenn ein Sturm ganz stark ist und aus dem Westen kommt, kriegen wir Landunter. Dann schwappt das Wasser über die Warften und wir holen die Tiere zu uns ins Haus. Landunter ist ganz normal bei uns, in einem Winter hatten wir das dreizehn Mal. Manchmal läuft das Wasser auch ins Haus. Meine Eltern haben mir erzählt, dass es zwei Wochen vor meiner Geburt so war, beim ANATOL-STURM.

Anatol-Sturm: Das Orkantief »Anatol« war eines der stärksten des 20. Jahrhunderts; am 3. Dezember 1999 traf es die nordfriesischen Inseln und Halligen mit Windgeschwindigkeiten bis zu 200 Stundenkilometern.

Man braucht vor Landunter keine Angst zu haben. Man spürt das schon vorher. Es fängt sehr stark zu winden an, und am nächsten Tag sieht man nur noch Wasser. Zum Glück ist das Wasser nach ein paar

Tagen wieder weg. Während Landunter kann man nur auf der Warft spielen, und die ist nicht besonders groß. Manchmal ziehen wir deshalb Wathosen an. Die gehen bis zur Hüfte. Mit denen kann man durch das Wasser zur nächsten Warft laufen. Man muss aber immer einen Stock mitnehmen, um zu ertasten, ob man auf der Straße geht. Wenn man von der Straße abkommt, kann man in den Graben rutschen. Das letzte Mal ging mir das Wasser bis zu den Oberschenkeln.

Mein Papa ist der Besitzer und Koch von unserem Gasthof. Der Gasthof heißt *Seehund*. Meine Mama kommt aus Beirut. Das ist die Hauptstadt von Libanon. Libanon ist ein Land am Mittelmeer. Meine Mama spricht mit mir auch Arabisch, und in der Halligschule unterrichtet sie Französisch. Über Internet sind wir dabei verbunden mit den anderen Halligschulen. So lernen wir auch Englisch. Das nennt man E-Learning. Wir sind fünf Kinder in der Schule. Ein Junge ist sechs, einer ist 15 und zwei Mädchen sind sieben. Ich bin 13 und gehe in die siebte Klasse. Das heißt: Ich bin die siebte Klasse. Unser Lehrer heißt Uwe Jessel und ist schon ganz lange auf Hooge.

Im Unterricht sitzen wir alle zusammen und lösen verschiedene Aufgaben. Sport und Kunst machen wir gemeinsam. Wenn wir Biologie haben, gehen wir manchmal gemeinsam raus. Dann sehen wir uns die Pflanzen an oder suchen nach Tieren im Watt. Einmal haben wir Seegras gegessen. Mir schmeckte das. Die anderen mochten es nicht. Das Beste war ein Wurm, den wir gesehen haben, der war braun und lang. Wir haben auch einen Schulgarten, den wir gemeinsam pflegen. Einmal haben wir in der Schule aus Zeitungspapier, Draht und Kleister Boote gebaut, die man schwimmen lassen konnte. Nachhilfe haben wir keine. Am Freitag ist Plattdeutschtag. Der Pastor bringt mir Klavierspielen bei. Bei Landunter haben wir schulfrei. Was ich mal werden will, weiß ich noch nicht. Vielleicht irgendwas mit Tieren.

Als ich eingeschult wurde, war ein Bericht über mich mit Foto im Magazin *Stern*. Ich war schon oft in der Zeitung. In unsere Schule wollen immer ganz viele Journalisten kommen, weil wir etwas Besonderes sind. Wir lassen aber nicht jeden rein. Ab der neunten Klasse müssen alle Kinder von der Hallig auf eine Schule auf dem Festland wechseln. Auf Hooge kann man zum Beispiel kein Abitur machen. Entweder die Kinder ziehen mit den Eltern auf das Festland oder die Kinder wohnen bei Verwandten. Manche wohnen auch alleine und kommen nur am Wochenende zu Besuch.

Es gibt auch Dinge, die ich nicht so gut finde an der Hallig. Wenn man mal Streit hat mit seinen Eltern, kann man sich nicht aus dem Weg gehen. Schade ist, dass es bei uns so wenige Kinder gibt. Bei meinem Papa waren noch 21 Kinder in der Schule, und auf der Hanswarft wohnten zehn Kinder, mit denen er spielen konnte. Ich spiele manchmal mit dem älteren Jungen aus meiner Schule, aber nicht oft. Freundinnen habe ich auf Oland. Die sehe ich aber nur selten. Meine Cousine und beste Freundin Malin wohnt ganz weit weg, in einem Ort an der Ostsee bei Kiel.

Malins Papa ist der Zwillingsbruder von meinem Papa. An ihr mag ich eigentlich alles. Sie ist immer ehrlich. Mit ihr kann man viel Spaß haben. Wir haben voreinander keine Geheimnisse. Was ich ganz toll finde, ist, dass sie mutig und stark ist. Unter der Woche chatten wir. Oder wir twittern. Ich skype auch, aber nicht mit Malin. An den meisten Wochenenden kommt Malin mich besuchen. Ich habe sie auch schon mal an der Ostsee besucht. Wenn mir dort jemand sagt, es sei uncool, auf einer Hallig zu wohnen, dann denke ich mir: ›Die kennen die Hallig doch gar nicht.‹ Die sagen das doch nur, um sich cooler zu machen. Sie sind aber nicht cooler als ich.

Ich war schon auf Sylt, Langeneß, Pellworm, Helgoland und Föhr. Mit Papa war ich einmal auf Fuerteventura und in Kaprun, in Österreich, beim Skifahren. Mit meiner Mama war ich schon mal in Berlin. Da möchte ich nicht leben. Das ist mir zu groß und zu laut. Einmal sind wir mit dem Flugzeug nachts über Paris geflogen. Da waren überall Lichter, die Lichter haben gar nicht mehr aufgehört. Einmal war ich drei Wochen in Beirut, wo die Familie meiner Mama lebt. Dort habe ich achtzehn Cousinen und Cousins. In Beirut ist vorne Meer und hinten sind Berge. Am Wochenende geht man gar nicht ins Bett. Es ist zu warm zum Schlafen. Das Essen dort ist viel schärfer als bei uns. In Beirut war früher Krieg, vieles war ein bisschen kaputt und ein paar Leute waren im Gesicht verbrannt. Von unseren Verwandten ist aber keiner gestorben. Ich finde es gut, dass es bei uns keinen Krieg gibt.

MALIN

Am Anfang mochte mich Merle nicht. Ich war ihr zu klein. Das fand ich doof. Aber im Kindergarten sind wir Freundinnen geworden. Merles Mama war unsere Kindergärtnerin. Außer uns beiden waren keine anderen Kinder im Kindergarten. Wir haben danach alles zusammen gemacht. Wir sind ins Watt gelaufen. Da gibt es Krebse. Wir haben einen Kescher mitgenommen und kleine Fische gefangen. Man muss aber aufpassen, dass man nicht einsinkt. Mein Papa hat mir erzählt, dass er als Junge Möweneier gesammelt hat. Aber das ist heute verboten. Ich gehe jetzt fast lieber ins Watt als früher, weil ich das bei mir nicht machen kann. Ich finde es auch gut, dass im Sommer so viele Touristen nach Hooge kommen. Da kann man viel gucken. Im Winter, wenn die Hallig leer ist, ist es ein bisschen langweilig.

Was Merle mag, mag ich auch. Was ich an ihr bewundere, ist, dass sie so gut in der Schule ist. Englisch kann sie viel besser als ich. Die Weite finde ich auch am Schönsten an der Hallig. Dass man endlos gucken kann, wenn wir auf der Warft oder am Deich sitzen. In der Nordsee zu schwimmen finde ich auch toll. Man darf aber nur schwimmen, wenn keine Seehunde im Wasser sind. Die Seehunde können einen runterdrücken. Merle hat mir erzählt, dass in Sylt schon mal eine Frau ertrunken ist, weil die Seehunde sie unter Wasser drückten. Einmal war ich schwimmen und da steckte neben mir ein Seehund seinen Kopf aus dem Wasser. Da bin ich ganz schön erschrocken.

Ich war schon traurig, als meine Mama mit mir weggezogen ist. Wir wohnen jetzt in Schönberg. Das ist an der Ostsee, zwanzig Kilometer von Kiel entfernt. Ich wollte nicht fortgehen. Wegen Merle. Und wegen Papa. Ich komme so oft ich kann nach Hooge. Meine Mama fährt mich am Freitag nach der Schule mit dem Auto nach Schlüttsiel. Das dauert eineinhalb Stunden. In Schlüttsiel gehe ich auf die Fähre. Die Fähre braucht eine Stunde bis Hooge. Merle holt mich dann ab. Jeden Mittwoch freue ich mich schon auf das Wochenende, weil ich dann bis Sonntagabend mit Merle zusammensein kann. In den Ferien bleibe ich länger hier. Wir sind dann den ganzen Tag zusammen und machen Quatsch. Wenn das Wetter schlecht ist und wir nicht raus können, spielen wir *Sing It*. Das ist ein Videospiel, so ähnlich wie *Deutschland sucht den Superstar* oder *The Voice of Germany*. Merle hat es zu Weihnachten bekommen. Ich hatte es schon vorher. In Kiel nehme ich auch Gitarrenunterricht.

In Schönberg ist vieles anders als auf der Hallig, auch weil man von dort aus überall hinfahren kann und keine Fähre braucht. Manchmal fahren wir nach Kiel. Da ist es laut, und es gibt ganz viele Autos. Was ich mag, ist der Hafen. Wenn Kieler Woche ist, sind viele Schiffe im Hafen und es gibt ein Volksfest. In Kiel spiele ich Fußball. Wir haben eine richtige Mannschaft. Wenn wir am Samstag ein Spiel haben, kann ich aber leider nicht mehr auf die Hallig kommen. Merle kann hier nicht Fußball spielen. Es gibt dafür nicht genug Kinder. Wenn man krank ist, kann man in Kiel zum Arzt gehen. Wenn man auf der Hallig krank ist, wird man mit dem Hubschrauber abgeholt und ins Krankenhaus gebracht. Es gibt in der Stadt auch viele Geschäfte, in denen man alles kaufen kann. Hier auf der Hallig gibt es nur einen kleinen Kaufmannsladen, in dem man nicht alles kriegt. Schönberg ist nicht so schön wie Hooge, aber okay. In Berlin möchte ich wie Merle aber auch nicht leben. Da sind so viele Häuser, dass man gar nicht mehr weiß, wo man ist.

Was an meiner Schule anders ist, kann ich nicht sagen. Ich bin schon seit sechs Jahren weg, in die Halligschule bin ich nicht mehr gegangen. Vorstellen kann ich mir schon, mit so wenigen Kindern in einer Klasse zu sein. Ob es mir gefallen würde, weiß ich nicht. In meiner Klasse sind 27 Kinder. Merle hat mich einmal in meiner Schule besucht. Ich glaube, es hat ihr nicht so gut gefallen, weil die Lehrer nicht so viel Zeit für jeden Schüler haben. Gut ist, dass man mehr Freunde im gleichen Alter hat. Ich habe in Schönberg auch eine gute Freundin, mit der ich viel unternehme. Aber so eine gute Freundin wie Merle ist sie nicht. Wenn ich am Sonntagabend wieder zum Festland fahre, kommt Merle immer mit auf die Fähre und fährt dann von Schlüttsiel alleine zurück. Das finde ich schön. Wir umarmen uns dann ganz fest beim Abschied.

Im Januar hatte unser Opa Geburtstag. Es gab Marzipantorte, Zitronenrolle und Marmorkuchen. Kaffee, Tee und Limonade auch. Wir haben Lieder gesungen. *Heute kann es regnen, stürmen oder schneien. Schön ist der Morgen.* Eigentlich wollte Opa gar nicht feiern, weil es ihm gesundheitlich nicht so gut geht. Aber dann hat er sich doch gefreut, dass alle an ihn gedacht haben. Von der Hallig sind viele Leute gekommen und haben gratuliert. Was ich gut finde an unserem Opa ist, dass er immer fröhlich ist und ein Lachen hat und dass er uns Geschichten von früher erzählt. Von den großen Sturmfluten. Oder wie er gelebt hat, als er noch jung war. Früher haben die Menschen auf Hooge mit getrockneten Kuhfladen geheizt und Wasser aus dem Brunnen getrunken. Und es gab keinen Fernseher. Wenn Opa erzählt, dann spricht er manchmal Plattdeutsch. Dann sagt er: »MÖVEN TELLEN UND SCHOOPSCHIET SAMMELN«. Oder: »NU MAN SINNIG.« Und zu Krabben sagt er »Porren«. Krabben sind die Leibspeise von Merle und mir.

»Möven tellen und Schoopschiet sammeln«: Plattdeutsch für »dummes Zeug reden« oder »Blödsinn machen«.

Wenn ich in Schönberg bin, vermisse ich die Hallig. Wegen Merle und wegen Papa. Aber auch wegen unserer Freundin Katja. Die ist lieb. Mit Katja kann man über alles reden. Sie kann alles verstehen. Ich finde, sie ist die Schönste. Wenn sie die Hooger Tracht anhat, sieht sie ganz toll aus. Ich habe auch eine Tracht, die ist bei Papa. In einem Buch gibt es ein Foto von Merle und mir, wo wir beide unsere Tracht anhaben. In der neuen Broschüre vom Touristenbüro ist auch ein Foto von Merle in Tracht. Als ich das gesehen habe,

»Nu man sinnig«: Plattdeutsch für »Immer mit der Ruhe.«

war ich ein bisschen traurig, weil ich da nicht mit ihr auf dem Foto bin. Schön wäre, wenn Merle zu uns an die Ostsee käme und bei uns wohnen würde, während sie ihre Schule beendet.

Unser Traum ist, zusammen eine große Reise zu machen, wenn ich dann auch mit der Schule fertig bin. Dann fahren wir bis nach Honolulu.

Merle Dell Missier, *Jahrgang 1999, lebt mit ihren Eltern Jörg und Samar auf der Hooger Hanswarft.*

Malin Dell Missier, *Jahrgang 2001, lebt mit ihrer Mutter Manuela in Schönberg, zwanzig Kilometer südöstlich von Kiel; ihr Vater Jan ist im Küstenschutz tätig und unterstützt seine Eltern im landwirtschaftlichen Betrieb auf der Hanswarft.*

Ich geh' durch das weiche Halliggras,
die Bondestaben blühen;
Das Eiland schimmert im Federkleid,
die Silbermöwen ziehen.

Meine Hallig, du leuchtender Edelstein,
umbraust von den stürmischen Wogen.
Deine Warften grüßen die rauhe See,
unter lichtweißem Himmelsbogen.

Die Strandnelke zittert im Sommerwind,
wie duftet der Wermut so herbe.
Die Abbruchkanten sind wie ein Lied,
von der Ahnen Ringen und Erbe.

Die Orgel des Meeres spielt wunderreich,
stets hörst du das Rauschen und Grollen.
An der Kimmung durchbrochener Inselkranz,
und die Wellen schäumen und rollen.

Meine Hallig, du leuchtender Edelstein,
umbraust von den stürmenden Wogen.
Du nordische Mär, du Kämpferin du,
hast fest mich ins Herz gezogen.

John Jacobsen, geschrieben 1937
Erschienen im Buch »Halliglüüd – Erzähltes Leben«
von Christiane Jenemann.

RETTUNG AUF DEM HEUBODEN

Wenn eine große Sturmflut kommt, hat keiner Zeit, über Angst nachzudenken. Frerk Johannsen verkroch sich 1962 mit seiner Familie unter dem Reetdach und sah die Schafe davontreiben. Gefährlich ist sie, die Nordsee. Aber auch ein großes Schauspiel.

Hassliebe umschreibt es vielleicht am Besten. Wir verfluchen sie schon mal, die Nordsee. Zum Beispiel, wenn du nachts mit der Taschenlampe los musst, um bei Landunter die Tiere von der Weide zu holen. Du hasst sie, wenn dir bei Landunter im Sommer die Heuernte davonschwimmt. Nach jeder großen Sturmflut, wenn du wochenlang aufräumen, Haus und Stall sauber und trocken kriegen musst, denkst du: Warum muss uns das Meer das Leben so schwer machen?

Aber wir lieben sie auch, die Nordsee. Ich sehe sie jeden Tag, ich könnte ohne sie nicht leben. Wenn ich nicht auf Langeneß bin, fehlt mir etwas. Ich liebe die Nordsee wegen ihrer Naturschauspiele. Wenn die Wolken ziehen. Wenn der Wind heult. Wenn du den Sturm kommen hörst. Ich kann das Geräusch nicht beschreiben. Aber man kann es hören, es liegt in der Luft. Es ist auch faszinierend, die Gewalt zu erleben, mit der eine Sturmflut hereinbricht. Das Grollen und Rollen der Wellen. Die Gischt. Der Geruch des Meeres.

Es ist ein Geben und Nehmen. Die Nordsee gibt ja auch. Nach jeder Überflutung bleiben Sedimente zurück, die unsere Hallig wachsen lassen. Und das Meer war immer Lebensgrundlage. Früher über den Fischfang, mehr noch die Seefahrt. Schon Ende des 16. Jahrhunderts waren meine Vorfahren Matrosen, Steuermänner und Kapitäne und blieben es fast zweihundert Jahre. Ohne das Meer hätten wir heute nicht den Fremdenverkehr, sondern wären bloß ein Stück eintöniges Marschland, platt wie ein Kuhfladen. Erst durch das Meer werden die Sonnenuntergänge hier zum Erlebnis, wenn das Wasser schimmert wie Gold. In Vollmondnächten, wenn es windstill ist, könnte man meinen, es sei geschmolzenes Silber. Durch das Meer wechseln das Wetter und das Licht schlagartig. In einem Moment glitzert noch alles in der Sonne, im nächsten ziehen bedrohliche Schatten auf.

Ich habe auf Langeneß einige Jahrhundertfluten erlebt. Im Januar 1976 etwa, als das Wasser bis auf 4,70 Meter über Normalnull stieg. Oder im November 1981, da waren es 4,73 Meter. Man kann die Zahlen nachlesen auf einer Tafel an der Langeneßer Kirchwarft, ganz in der

Nähe unserer Honkenswarft. Am meisten im Gedächtnis geblieben ist bei vielen Menschen auf den Halligen jedoch die Sturmflut 1962, in der Nacht vom 16. auf den 17. Februar. Das Wasser stieg damals nicht ganz so hoch wie 1976 und 1981, aber das Ausmaß der Zerstörung war viel größer, und weil auch Hamburg damals stark betroffen war, nimmt diese Sturmflut im öffentlichen Bewusstsein eine Sonderstellung ein.

1962 war ich dreizehn. Ich war wie alle Kinder und Jugendlichen auf der Hallig mit dem Meer und der Natur verwachsen. Wir waren mit selbstgebauten Booten in den Prielen unterwegs, haben Stichlinge geangelt. Richtiges Spielzeug hatten wir nicht. Wenn wir einen Bauernhof nachstellten, waren Wellhornschnecken die Kühe, Miesmuscheln waren die Schweine, Herzmuscheln waren die Schafe und für die Hunde nahmen wir Pantoffelmuscheln. Wenn wir nicht in den Prielen oder am Strand waren, trieben wir uns auf der Warft oder im Stall herum. Auf unserem Bauernhof war alles da, was man sich auf einem Bauernhof vorstellt: Pferde, Kühe, Kälber, Schafe, Lämmer, Hühner, Küken. Und wir durften dabei sein, wenn eine Kuh kalbte. Das war jedes Mal ein großes Erlebnis. Den Geruch vergisst man nie.

Mein Vater war 52, als ich zur Welt kam. Nachdem seine erste Frau kinderlos gestorben war, hatte er noch einmal geheiratet. Meine Mutter bekam zunächst drei Mädchen, von denen eines mit drei Jahren an Leukämie starb. Ich glaube, mein Vater wollte nur noch einmal Vater werden, weil er einen Hoferben brauchte. Dafür musste noch ein Sohn her. Der war dann eben ich.

Wir hatten in meiner Kindheit zu Hause ein Radio, das mehr krächzte und knackste und knisterte, als verständliche Töne von sich zu geben. Darauf wurde jeden Abend der Wetterbericht verfolgt, während wir Kinder mucksmäuschenstill danebensaßen. Wir wussten also im Februar 1962, dass es Landunter geben würde. Vorhergesagt waren eineinhalb bis zwei Meter über mittlerem Hochwasser. Als am Nachmittag aber keine Ebbe einsetzte, wie sonst üblich, wurde mein Vater unruhig. Man beobachtet die Situation ja sehr genau, man sieht, wie schnell das Wasser steigt, man kennt die Tide, man kennt den Mond, man hört den Wind, man spürt den Sturm. Man spürt immer, wenn es dramatisch wird.

Ich werde oft gefragt, ob man in so einer Situation Angst hat. Ich kann mich nicht erinnern, jemals Angst gehabt zu haben. Wenn eine große Sturmflut bevorsteht, hast du keine Zeit, über Angst nachzudenken. 1962 räumten wir alles weg, was auf der Warft herumlag, räumten den Keller aus, brachten die Kartoffeln und das Gemüse aus dem Garten ins Haus. Vor die Türen mussten Schotten gelegt werden. Der Stall musste gesichert werden. Wir stellten die Möbel hoch, räumten die Schränke aus, füllten Trinkwasser in alle Gefäße, die wir auftreiben konnten. Als wir damit fertig waren, stand das Wasser schon vor dem Haus. Unseren Hund bekamen wir gerade noch zu fassen, der schwamm schon im Wasser.

Den Sturm haben wir auf dem Heuboden erlebt. Die Heuluken waren geöffnet, damit der Wind durchziehen und nicht das Reetdach aufblähen und abdecken konnte. Wir hatten Vollmond in dieser Nacht. Vollmond und Neumond sind Phasen, in denen es bei passendem Wind eher zu Landunter kommen kann. Es war also eine helle Nacht, und durch die geöffneten Heuluken konnten wir sehen, wie das Werkzeug wegschwamm. Wie das Winterfutter und das Heu wegschwammen. Wie am Schafstall die Wellen die Türen einschlugen und die Schafe hinausgetrieben wurden. Man hörte sie noch eine Weile blöken, dann waren sie plötzlich nicht mehr zu hören. Erst um zwei Uhr morgens konnten wir wieder nach unten und nach den anderen Tieren sehen.

Über die Sturmflut von 1962 gibt es dramatische Geschichten. Auf der Neuen Peterswarft auf Langeneß überlebte das junge Ehepaar Petersen mit ihrem neun Monate alten Jungen auf dem HEUDIEMEN, nachdem das Dach des Hauses eingebrochen war. Ein Hooger hatte sich am Schornstein seines Hauses festgebunden, um nicht von den Wellen weggeschwemmt zu werden. Teilweise stand das Wasser fast einen Meter hoch in den Häusern.

Heudieme: *Heuhaufen*

Die Tage danach waren schlimm. Es war Winter, eisig kalt. Überall Verwüstung. Wände und Schutzmauern waren eingedrückt. Viele Häuser waren nur noch Ruinen. Holzschuppen waren nicht mehr da. Kleidung und Möbel waren weggeschwemmt. SOOD und Fething waren von Meerwasser versalzen. Unsere abgefüllten Trinkwasservorräte waren teilweise abgesoffen. Die Kühe brüllten ununterbrochen vor Durst. Das alles war kaum zu ertragen.

Danach wurde auf den Halligen über Jahrzehnte viel Geld investiert. Neue Häuser mit Schutzräumen wurden gebaut, Straßen asphaltiert, die Warftböschungen wurden weiter hinausgezogen und erhöht. Unsere Warftkrone liegt beispielsweise um 1,20 Meter höher als 1962. Heute könnte man eine Sturmflut wie damals gelassen aussitzen. Aber wer kann schon sagen, wie gewaltig die nächste große Sturmflut sein wird? Dass sie kommen wird, irgendwann, das weiß man. Eine Hallig ist nie sicheres Terrain, dessen muss man sich bewusst sein.

Sood: Zisterne, in der das Regenwasser aufgefangen wurde, das von den Menschen zum Trinken und Kochen benutzt wurde.

Ich bin auf der Honkenswarft geboren. Das Bett, in dem ich zur Welt kam, gibt es noch. Zur Schule ging ich auf der Kirchwarft. Unser Lehrer hieß Bahnsen und hatte im Krieg die linke Hand verloren. Er kam von Pellworm und war sehr streng. Sein Rohrstock stand in der Ecke. Nach neun Jahren Schule machte ich eine Lehre als Schmied in Langenhorn. Ich war beim Meister in Kost und Logis. Wenn ich am Wochenende nach Hause wollte, fuhr ich mit dem Fahrrad. Damals war es ganz normal, dass man vom Festland drei Stunden über Oland auf dem Damm nach Langeneß ging.

Auf dem Festland zu sein, war eine interessante Erfahrung. Ich hatte schon das Gefühl, dass man auf uns Halligleute ein wenig herunterschaute. Aber auf dem Festland wurde viel offener geredet. Man konnte sich länger unterhalten, auch über Kleinigkeiten. Halligleute sind eher schweigsam. Eine Hallig ist zu klein, um sich aus dem Weg zu gehen, also muss man sich gut überlegen, was man sagt. Man sagt hier nicht großspurig: »Ich bin der und der Meinung.« Schon eher heißt es: »Die

Leute sagen …« Was mir auf dem Festland auch gefiel: Auch als junger Mann wurde ich als vollwertige Person wahrgenommen. Auf der Hallig regierten die Alten, da warst du immer noch Sohn, auch wenn du längst erwachsen warst.

Mein Vater war ein gewissenhafter, sparsamer Mann, der auch nicht viel redete. Er konnte sehr hart sein, selbst zu meiner Mutter. Der Betrieb ging ihm über alles, der hatte immer Vorrang. Er konnte aber auch fröhlich sein, wenn wir Besuch hatten. Früher besuchten sich die Halligleute im Winterhalbjahr untereinander. Das nannte sich *Gastebott*. Gäste zum Essen bitten. Nach dem Essen tranken die Männer Grog und spielten Karten, die Frauen häkelten und schnackten.

Nach meiner Lehre wäre ich gerne zur Bundeswehr gegangen. Zu den Panzern oder zu den Fliegern. Aber mein Vater war schon über siebzig und konnte den Hof nicht mehr alleine bewirtschaften. Es hieß: »Du kommst nach Hause, fertig ist die Lauge!« Meine Eltern haben oben im Haus gewohnt, ich mit meiner Familie unten. Ich habe den Hof gerne übernommen, viel umgebaut und neu gemacht. Nebenher habe ich Trecker und Landmaschinen repariert. Es war nicht einfach, mich als Landwirt von meinem Vater zu emanzipieren. Vielleicht habe ich deshalb sehr jung geheiratet. Irgendwo braucht jeder Mensch Unabhängigkeit. Meine erste Frau kam aus Niebüll. Sie übernahm den Kaufmannsladen, wir bekamen zwei Kinder. Nach neunzehn Jahren Ehe hatten wir uns leider auseinandergelebt.

Honke, mein Sohn aus erster Ehe, übernahm den Hof vor einigen Jahren. Er hatte bei einem Landmaschinenhändler in Husum eine Lehre gemacht. Als die Firma nach der Wiedervereinigung vier Filialen in Mecklenburg-Vorpommern eröffnete, pendelte er fünf Jahre zwischen Langeneß und Güstrow. Vierhundert Kilometer einfach. Er hatte einen guten Job. Seine Frau hätte als Bürokraft bei der Firma arbeiten können. Sie hätten ein gutes Leben gehabt. Ich riet ihm davon ab, Landwirt zu werden. Du hast keinen Samstag, keinen Sonntag, keinen Feiertag. Urlaub gibt es sowieso nicht. Er hat nicht auf mich gehört, er wollte es so haben.

Wir haben dreißig Kühe, sieben davon sind Milchkühe, der Rest Mutterkühe. Aus der Sahne machen wir Halligbutter, die Magermilch wird an die Kälber verfüttert. Die männlichen Kälber werden nach der Geburt verkauft, die weiblichen bleiben, bis sie zwei Jahre alt sind. Wir arbeiten nicht mit Kraftfutter, Wachstumspräparaten oder irgendwelchen künstlichen Sachen. Die Tiere weiden auf den Salzwiesen. Das Jod in den Pflanzen, das rauhe Klima, die Seeluft – das alles bekommt ihnen. Jedenfalls brauchen wir ganz selten einen Tierarzt. Künstliche Besamung gibt es bei uns auch nicht. Dafür haben wir einen Bullen. Unsere sind noch richtig glückliche Kühe.

Es wäre vermutlich einfacher, eine Landwirtschaft auf dem Festland zu betreiben. Bei Landunter und Sturmfluten ist es schon eine arge Schinderei. Die Salzwiesen lassen nur einen Schnitt bei der Heuernte zu. Die Milchleistung ist niedriger. 2000 bis 2500 Liter im Monat ist das, was dir eine Kuh gibt, nicht mehr. Aber im Vergleich zu früher leben wir komfortabel. Früher musste jeder Quadratmeter Garten für Kartoffeln und Wurzelgemüse genutzt werden. Man schlachtete selbst, machte Würste, Butter und Käse, buk Brot. Fleisch, Gemüse, Obst – alles musste für den Winter eingeweckt werden. Licht kam von Petroleumlampen. Geheizt wurde mit DITTEN. Das Wasser aus dem Sood war braun vom Reet und schmeckte schal. Ich bin dennoch froh, dass ich dieses Leben noch erlebt habe. Ohne Strom. Ohne Fernsehen. Ohne Telefon. Das war auch ein erfülltes Leben.

Wer heute auf einer Hallig keine Landwirtschaft machen will, muss das auch nicht. Heute haben wir den Fremdenverkehr. Und dadurch mehr Geld, um die älteren Häuser instandzusetzen. Die Gebäude sind gepflegter als früher, die Warften sehen besser aus. Und die jungen Leute haben wieder eine Perspektive, auf der Hallig zu leben, weil sie neue Verdienstmöglichkeiten haben. Nicht so gut ist, dass die Halligleute weniger Zeit für Freunde und Nachbarn haben. Man hilft sich zwar immer noch, Solidarität wird immer noch praktiziert, aber es ist

Ditten: quadratische Platten aus getrocknetem Kuhdung, die auf den Halligen als Brennmaterial verwendet wurden.

ein bisschen anonymer geworden. Heute hört man schon mal Sätze wie: »Der hat schon wieder die Wohnungen voll.« Oder: »Da stehen schon wieder fünf fremde Autos vor dem Haus.« Ein bisschen Neid spielt da auch mit. Das finde ich schade. Das hat es früher nicht gegeben.

***Frerk Johannsen**, geboren 1948, lebt auf der Honkenswarft auf Langeneß, wo er zusammen mit seiner zweiten Frau Helgard Fremdenzimmer vermietet. Sein Sohn Honke lebt mit seiner Frau Britta und vier Kindern im Nachbarhaus. In seinem 1875 erbauten Elternhaus unterhält Johannsen ein Privatmuseum, das die Familiengeschichte erzählt.*

Er lief weiter und weiter, bis er einsam in der Öde stand, wo nur die Winde über den Deich wehten, wo nichts war als die klagenden Stimmen der großen Vögel, die rasch vorüberschossen; zu seiner Linken die leere weite Marsch, zur anderen Seite der unabsehbare Strand mit seiner jetzt vom Eise schimmernden Fläche der Watten; es war, als liege die ganze Welt in weißem Tod.

…

Jetzt war es Ebbzeit, und die goldene Septembersonne glitzerte auf dem etwa hundert Schritte breiten Schlickstreifen und auf dem tiefen Priel in seiner Mitte, durch den auch jetzt das Meer noch seine Wasser trieb.

…

Der glänzendste Himmel breitete sich wieder über Meer und Marsch, und der Koog wurde wieder bunt von starken Rindern, deren Gebrüll von Zeit zu Zeit die weite Stille unterbrach; unablässig sangen in hoher Himmelsluft die Lerchen; aber man hörte es erst, wenn einmal auf eines Atemzuges Länge der Gesang verstummt war.

Aus der Novelle »Der Schimmelreiter« von Theodor Storm.

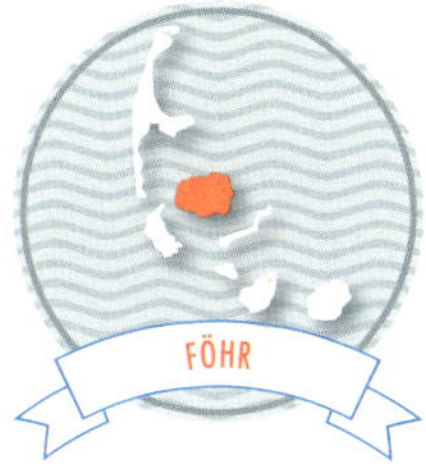

IM ZWEIFÖHRTEL-TAKT

Wer auf Föhr Musik macht, darf sich glücklich schätzen, einmal in der Großstadt Hamburg aufzutreten. Den Brüdern Alexander und Konstantin Rethwisch war das zu wenig ambitioniert. Sie gingen gleich nach Los Angeles.

AR Von Föhr nach Los Angeles und zurück …

KR … eigentlich das Verrückteste, was man sich vorstellen kann.

AR Das Verrückteste, wenn man bedenkt, wie wir mit unserer Musik angefangen haben und welche Wege wir gegangen sind.

KR In unserem Leben war immer Musik, von Beginn an. Das liegt an unserer Mutter, die aus Düsseldorf stammt und nach ihrem Studium für ein Jahr als Referendarin nach Wyk kam. Und dort traf sie dann unseren Vater.

AR Sie unterrichtet seit Langem Musik am Gymnasium. Sie ist aber auch studierte Kirchenmusikerin, sie spielt Orgel, ihre Leidenschaft ist es, die Kirche mit Chormusik zu füllen. Auch deshalb haben wir zu Hause viel barocke Musik gemacht: Bach, Händel, die Johannes-Passion, Weihnachtsoratorien.

KR Bei uns zu Hause machte niemand aus Versehen am Samstagabend die *ZDF*-Hitparade an. Mit deutschem Schlager oder Volksmusik kamen wir deshalb gar nicht erst in Kontakt.

AR Ich habe Klavier, Orgel und Keyboard gelernt. Später kam der Computer als Instrument dazu. Alles, was Klänge erzeugen kann, ist ein Instrument, also auch der Computer.

KR Mit dem Computer zu komponieren, ist Alexanders große Stärke. Ich bin kein besonders guter Instrumentalist. Ich spiele ein bisschen Klavier, dazu ein paar Grundinstrumente. Ich war immer der Sänger in der Familie. Meine Mutter hatte lange die Hoffnung, dass ich eine klassische Gesangsausbildung mache. Klassik war unsere musikalische Herkunft, zur Popmusik kamen wir erst später.

AR Wenn ich an unsere Kindheit und Jugend denke, fällt mir ein, dass wir permanent versuchten, Musik zu machen.

KR Es gibt keinen Raum, in den Alexander nicht irgendwann ein Studio einbauen wollte.

AR Dass wir auf einer Insel leben, haben wir als Kinder zunächst gar nicht wahrgenommen. Unser Leben war nicht anders als anderswo. Du hast den Kindergarten, später die Schule, in deiner Freizeit fährst du mit dem Fahrrad, du triffst deine Freunde. Natürlich waren wir mit dem Wasser vertraut, mit dem Strand. Ich denke aber, in Dagebüll oder St. Peter-Ording hätte es sich nicht anders angefühlt.

KR Bei den ersten Reisen oder Schulausflügen, hast du erkannt, dass zwischen dir und dem Rest der Welt eine Barriere liegt. Und dass du diese Barriere nur mit der Fähre überwinden kannst. Am Anfang ist das eine aufregende Erfahrung. Wenn du 15, 16 bist, nimmst du es schon eher als Problem wahr, weil du nicht einfach mal schnell nach Flensburg, Kiel oder Hamburg kannst, obwohl du darauf Lust hättest. Von Föhr ist schwerer runterzukommen als von Sylt. Sylt hat den Damm. Wenn ich allerdings an Amrum oder die Halligen denke – die sind da noch etwas schlechter dran, die haben noch deutlich weniger Fährverbindungen als Föhr. Diese eingeschränkte Erreichbarkeit schützt aber auch. Wie eine exklusive Gated Community, mit der Wyker Dampfschiff-Reederei als Pförtner.

AR Der Mangel an Mobilität macht eine Insel ja zu einer Art Reservat. Vielleicht haben sich die Föhrer deshalb zu einem ganz eigenen Menschenschlag entwickelt. Spontane Kommunikation besonders mit Unbekannten ist nicht gerade ihre Stärke.

KR Interessant ist die Haltung, die der Föhrer Fremden gegenüber einnimmt. Angesprochen zu werden, wird schon fast als persönliche Attacke gewertet. Und bloß kein Augenkontakt. Schön zu beobachten war das früher im Restaurant auf der Fähre. Die Kellner schafften es tatsächlich, durch einen vollbesetzten Saal zu gehen und von niemandem das Handzeichen für eine Bestellung zu sehen.

AR Wir sind noch in einer Zeit aufgewachsen, als die Wertschätzung gegenüber Touristen weniger ausgeprägt war. Über Touristen sagte man: Die treten im Rudel auf, tragen alle dieselben Regenjacken und können nicht Fahrrad fahren. Aber man muss die Föhrer auch in Schutz nehmen. Wenn die Touristen im Sommer über die Insel hereinbrechen, nehmen sie alles in Beschlag, trampeln durch die Gärten und schauen durchs Küchenfenster. Man könnte fast meinen, sie erwarten von dir eine Einladung zum Kaffee.

KR Wie gesagt, für Musik war unsere Mutter zuständig. Unser Vater ist Kaufmann. Er führt immer noch die Firma, die 1911 von seinem Großvater gegründet wurde. Anfangs war das ein ganz kleines Bekleidungsgeschäft. In den 70er-Jahren, als die Zeit der Anzüge vorbei war, wurde der Laden vergrößert und ein Kaufhaus daraus gemacht. Edeka Knudtsen kennt heute eigentlich jeder auf Föhr. Knudtsen war der Familienname unseres Urgroßvaters.

AR Unser Vater wollte immer in die Welt hinaus. Deshalb lernte er zuerst in Hamburg Außenhandelskaufmann, sein großes Ziel war Hongkong. An ihm kann man aber gut sehen, dass das gar nicht so einfach ist, die Insel hinter sich zu lassen. Das Familienunternehmen musste weitergeführt werden. Hinzu kam die Verantwortung für die Familienmitglieder, die davon lebten. Aber die Insel bietet ja auch alle Voraussetzungen für ein angenehmes Leben. Es ist einfach schön auf den Inseln. Nicht umsonst ist Sylt einer der teuersten Flecken in Deutschland. Ich habe Föhr immer als kleines Paradies empfunden.

KR Ich hatte lange überhaupt keine Vorstellung von Armut. Was Armut bedeutet, bekam ich erst bei einer Klassenfahrt nach Flensburg mit. Da lag ein Obdachloser auf einer Parkbank. Das gab's auf Föhr nicht.

AR Man lebt natürlich in einer Blase, schon klar. Aber das hat auch einen großen Vorteil. Du kapierst schon in jungen Jahren, dass du dir was einfallen lassen musst, wenn du von der Insel weg willst. Deshalb konzentrierst du dich frühzeitig auf das, was du machen willst. Zumindest war das bei uns so. Wir wussten, wir wollen Musik machen. Dafür blieb uns keine andere Chance, als wegzugehen. Auf Föhr gab es einfach keine populäre Musikszene. Keine Clubs, so gut wie keine Bands, kein Musikgeschäft. Wenn ich mir die neuesten Keyboards anschauen wollte, musste ich mindestens nach Hamburg fahren.

KR In die Popmusik wuchsen wir als Teenager hinein. Tagelang hörten wir Platten und CDs. Damals gab es noch kein Internet, wenn du Informationen haben wolltest, musstest du die CREDITS lesen. Und wir lernten sie förmlich auswendig. Wer hat welches Instrument gespielt? Wer hat produziert? Wo wurden die Aufnahmen gemacht? Nach und nach stellten wir fest: Das Epizentrum der Popmusik ist Los Angeles. Michael Jackson. Prince. Queen. Alle großen Bands und Interpreten der 80er- bis Mitte der 90er-Jahre waren da. Alle großen Hits wurden da geschrieben. Alle großen Studios waren da.

Credits: sind auf Tonträgern, was im Film der Abspann ist. C. liefern Informationen über Aufnahmeort und -zeitraum, Produzent, Komponist, Arrangeur, Musiker, die von ihnen benutzten Instrumente usw.

AR Was mich auch begeisterte, war Filmmusik. Ich wusste: Das will ich irgendwann machen. Filmmusik kam auch aus L. A.

KR Los Angeles – da mussten wir hin. Wie die Stadt aussieht, wussten wir aber nicht. Der Name hatte einen magischen Klang. Das war entscheidend. Wenn bei den Credits überall Bombay gestanden hätte, wäre es Bombay gewesen.

AR Man sagt ja gerne: Man sollte seine Entwicklung Schritt für Schritt machen. Von Föhr aus gesehen wäre Hamburg der nächste Schritt gewesen. Aber was hätte das bringen sollen? Wenn du irgendwann in Hamburg oberste Liga bist, hast du im globalen Kontext immer noch nichts erreicht. Du bist immer noch irrelevant. Am Ende hast du viel Zeit und deinen Ehrgeiz für nichts verschwendet und hängst mit Frustrierten rum, die ihre Träume nicht verwirklichen konnten. Also lieber gleich groß angreifen. So dachte ich zumindest damals. Ohne diese Mischung zwischen Naivität und Größenwahn hätten wir vermutlich nie die norddeutschen Grenzen verlassen.

KR Der einzige Föhrer, der uns in Sachen Musikgeschäft weiterhelfen konnte, war Töns Brautlecht, der bei *Sat 1* als technischer Leiter arbeitete. Er war so was wie der musikalische Ziehvater von Alex. Dem haben wir erzählt, dass wir nach L. A. möchten und gefragt, ob er uns einen Tipp geben kann. Was er uns geben konnte, war eine Telefonnummer von einem Bekannten.

AR 1997 sind wir zum ersten Mal hingeflogen. Ich war zwanzig, Konstantin war siebzehn. Unsere kleine Schwester war auch dabei; die war vierzehn. Es war nicht direkt so, dass wir einen Masterplan hatten. Wir saßen im Hotelzimmer und überlegten, was wir am besten tun könnten.

KR Ich weiß noch, dass du unseren Kontakt anfangs nicht anrufen wolltest. Bis ich sagte: »Mensch, wir sind doch eigens deswegen hierhergekommen.«

AR Als ich ihn schließlich anrief, sagte er: »Leider kann ich nichts für dich tun, aber hier ist die Telefonnummer von Jeff, vielleicht kann der dir helfen. Sag' einfach, du bist ein Freund von mir.« Jeff konnte auch nicht helfen, kannte aber Bill. Über Bill kam ich zu Joe und so weiter. Am Ende hatte ich eine Liste von sieben, acht Namen. Und von jedem war ich angeblich Freund. Irgendwann hatte ich Matthias am Apparat.

KR Matthias Weber ist ein sehr talentierter deutscher Filmmusiker, der damals die Musik für die TV-Serie *Baywatch* schrieb. Nach einem längeren Gespräch, in dem festgestellt wurde, dass er und mein Bruder beide Kirchenorgel gespielt hatten, was dann auch den Ausschlag gab, wurde ein Praktikum vereinbart.

AR Bei Matthias wurde mit einem Musikprogramm gearbeitet, das ich eigentlich gar nicht kannte. Aber das ließ ich mir natürlich nicht anmerken. Tagsüber arbeitete ich so gut es ging mit, nachts versuchte ich im leeren Studio, mir die fehlenden Kenntnisse anzueignen. Geschlafen wurde eher wenig. Etwas ganz Neues zu lernen, ist schon auf Deutsch schwer genug. Ich hatte nur mein Schulenglisch und noch nie zuvor im Team gearbeitet. Der Leistungsdruck war schon ziemlich heftig. Aber irgendwie hat es dann doch immer geklappt. Andere studieren, ich habe auf diese Weise gelernt. Man sagt in Amerika: Du musst dir deine Chance erkämpfen. Egal wie. Und dann musst du sie nutzen. Auch egal wie. Auf einmal saß ich beim Meeting neben David Hasselhoff. Das war völlig surreal.

KR Ich kam ein Jahr später nach. Ich wusste genau, was ich wollte. Und weil ich dafür kein Abitur brauchte, ging ich nach der 12. Klasse von der Schule ab. Unsere Mutter hielt es für eine Kurzschlussreaktion. Aber sie versuchte nicht, mich abzuhalten. Alles, was mit Musik zu tun hatte, war immer okay. Mein Vater fand weit weggehen sowieso okay.

AR Dass der Föhrer auf einer Insel wohnt, bedeutet nicht, dass er die Welt nicht kennt. Er arbeitet nonstop von Ostern bis Ende Oktober im Tourismus – und dann ab in die Finca auf Mallorca. Oder nach Florida. Oder nach Neuseeland. Es kann gar nicht weit genug weg sein. New York muss es aber mindestens sein. Viele Föhrer sind nach dem Krieg in die USA ausgewandert, da in ihrer Heimat keine Arbeit zu finden war. Daher gibt es ein großes Insulaner-Netzwerk, besonders in New York, Nordkalifornien und Florida. Fast jede Föhrer Famile hat nahe Verwandte in den USA.

KR In Los Angeles wohnten wir im Stadtteil Calabasas, in den Hügeln über Malibu. Matthias hatte dort sein Studio. Wir lebten nicht weit entfernt in einem Ein-Zimmer-Apartment mit Klappbett. In einem Bürogebäude mieteten wir uns einen fünf Quadratmeter großen Raum, in den nur ein Schreibtisch und zwei Stühle passten. Das muss der billigste Büroraum von ganz L. A. gewesen sein.

AR Dieser Raum war unser Studio. Dort experimentierten und komponierten wir, suchten nach unserem Stil. Das war gut so. Wenn du völlig eigenständig anfängst zu komponieren, ohne Tutoren, kannst du leichter authentisch bleiben. Du musst keine Angst haben, jemanden zu enttäuschen. Wir haben damals praktisch nur in unserer Musikwelt existiert. Aufstehen, arbeiten, essen, schlafen, aufstehen, arbeiten. Von acht Uhr abends bis sieben Uhr morgens, das war die Zeit, in der wir im Bürogebäude laut sein durften. Dieser Nachtrhythmus begleitet uns bis heute.

KR L. A. ist das maximale Gegenteil von Föhr. In L. A. hast du eine Metropolis mit 14 Millionen Menschen, die sich nur auf dem Highway begegnen und täglich zwei Stunden zur Arbeit unterwegs sind. Auf Föhr leben knapp 8000 Menschen, die von Weitem am Auto schon erkennen, wer drin sitzt. In L. A, hast du kaum Kontakte außerhalb des Jobs, und von denen erfährst du wenig Privates. Auf Föhr weiß der Mann, der den Flughafentower betreut, wer krank ist, ob Harald Schmidt gerade auf der Insel wohnt und wann Otto Waalkes mit dem Doppeldecker landet. In L. A. setzt du dich ins Auto, stellst automatisch eine Geschwindigkeit ein und fährst zehn Stunden in eine Richtung. In Föhr kommt nach zehn Minuten die Abbruchkante.

AR Der einzige gemeinsame Nenner ist der Strand und das Meer.

KR Seit 2002 haben wir wieder ein Standbein in Deutschland, gründeten eine Band. Seitdem pendeln wir zwischen den beiden wichtigen Westküsten unseres Lebens: Kalifornien und Nordfriesland. Wir haben immer noch ein Studio auf Föhr, in dem wir sehr gerne arbeiten. Um als Musiker auf gute Melodien zu kommen, hilft es, ab und an aufs Meer zu gucken.

AR Föhr wird auch deshalb immer unser Ort bleiben, weil du umso mehr weißt, was du an der Insel hast, wenn du einmal weg warst.

Alexander Rethwisch, *geboren 1977, und sein Bruder* ***Konstantin,*** *geboren 1980, sind die Gründer und Frontmänner der Popband »Stanfour«; sie leben auf Föhr, in Hamburg und Los Angeles.*

SYLT

AUSTERNPRINZESSIN

Von Blankenese verschlug es Bine Pöhner ans Ende der Welt, um schließlich auf Sylt zu landen. Dort kultiviert sie heute die exklusivste Spezialität der deutschen Küste. Und exportiert sie bis ans Ende der Welt.

Es gibt Tage, da ist das Land ganz weit weg. Da komme ich morgens raus zu den Austernbänken und der Blick geht ins Endlose. Grauschattierungen im Himmel. Sonnenblitze, die durch die Wolken schießen. Das Morsumer Kliff schillert ocker, rötlich, golden. Es riecht nach Meer. Es riecht nach Watt. Es riecht nach Heide, Dünengras und feuchtem Sand. Das Wasser ist glatt und still. Man kann dann nichts mehr hören außer dem Wind.

Ich bin gern am Meer. In den Bergen könnte ich nicht gut leben. Auch, weil ich in Blankenese aufgewachsen bin. Pah, Blankenese, denkt jetzt vielleicht der eine oder andere. Wo die Reichen wohnen, die Hamburger Pfeffersäcke, die zugereisten Snobs. Aber das ist nicht die wahre Identität von Blankenese, dem alten Lotsen- und Kapitänsdorf, in dem auch meine Eltern lebten, weil es dort schön ist. Weil man dort Hamburgs Nähe zum Meer spürt, die Verbindung über das Wasser zur Welt. Als Kind habe ich die Schiffe vorbeiziehen sehen, und natürlich denkt man bei jedem Schiff an Plätze, die ganz weit weg sind.

Das Meer, Inseln haben immer eine große Rolle gespielt in meinem Leben. Schiffe gehören dazu. Mit ihnen hat es angefangen, bevor ich laufen konnte. Schiffe sind für mich die mobilen Inseln der Ozeane. Als Kind war ich oft auf Fanø, kennen Sie vielleicht, eine Insel vor Esbjerg, Dänemark, nördlich von Sylt. Der Bruder meines Vaters hatte dort ein Holzhaus in den Dünen, das er *Haus Hobby* nannte. Der Nachbar war ein Rechtsanwalt aus Kopenhagen, ein leidenschaftlicher Fischer. Mit ihm fuhren wir oft mit dem Boot raus. Er konnte die Rufe der Robben nachahmen. Immer wenn er rief, kamen sie und steckten ihre kleinen Köpfe aus dem Wasser.

Als Teenager war ich viel mit meinen Eltern auf Sylt. Wir haben in Kampen eine Wohnung, unser zweites Zuhause. Kampen hat für mich den schönsten Blick auf Sylt. Man kann beide Meere sehen. Die Nordsee mit ihren Naturgewalten auf der einen, das nordfriesische Wattenmeer auf der anderen Seite.

Blankenese, Fanø, Sylt – so hat es begonnen. Das mag erklären, dass es weiterging mit Australien, Neuseeland, Singapur, Hongkong,

Koh Phi Phi vor Thailand, den Philippinen, Panama. Dass ich Madeira mag. Dass ich heute wieder auf Sylt bin. Immer Orte am Meer, oft Inseln. Und mein Hamburg. Aber muss es für alles eine Erklärung geben? Ich würde es Zufall nennen. Oder besser Schicksal. Ja, irgendwie ist es Schicksal. Und so ist es auch gekommen, dass mich der Fernsehsender *ARTE* die deutsche Austernprinzessin genannt hat.

Vielleicht sollte ich mit der Auster anfangen. Es gibt sie seit 250 Millionen Jahren. Sie ist eines der ältesten Aquakulturprodukte der Welt. Schon in der Steinzeit haben die Menschen Austern gegessen, und es waren die Römer, die herausgefunden haben, wie man sie kultiviert. Hier im Wattenmeer hat die Auster eine Geschichte, die über tausend Jahre reicht. Im 11. Jahrhundert ließ der dänische König Knut der Große englische Schalentiere vor der nordfriesischen Küste ansiedeln. Mit Streicheisen haben die Fischer sie vom Meeresboden geholt. 1870 gab es zwischen Sylt, Amrum und Föhr 47 Austernbänke mit einer Gesamtfläche von 1800 Hektar. Das ist so groß wie 3000 Fußballplätze. Jährlich wurden vier bis fünf Millionen Austern geerntet. Damals handelte es sich um *Ostrea edulis*. Die Europäische Auster. In Holzfässern brachte man sie an die Tafeln der Preußenkönige und sogar bis an den russischen Zarenhof.

Warum das nicht so weiterging? Weil der Mensch mit den Schätzen der Ozeane bekanntlich nicht sehr vernünftig umgeht. Es wurden zu schnell zu viele Austern geerntet. Und sie wurden von Parasiten befallen, die zwar nicht für den Menschen gefährlich waren, aber ihre Fortpflanzung unterbanden. Der schlimme Eiswinter 1928/29 besorgte den Rest. Alle Bemühungen, die Bestände wieder aufzubauen, endeten mit dem Zweiten Weltkrieg. Erst Mitte der 70er-Jahre wurde wieder ein Forschungsprojekt begonnen. An verschiedenen Standorten wurde zehn Jahre lang getestet, wie man Austern unter heutigen Bedingungen züchten kann. Man nahm *Crassostrea gigas,* die Pazifische Felsenauster, die aus Asien kommt, inzwischen überall in Europa beheimatet und robuster ist als die Europäische Auster. Das Ergebnis: Ja, es geht. Allerdings wird die Pazifische Felsenauster hier nicht laichen, weil es zu kalt ist, sie braucht dafür eine Wassertemperatur von 19 bis 23 Grad. Außerdem muss sie im Winter vor Eis geschützt werden.

Wir züchten an der Ostseite vor Sylt. Dort haben wir dreißig Hektar vom Land Schleswig-Holstein gepachtet. In der Blidselbucht liegen unsere Austern in Poches auf Eisentischen. Mit Poches sind die Netzsäcke gemeint, in denen die Austern liegen. Etwa 180 Stück in jeder Poche, mehrere Generationen nebeneinander. Die Eisentische sind in Reihen aufgestellt. Deswegen nennt man sie Austernbänke.

Unsere Jungaustern kommen aus Irland. Wenn wir sie bekommen, wiegen sie 20 bis 30 Gramm. Wenn wir sie ernten, hat sich ihr Gewicht verdreifacht. Dazwischen liegen zwei, drei Jahre und viel Arbeit. Die Poches müssen regelmäßig von Hand gewendet und gerüttelt werden, damit die Austern nicht miteinander verwachsen. Wir befreien sie von Seetang und Algen. Bei ungünstiger Tide bleibt uns dafür nur eine halbe Stunde. Ab Oktober bauen wir die Eisentische ab und im November schleppen wir die Poches auf Paletten ins Winterquartier. Das sind fünfzehn Bassins in unserem Betrieb, die über eine etwa 200 Meter lange Pipeline mit Meerwasser versorgt werden.

Das Wasser macht die Qualität. Austern sind primitive Filtertiere. Sie haben kein Gehirn und keine Sinnesorgane, ihr größtes Organ sind die Kiemen. Durch die Kiemen nehmen sie Sauerstoff und Nahrung auf. Bis zu zwanzig Liter in der Stunde werden von einer Auster gefiltert. Und weil alles, was im Wasser ist, in die Auster gelangt, ist das Fleisch unserer Auster reich an Jod, Kalzium, Eisen, Magnesium und Vitaminen. Sie hat 25 Prozent Fleischanteil, nur 1,2 Prozent Fett. Unsere Auster ist ein reines Naturprodukt. Eine Energiebombe aus dem Watt. Die EU klassifiziert Meerwasser nach Kategorie A, B und C. Kategorie A gibt es nur an drei Stellen in der EU. Vor Irland, vor Schottland und hier vor Nordfriesland. Wir finden, unsere Auster hat ihren Namen absolut verdient: Sylter Royal.

Wie sie schmeckt? Zart nussig sagen manche, nach Gurke andere. Mein Neffe hat gesagt, sie schmecke nach jungem Gemüse. Kohlrabi.

Das ist gar nicht so verkehrt. Die Auster ist, wenn man so will, Veganerin. Aber warum suchen die Leute immer nach Vergleichen? Eine Auster schmeckt nach Auster. Sie riecht auch nicht fischig, wie gerne behauptet wird. Wenn sie fischig riecht, ist etwas sehr falsch. Ich sage den Leuten jedenfalls, sie sollen keine Zitrone nehmen, kein Salz, keinen Pfeffer. Wie das schmeckt, wissen sie doch. Und vor allen Dingen nicht schlürfen. Schlürfen ist Quatsch. Gut kauen, damit die Geschmackspapillen der Zunge das Aroma des Meeres auch aufnehmen können.

Was viele nicht wissen, ist, dass Austern hermaphroditisch sind, zweigeschlechtlich. Die Pazifische Felsenauster wächst zunächst als Männchen heran und bleibt das im ersten Jahr. Danach wandelt sich ein Teil der Population in Weibchen um. Aber genau weiß ich das auch nicht. In einem Fachbuch sagen sie so, in einem anderen Fachbuch anders. Wenn ich Seminare halte, erzähle ich das gerne. Nach zehn Minuten Referat muss man die Zuhörer irgendwie einfangen. Das geht ganz gut mit Anekdoten. Etwa, dass Fontane gesagt haben soll: »Ein Optimist ist ein Mensch, der sich ein Dutzend Austern bestellt in der Hoffnung, sie mit der Perle, die er darin findet, bezahlen zu können.« Oder Casanova. Der hat angeblich bis zu fünfzig Austern an einem Abend gegessen. Wir wissen, was das bewirkte. »Leider, meine Damen«, sage ich dann, »haben wir ihn nicht mehr kennengelernt.«

Meine erste Auster aß ich als Kind. Das war im Urlaub mit meinen Eltern. Cancale. Bretagne. Ich erinnere mich nicht mehr, ob sie mir schmeckte, aber es war wohl keine negative Erfahrung. Hustensaft war eine negative Erfahrung, den mag ich bis heute nicht. Manchmal ist das erste, was ich nach einer Tasse Tee morgens esse, eine rohe Auster. Den Geschmack habe ich danach noch Stunden im Mund.

Mein Vater war Rohstoffhändler. Palmöl, Kokosöl, Copra. Copra ist ein Ölkuchen, der bei der Verarbeitung von Kokosnüssen entsteht und als Viehfutter verwendet wird. Mein Vater war viel in der Welt unterwegs, häufig in Australien, Neuseeland, Südostasien. Fast jeden Tag schickte er eine Postkarte von einem anderen Ort. Einmal – ich war fünfeinhalb – kam eine Postkarte aus Australien. Vorne drauf war das Bild eines Koalas. Den fand ich süß. Ich habe zu meiner Mutter gesagt: »Ich will einen Koala sehen.« Und dass ich zu Hagenbeck möchte, in den Hamburger Tierpark. Meine Mutter meinte, dass es dort keine Koalas gäbe, weil Koalas eine ganz spezielle Diät haben und wir das, was sie fressen, hier nicht haben. Kurz darauf kam ein Geschäftsfreund meines Vaters zu uns nach Hause. Bob Harrison. Australier. Dem habe ich gesagt: »Wenn ich die Koalas hier nicht sehen kann, dann gehe ich zu den Koalas nach Australien, wenn ich groß bin.«

Irgendwann wurde ich groß und machte eine Banklehre. Ich wollte Aktienhändlerin werden. Doch der Personalchef sagte: »Bis Sie eine gute Aktienhändlerin sind, vergehen drei Jahre, das kostet uns 50.000 Mark, und dann kriegen sie drei Kinder und wir haben in Luft investiert.« Nach einem halben Jahr in der Bank habe ich gesagt: »Tschüss.« Ab nach Australien. Zu den Koalas. Mein Vater spürte, dass es ein Abschied für immer werden könnte, er hatte Angst, mich zu verlieren. Selber schuld, könnte man sagen. Er hätte die Postkarte nicht schreiben müssen.

Es gibt wenige Dinge, an die ich mich so erinnere wie an meine Ankunft in Sydney. Das war 1985. Was danach kam, war die schönste Zeit meines Lebens. Ich habe Orangen gepflückt, auf einer Rinderfarm gearbeitet, auf einer Schaffarm Lämmer kastriert, bin als Backpacker durch das ganz Land getrampt. Und ich habe zur richtigen Zeit die richtigen Leute kennengelernt. Einmal war ich eingeladen beim Direktor von Sea Bridge, einer Tochterfirma von Hapag Lloyd. Der Direktor fragte mich: »Bine, willst du nicht sehen, wie australische Firmen arbeiten?« Man schickte mich ins Import Freight Department. Da waren nur Kerle. Rauer Ton, Imponiergehabe. Das Übliche. Nach vier Tagen hatte ich ein Gespräch mit dem Personalchef. Er fragte, ob ich nicht bleiben möchte.

Ich hatte eine Wohnung gefunden. Ich arbeitete in einer Bar. Ich liebte Sydney. Ich wollte bleiben. Doch dann erkrankte meine Mutter schwer. Ich fuhr heim. Dann starb ein guter Freund der Familie. Er wohnte in unserer Nähe in Blankenese, in Kampen waren wir Nachbarn und viel zusammen. Plötzlich bestand mein Leben nicht mehr nur aus Spaß. Ich fing an zu studieren. BWL, Uni Hamburg. Nebenher habe ich beim *NDR*-Fernsehen gejobbt. Telexe bearbeitet und verteilt. Wenn jemand »Maz ab!« rief, drückte ich den Knopf. Dagmar Berghoff, Werner Veigel, Jo Brauner. Alle berühmten Leute waren da. Ich habe die ersten Schritte von Sabine Christiansen erlebt. Auch als Hostess auf Messen habe ich gearbeitet. Einmal auf der *Internorga* kam die Kiezgröße Kalle Schwensen mit zwei schönen Frauen an meinen Stand und bestellte drei Glas Champagner. Die kosteten zusammen 45 Mark. Er gab mir einen Hunderter und sagte: »Stimmt so.«

In den Semesterferien fing ich an, bei der Austern Compagnie auszuhelfen. Moin, moin, möchten Sie eine Sylter Royal? Und wenn ja, wie viele? Ich fand das spannend. Aber da war dieser Schafzüchter in Neuseeland. Long Distance Relationship. 1994 bin ich hin und neun Monate hängengeblieben. Von Neuseeland nach Australien. Cairns. Great Barrier Reef. Ich wollte tauchen. In Cairns habe ich meinen alten Tauchlehrer wiedergetroffen. Der hatte inzwischen eine Bar und schickte mich zu seinem Freund Brian. Der sagte, ich müsse unbedingt auf die Similian Islands, einer Inselgruppe in der Andamanensee vor Thailand. In der Andamanensee war Regenzeit. Brian meinte: »Dann musst du nach Koh Phi Phi.«

Auf Koh Phi Phi gab es damals 21 Tauchschulen. Bis auf eine wurden sie von Ausländern geführt. Briten. Deutsche. Schweizer. Die ausländischen Tauchschulen boomten wie verrückt. Nur die Tauchschule von Ben, dem Einheimischen, boomte nicht. Seine Tauchlehrer sprachen nur Thai. Also setzte ich mich in sein Büro und half aus. Dafür durfte ich jeden Tauchgang mitmachen. Ben übernahm die Kosten für mein Zimmer und mein Essen. Zum Frühstück trank ich Kokosnusswasser. Mittags gab es Schwertfisch oder Marlin. Kho Phi Phi war traumhaft. Doch ich bekam auch mit, wie es ist, im Tourismus zu arbeiten. Sobald du eine Verbindung zu Menschen aufgebaut hast, gehen sie wieder weg. Du wirst hundert Mal gefragt, woher du kommst, was du hier machst.

Das hat mich so ermüdet, dass ich in einer Disco einmal gesagt habe, ich sei Isländerin.

Nach vier Monaten war meine Zeit auf Koh Phi Phi zuende. Ich wollte nach Hause. Mein Vater hatte siebzigsten Geburtstag. Und: Wenn ich schon nicht in Sydney leben konnte, dann wenigstens in Hamburg. Ben nahm mich zum Abschied mit nach Bangkok. Vierzehn Tage lang wurde ich bei seinen Freunden und Bekannten vorgeführt wie der kleine Exot im Zoo. Noch bevor ich wieder daheim war, wusste ich, ich wollte reisen, beruflich etwas mit Reisen machen. Danach habe ich acht Jahre das Yield Management bei einem Reiseveranstalter geleitet. Das hat nicht wirklich Spaß gemacht. Pauschalreise war nur bedingt meine Sache.

Die Austern Compagnie suchte damals jemanden, der sich um den Vertrieb kümmert. Hotels und Restaurants anfragen, solche Sachen. Ich sollte zunächst ein paar Großhändler kennenlernen und sehen, wie das Geschäft läuft. Wir fingen an einem Dienstag an. Köln, Essen, Stuttgart. Am Freitag sagte mein Chef: »Hier trennen sich unsere Wege.« Am Samstag war Ball des Sports in Frankfurt. Mein Chef hatte mich zurückgelassen mit dem Rat: »Du erzählst irgendwas über die einzige deutsche Auster, tolle Wasserqualität.« Beim Ball des Sports knüpfte ich mir Austernschalen ans Cocktailkleid und sagte zu den Leuten: »Sylter Royal – müssen Sie probieren.«

Heute bin ich Geschäftsführerin, und wir haben die Firma in die Wirtschaftlichkeit geführt. Unsere Sylter Royal wird in Spankisten und Reet verpackt von Kiel bis Berchtesgaden verschickt, bis Dubai und Hongkong haben wir schon geliefert. Unser größter Abnehmer ist das KaDeWe in Berlin. Und Florian Langenscheidt hat die Sylter Royal in seine Sammlung der hundert deutschen Marken des Jahrhunderts aufgenommen. Neben Langneses Honig, Tempo-Taschentüchern, Mercedes Benz und 4711 Kölnisch Wasser.

Natürlich frage ich mich manchmal, warum ich hier gelandet bin. Und nicht in Australien. Kann ich nicht erklären. Ist halt so. Was wäre gewesen, wenn mein Vater eine Postkarte aus Malaysia geschickt hätte mit einem Tiger vorne drauf? Na, das funktioniert nicht. Ob ich als Fünfeinhalbjährige einen Tiger so süß gefunden hätte wie einen Koala? Und einen Tiger hätte es bei Hagenbeck gegeben.

Neulich hat mich jemand gefragt, ob ich Inseln als Fallen empfinde. Das stünde in *In Patagonien* von Bruce Chatwin. Fallen, weil man von Inseln nicht weg kann. Alcatraz, Robben Island, die Teufelsinsel, auf der der Roman *Papillon* spielt. Alles Inseln, die berühmt sind für ihre Gefängnisse. Vor Kreta gibt es eine Insel für Leprakranke. Auch da stimmt das Bild vom Eingesperrtsein. Aber in meinem Fall? Nein, so empfinde ich es überhaupt nicht.

Warum das so ist? Ich weiß es nicht. Ich könnte jetzt sagen, die Auster hat ein einnehmendes Wesen. Sie hat mich gefangen in ihrer robusten Schale mit ihrem starken Schließmuskel. Was ich weiß, ist, dass ich liebe, was ich tue. Wenn ich mit Coco, meiner Retrieverin, durchs Watt laufe, am liebsten barfuß, wenn ich sehe, wie Coco nach Wattwürmern gräbt, neugierig Krabben und Seesterne beäugt und sich den Bauch mit Algen vollschlägt, bis ihr schlecht wird, wenn ich so unterwegs bin, glasklarer Himmel, Blick bis zum Horizont, der Geruch von Watt und Meer, dann möchte ich mein Leben nicht anders haben. Das heißt nicht, dass mich die Wellen des Lebens nicht noch an einen anderen Ort spülen können. Vielleicht eine andere Insel. Ganz sicher aber irgendwo am Meer.

Bine Pöhner *(sie möchte ihr Alter nicht in diesem Buch lesen) ist Geschäftsführerin der »Dittmeyer's Austern Compagnie« in List auf Sylt und arbeitet als Gruppenleiterin bei Kreuzfahrten, zuletzt auf einer Transatlantiküberquerung. Sie lebt auf Sylt und in Hamburg.*

ENDSTATION INSEL

Das Leben auf Nordstrandischmoor ist so hart, dass nur eine unerschrockene Frau wie Ruth Hartwig-Kruse den Mut aufbrachte, den Hof der Eltern zu übernehmen – als jüngste von vier Geschwistern. Heute hält sie vier Generationen auf der Hallig zusammen.

Meine Familie wohnt auf Nordstrandischmoor, seit es die Hallig gibt. Zum ersten Mal urkundlich erwähnt wurde sie 1717. So richtig bewusst wurde mir das, als eine Hoogerin vor etlichen Jahren anfing, für ein Buch über die Halligen zu recherchieren. Es heißt *Halliglüüd,* Halligleute. Die Frau hatte mich gebeten, die familiären Verbindungen der Toten auf unserem Friedhof aufzuzeigen.

Ich habe dann mit Nommen, meinem Ältesten, die Grabplatten und ihre Inschriften genauer studiert. Eheleute, Söhne, Töchter, Sohn oder Tochter von wem, wer Schwiegersohn. *Ruhe sanft.* Bei Peter Hansen, der 1899 auf dem Watt verunglückte, steht: *Das loos ist dir gefallen auf's Lieblichste.* Die Toten auf dem Friedhof gehen zurück bis auf meine Ururgroßeltern. Nommen Jacobsen, gestorben 1871, und seine Frau, gestorben 1881. Ich vermute, ihr Vorname war Catharina. Auf der Grabplatte steht *Cath. Jacobsen, geb. Knudsen*. Fest steht, dass fast alle, die auf Nordstrandischmoor begraben wurden, mit mir verwandt waren.

Wir sind vier Generationen auf der Warft. Meine Mutter Frieda ist 1927 geboren. Nommen 1988, Ann-Kathrin 1997, Hendrik 1999 und Erik 2000. Nommens Sohn Kjell kam 2006 zur Welt. Und dazwischen bin ich. Wir sind keine Ausnahme auf Nordstrandischmoor. Es gibt insgesamt vier Familien. In einer leben vier Generationen unter einem Dach, bei unseren Nachbarn drei, und die Jungen warten schon darauf, den landwirtschaftlichen Betrieb der Eltern zu übernehmen.

Das Leben auf einer Hallig funktioniert nur, wenn die Großfamilie intakt ist. Nommen kann seine Oma fragen, wie man etwas vor fünfzig Jahren gemacht hat. Ich passe auf seinen Sohn auf. Irgendwann wird jemand für mich da sein, wenn ich alt bin. Wir haben vier, fünf Kinder in unserer Schule und sind froh darüber. Auf Gröde hat eine Frau vor nicht allzu langer Zeit ihren Mann verlassen und beide Kinder mit aufs Festland genommen. Es waren die einzigen Schulkinder. Also musste das Lehrer-Ehepaar auch gehen, praktisch über Nacht. Gröde hat jetzt nur noch neun Einwohner.

Ich wuchs mit vier Geschwistern auf; drei Schwestern und ein Bruder. Ich hatte immer ein gutes Verhältnis zu ihnen, vor allem zu Antje, die vier Jahre älter ist als ich. Wir waren viel draußen. Wir haben in den Prielen gefischt. Mama hat uns aus Seidenstrümpfen Kescher gebastelt, mit denen wir Stichlinge gefangen haben. Wir spielten im Watt und in den FENNEN, wir turnten in den DIEMEN. Bei Wind und Wetter. Wenn ich an meine Kindheit denke, fällt mir zuerst ein, dass wir meistens nasse Füße hatten.

Fenne: (friesisch für) Wiesen.
Dieme: (norddeutsch für) Heuhaufen.

Der älteste Sohn ist auf einer Hallig der Hoferbe. Doch mein Bruder wollte lieber in Salem bei Ratzeburg leben, wo seine Frau herkommt. Er wurde Zimmermann. Als meine Eltern zu alt für die Landwirtschaft waren, tagte der Familienrat. Meine Schwestern waren schon auf dem Festland verheiratet. Blieb ich, die Jüngste. Mein Vater fragte: »Will es jemand lieber machen als Ruth?« Niemand wollte. »Hat einer ein Problem, dass sie euch nicht auszahlen kann?« Hatte keiner. So übernahm ich den Hof.

Unsere Hallig misst 175 Hektar, ich bewirtschafte knapp ein Drittel. Es gibt auf Nordstrandischmoor drei Landwirte. Ich bin die einzige im Vollerwerb. Wir halten Schafe und betreuen Pensionsvieh. Im Mai bekomme ich Jungschafe von meiner Schwester Käte. Sie lebt in Struckum und betreibt dort mit ihrem Mann einen Hof. FÄRSEN kriege ich von Antje, die ebenfalls mit einem Landwirt auf Nordstrand verheiratet ist. Meine dritte Schwester lebt in Viöl. Sie hat keine Landwirtschaft, sondern arbeitet als Krankenschwester. Dann haben wir noch ein Pferd, weil es dazugehört. Von August bis November gehen die Schafe und Kühe zurück aufs Festland. Den Winter über behalten wir nur unsere eigenen Schafe.

Färse: Kuh, die noch nicht gekalbt hat.

Entweder man mag die Natur oder man mag sie nicht. Ich mag die Natur. Nehmen wir die Ringelgänse. Früher habe ich auch geschimpft, dass sie mir im Frühling das frische Gras von den Fennen rupfen und dann die Wege vollkacken. Heute freue ich mich, dass auf den Halligen neunzig Prozent der weltweiten Population von Ringelgänsen zu finden sind. Zu den Ringelganstagen auf den Halligen kommen inzwischen Ornithologen aus der ganzen Welt. Natur und Landwirtschaft ergänzen sich, und auch deshalb kommen Gäste zu uns. Ohne Touristen könnten wir in unseren Fremdenzimmern Kartoffeln einlagern.

Auf Nordstrandischmoor war Landwirtschaft immer ein Hungerleben. Bei uns gab es über Jahrhunderte nur arme, arme Bauern, die in Holzpantinen rumliefen und keine schicke Tracht hatten wie die Hooger. Woher hätten sie auch das Geld nehmen sollen für den Silberschmuck? Bei uns gab es nicht wie auf Hooge Kapitäne oder Matrosen, die als Walfänger anheuerten. Landwirtschaft macht immer Arbeit. Ich habe damit kein Problem. Wir haben schon als Kinder Aufgaben übernehmen müssen. Wie hätten es meine Eltern anders schaffen sollen? Mein Vater war morgens im Küstenschutz tätig, danach arbeitete er bis in die Nacht hinein auf dem Hof. Meine Mutter war den ganzen Tag auf den Beinen: Kühe melken, Melkgeschirr abwaschen, Essen kochen, Wäsche machen, Schafe versorgen. Bei der Heuernte wurden alle eingespannt. Gemäht hat man mit der Sense. Meine Mutter hatte keine Spülmaschine, keine Waschmaschine, keine Küchengeräte, ganz früher noch nicht einmal fließendes Wasser und Strom.

Auch meine Kinder mussten früh lernen, selbstständig zu sein. Seit sie sieben, acht sind, können sie die Lore eigenständig bedienen. Sie fahren Traktor. Sie helfen im Stall, beim Zäunebauen, beim Rasenmähen. Sie lernen, sich selbst zu helfen. Wenn sie in Husum den Bus verpassen, brauchen sie gar nicht erst bei mir anrufen, sondern finden selbst eine Lösung.

Es ist gut, dass die Kinder, wenn sie reif genug sind, von der Hallig weggehen. Sie sollen alleine ihre Erfahrungen machen. Nur dann können sie frei entscheiden, ob sie zurückkommen und hier leben wollen. Meine Kinder sollen sich bewusst für die Hallig entscheiden. Sonst wird man hier nicht glücklich.

Unsere Lebensader zum Festland ist der Lorendamm. Wir fahren damit schnell zum Einkaufen in Husum oder Bredstedt. Schneller jedenfalls als die Leute von den anderen Halligen und Inseln. Ann-Kathrin konnte, weil wir die Lore haben, auf dem Festland Stepptanz- und Ballettkurse besuchen. Die Lore macht den Übergang in ein anderes Leben ein bisschen einfacher. Momentan hilft die Lore auch, wenn sie ihren Vater besuchen wollen, der nach unserer Trennung wieder auf dem Festland lebt.

Mein Ex-Mann war nicht von Nordstrandischmoor. Den habe ich mitgebracht von einem Fest, auf dem wir verkuppelt wurden. Das hat in meiner Familie Tradition, dass die Frauen die Männer holen und nicht umgekehrt. Das war schon so bei meiner Urahnin, die den Nommen Jacobsen geheiratet hat. Mein Vater stammte von Husum. Er kam erst 1949 aus Russland zurück und 1951 als Arbeiter nach Nordstrandischmoor. Meine Mutter hatte den Hof übernehmen müssen, weil ihr

Bruder, der Hoferbe, im Zweiten Weltkrieg gefallen war. Der Familienname Jacobsen ist damit verloren gegangen. Der Vorname Nommen aber ist geblieben bis heute. Das ist ein ganz alter friesischer Name, der sich durch die ganze Familie zieht.

Nach der Schule wollte ich Töpferin werden. Das ganze Branchenbuch habe ich durchtelefoniert, doch es gab keine Lehrstellen. Mein Onkel kannte einen Tischler auf Föhr. Also habe ich eine Tischlerlehre gemacht. Als junge Frau in einem Männerberuf? Das war vor dreißig Jahren nicht einfach. Da gab's schon den einen oder anderen Spruch. Irgendwann habe ich denen gesagt, was Sache ist, und dann war gut. In der Lehrzeit habe ich viel für's Leben gelernt. Selbstständigkeit. Selbstbewusstsein. Durchsetzungsvermögen. Das kommt mir heute überall zugute. Schließlich bin ich Mitglied der Gemeindevertretung von Nordstrand und Vertreterin von Nordstrandischmoor in der BIOSPHÄRE HALLIGEN.

Biosphäre Halligen: Zusammenschluss aller Halligen, Mitglied im Biosphärenreservat Schleswig-Holsteinisches Wattenmeer und seit 2005 von der UNESCO als Weltnaturerbe anerkannt.

Als Tischlerin arbeitete ich in Bredstedt und Husum. Auch das war eine wichtige Erfahrung. Aber immer dort leben? Als ich in Husum in einen Wohnblock einzog, stellte ich mich bei meiner Nachbarin vor. »Moin, ich bin die neue Mieterin.« Sagt sie: »Das muss mich nicht interessieren.« Wenn ich mal nach Hamburg reise und mich in der U-Bahn umsehe, frage ich mich, welchen Kontakt die Menschen überhaupt noch miteinander haben. Alle stieren nur auf ihr Handy oder lassen sich von ihrem MP3-Player bespielen. Wenn man auf der Straße jemanden nach dem Weg fragt, zucken manche vor Schreck zusammen. Bei Sitzungen der Gemeindevertretung habe ich erlebt, wie Leute panisch aus dem Zimmer gelaufen sind, weil es in ihrer Hosentasche bimmelte.

Ich glaube, die Welt vereinsamt durch diese ganzen sozialen Netzwerke mehr, als dass sie zueinanderfindet. Fünfhundert Kontakte, aber keinen echten Freund. Natürlich bemühe ich mich darum, dass Nordstrandischmoor endlich einen Breitband-Anschluss bekommt. Auch ich nutze das Internet. Ich bin auf *Facebook*. Das erwarten meine Feriengäste.

Die rufen nicht drei Mal an, um wegen einer Reservierung nachzufragen. Ich sitze jeden Abend am PC und schreibe E-Mails. Aber mehr muss nicht sein. Da stricke ich mir lieber eine Mütze. Es kommt, sage ich, immer darauf an, wie man etwas nutzt. E-Learning hilft den Halligkindern, besser Englisch zu lernen, aber sie lernen auch, vernünftig mit dem Computer umzugehen. Mit der Biosphäre Halligen versuchen wir einerseits, die Natur zu schützen, aber auch, den Kontakt zur Außenwelt zu verbessern.

Manchmal erzähle ich den Leuten: »Wenn Nommen es sich anders überlegt und die anderen Kinder den Hof nicht übernehmen wollen, dann könnte ich alles verkaufen und es noch einmal richtig krachen lassen.« Das glaubt mir natürlich niemand. Ich gehöre nach Nordstrandischmoor. Hier ist meine Heimat. Hier ist meine Familie. Die Familie ist das Wichtigste auf der Welt. Auf die Familie kannst du dich immer verlassen. Deshalb ist man selbst auf einer Hallig mit zwanzig Menschen niemals so einsam wie in einer Großstadt.

Ruth Hartwig-Kruse, *geboren 1963, ist Landwirtin, vermietet Fremdenzimmer und lebt mit ihrer Mutter Frieda, ihren Kindern Nommen, Ann-Kathrin, Hendrik, Erik und ihrem Enkel Kjell Nommen auf der Norderwarft auf Nordstrandischmoor.*

Salzwiesenlamm mit Speckbohnen und Schwarzwurzeln in Rahmsoße von Ruth Hartwig-Kruse

Zutaten für 4 Personen: *1 kg Lammkeule, 80 g Speck, 1 EL Senf, 400 g Lammknochen, 5 Stängel Strandwermut, 1 kg Kartoffeln, 250 g Bohnen, 300 g frische Schwarzwurzeln, 1 Blumenkohl, 150 ml Milch, 1 TL Schmand, 1 EL Semmelbrösel, Butter, Mehl, Salz, Pfeffer*

Die Lammkeule mit Senf bestreichen, mit Salz und Pfeffer würzen und in einen Bräter legen. Den größten Teil des Wermuts und 500 ml Wasser dazu geben. Bei 120 Grad für fünf Stunden im Backofen schmoren lassen.

Für die Soße die Lammknochen mit Salz und dem restlichen Wermut in einem Topf anrösten, mit Wasser ablöschen und zwei Stunden köcheln lassen. Den Soßenfond durch ein Sieb gießen und mit Mehlschwitze andicken.

Gemüse: Kartoffeln und Schwarzwurzeln schälen und in kochendem Wasser garen. Butter in einem Topf zerlassen, Mehl einrühren und mit Milch ablöschen. Die Milchsoße mit Salz würzen und mit Schmand verfeinern. Schwarzwurzeln beigeben und gut durchziehen lassen.

Den Blumenkohl in Röschen schneiden und in Salzwasser kochen. In der Zwischenzeit etwas Butter zerlassen, Semmelbrösel dazugeben, gut verrühren und die Mischung auf den gegarten Blumenkohl geben.

Die Bohnen putzen und in Salzwasser blanchieren. Abgießen und warmstellen. Bündel von sechs bis acht Bohnen mit Speck umwickeln und in der Pfanne braten.

Die Lammkeule aus dem Backofen nehmen, in Scheiben schneiden und mit den Beilagen und der Soße auf Tellern anrichten.

DA GEHT DIE POST

Wenn das Wasser abläuft, packt er die Briefe ein, krempelt die Hosenbeine hoch und läuft los, Kurs Südwest. Knud Knudsen musste viele Jahre warten, bis er endlich seinen Traumnebenjob antreten durfte. Er ist der einzige Wattpostbote Deutschlands.

Auf halbem Weg zwischen Alter Kirche und Fähranleger. Von dem kleinen Parkplatz hinter dem Deich. Von da aus gehe ich ins Watt. Entscheidend ist der richtige Moment, wenn die Ebbe noch nicht leergelaufen ist, ungefähr zweieinhalb Stunden vor Niedrigwasser. Luftlinie sind es fünf Kilometer bis Süderoog. Aber die direkte Linie kann ich nicht nehmen. Der Boden wäre an manchen Stellen zu weich, außerdem gibt es seit Kurzem einen neuen Priel. An dem muss ich einen Schlenker nach links machen. Wenn ich in den Priel reingehen würde, stünde mir das Wasser bis zur Brust.

Wichtig ist, dass man Grad und Kurs einhält und auf das Tempo achtet. Die grobe Richtung ist Südwesten. Erst 200 Grad, dann 190 Grad, dann 210 Grad, dann 225 Grad und das letzte Stück 240 Grad. So sind es sechseinhalb Kilometer bis Süderoog. Dafür brauche ich nicht länger als eineinhalb Stunden, meistens eineinviertel Stunden. Aber das hängt natürlich vom Wetter ab. Ob es regnet. Wie der Wind ist. Bei Nebel bin ich auf den Kompass angewiesen. Und die drei Priele, durch die ich muss, dürfen nicht zu viel Wasser haben. Bei stürmischen Westwindlagen kann das passieren. Dann ist es zu gefährlich.

Der Direktor des Hamburger Postmuseums hat mir mal gesagt, ich sei er einzige Wattpostboote Deutschlands. Nach Neuwerk kommt die Post per Kutsche. Langeneß, Oland und Nordstrandischmoor haben die Lore. Nach Gröde fährt Fiede Nissen mit dem Boot. Fiede kennt hier oben jeder. Der ist Bürgermeister von Langeneß und Oland und sieht aus, wie sich Fremde einen knorrigen Friesen vorstellen. So mit Schiffermütze und weißem Bart. Fiede ist ein Original. Über mich sagen die Leute das vermutlich auch, wenn sie ein Foto von mir sehen mit meinem Bart und wie ich mit meinem gelben Rucksack durchs Watt gehe.

Die meisten Menschen sehen im Watt nichts außer Schlick, Pfützen und Priele. Weiter Himmel. Leere bis zum Horizont. Mit anderen Worten: Sie sehen nichts und denken, wo nichts ist, passiert nichts. Aber das Watt ist voller Leben. Da sind Muscheln, Krebse, Würmer. Das Watt atmet, es knistert, es spricht. Je nach Jahreszeit, Tageszeit und Licht wechselt es seine Farbe. Temperatur und Wind verändern den Geruch. Du hörst das Kreischen der Möwen. Du schaust den Seeschwalben im Flug zu. Und du hörst das Meeresrauschen in der Ferne. Die Muster, die das Wasser in den Schlick zeichnet, sind nie gleich. Was ich im Watt sehe, ist für mich, was für andere Kunst ist.

Soviel ich weiß, bringt man seit dem Ersten Weltkrieg die Post zu Fuß nach Süderoog. Als die Stelle 1990 frei wurde, habe ich mich gleich beworben. Gekriegt hat sie ein anderer. Als der 2001 einen Herzinfarkt hatte, hat sich alles von einem Tag auf den nächsten ergeben. Seitdem gehe ich zu den Matthiesens, die alleine auf Süderoog leben. Zweimal die Woche. Manchmal auch dreimal. Aber nie zur selben Uhrzeit. Meinen Zeitplan bestimmt die Tide, und die verschiebt sich ständig. Mal um zwanzig Minuten, mal um eine Dreiviertelstunde. Das hat mit dem Mond zu tun und mit der Erddrehung. Wie das genau funktioniert, kann ich nicht sagen. Muss ich auch nicht wissen. Das Hydrografische Institut berechnet Hoch- und Niedrigwasser im voraus, die machen das seit hundert Jahren.

Ich gehe gerne zu den Matthiesens. Das sind gute, engagierte Leute. Solange ich tragen kann, was die sich schicken lassen, bringe ich es vorbei. Große Pakete muss ich manchmal in zwei Lieferungen aufteilen. Da kommen mitunter schon einige Kilos zusammen. Manchmal bringe ich auch Brot, Butter und Milch mit. Wenn die Matthiesens eine Tageszeitung abonnieren würden, müsste ich die über einige Tage sammeln. Jeden Tag zu gehen, wäre zu aufwendig. Und wenn sie auf die Idee kämen, sich Hanteln oder ein Fahrrad per Post schicken zu lassen, wäre das zu viel. Das müssten sie sich mit ihrem Fischkutter abholen. Damit kommen sie ohnehin öfter mal nach Pellworm.

Bei Gudrun und Hermann gibt es immer Kaffee, Kuchen oder eine herzhafte Mahlzeit. Dann sitzen wir in der Küche und halten Klönschnack. Was ist auf Pellworm los? Was auf Süderoog? Man muss sich gut verstehen, wenn man so miteinander verstrickt ist. Eine reine Geschäftsbeziehung würde nicht funktionieren. Außer meinen Nachbarn und dem einen oder anderen Arbeitskollegen habe ich in den letzten zwölf Jahren niemanden öfter gesehen. Verquatschen darf ich mich auf keinen Fall. Das Zeitfenster, das mir die Tide gibt, ist eng. Mir bleiben viereinhalb Stunden für den Weg nach Süderoog und zurück, mehr als eine Stunde kann ich nicht bei den Matthiesens bleiben, wenn ich mit dem auflaufenden Wasser wieder in Pellworm sein will. Einmal war es knapp, da ging mir das Wasser auf dem letzten Kilometer bis zu den Hüften. Einmal ist das Wasser durch den Sturm viel zu schnell aufgelaufen und ich musste wieder umdrehen und auf Süderoog bleiben.

Mein Vater war von Pellworm. Er hatte ein kleines Fuhrunternehmen, das heißt, er hatte einen LKW, mit dem er alles Mögliche über die Insel transportierte. Die Familie meiner Mutter stammte auch von Pellworm, war aber zwischendurch nach Viöl bei Husum gezogen. Nachdem ihr Bruder im Zweiten Weltkrieg gefallen war, kam sie zurück, um eine kleine Bauernstelle zu übernehmen. Mein Elternhaus steht in Tammensiel, fünfhundert Meter vom Alten Hafen entfernt. Dort wohne ich noch heute. Dort bin ich auch geboren. Wir haben zwar einen Arzt, eine Tankstelle, neuerdings sogar ein Altenheim. Du kannst hier alles kriegen, was du brauchst. Nur eine Hebamme haben wir nicht mehr. Deshalb werden auf Pellworm keine Kinder mehr geboren, das geschieht nur noch auf dem Festland im Krankenhaus.

Meine Kindheit war schön, das muss ich sagen. Wir hatten wenige Spielsachen, schon gar nicht diese elektronischen Dinger. Tamagotchis oder wie die heißen, gab's bei uns nicht. Wir hatten die Natur. Wir mussten Hausaufgaben machen, da war die Mama streng, danach durften wir raus. Wir gingen viel schwimmen, waren am Deich, spielten Fußball. Stubenhocker waren wir keine. Nicht so wie die jungen Leute heute, die den ganzen Tag mit ihren Mobiltelefonen und iPhones rumfummeln. Ich ging auf die Zentralschule in der Mitte der Insel. Da ist man mit dem Fahrrad hingefahren bei Wind und Wetter. Das war gesund, das hat uns abgehärtet. Wenn ich nach Süderoog gehe, dann gehe ich von Ostern bis November barfuß; dieses Jahr habe ich erst im Dezember zum ersten

Mal Stiefel angezogen. Ich kann mich nicht erinnern, wann ich zuletzt krank war.

Ich blieb bis zur Realschule in Pellworm. Auch meine Ausbildung zum Elektroinstallateur machte ich hier. Danach arbeitete ich in Husum und Heide, das war die Zeit, in der es wenig Arbeit auf der Insel gab. Ich probierte dann einige Dinge aus. Eine Ausbildung zum Krankenpfleger habe ich nach kurzer Zeit abgebrochen. Ein Jahr war ich in Kiel auf der Fachoberschule, ich dachte, ich könnte Elektrotechniker werden oder so was Ähnliches. Das gab ich aber auch schnell auf. Immer in der Schule zu sitzen, war nicht meine Welt. Wenn ich weiter gemacht hätte, wäre ich vielleicht in einem Büro gelandet, Schaltpläne erstellen und solche Sachen. Eine furchtbare Vorstellung.

Über eine ABM kam ich 1975 zum ersten Mal zum LKN. Landesbetrieb für Küstenschutz, Nationalpark und Meeresbetrieb. Mit den Händen arbeiten, Spaten, Schubkarre, das gefiel mir gleich. Küstenschutz ist eine schöne Arbeit. Buhnen bauen. Grüppelarbeiten, also Gräben ausheben und den Boden erhöhen, damit das Watt über mittlerem Hochwasser liegt und sich begrünt mit Schlickgras, Queller und Andelrasen. Die Flächen kann man dann als Schafweide nutzen. Schafe spielen für den Küstenschutz eine große Rolle, sie sind die Rasenmäher auf den Deichen, sie treten auf dem Vorland oder Neuland den Boden fest und halten die Grasnarbe kurz und dicht.

Pellworm ist der Westteil der ehemaligen Insel Strand, die 1634 in der Burchardiflut zerstört wurde. Wie Nordstrand ist es Überbleibsel von altem Marschland. Deshalb ist die Geschichte Pellworms untrennbar mit dem Deichbau verbunden. Die Geschichte, die Theodor Storm im *Schimmelreiter* erzählt, entspricht dem, was die Menschen hier über Jahrhunderte erlebt haben. Früher unterlag jeder der Deichpflicht. Entsprechend ihrem Besitz mussten die Bewohner zum Deichschutz beitragen. Wer das nicht konnte oder wollte, wurde enteignet. Eine undichte Stelle im Deich hätte die ganze Gemeinschaft gefährdet. »Wer nicht will deichen«, hieß es damals, »muss weichen.« Auch der Brauch, in einen Deich etwas

Lebendes, zum Beispiel einen Hund, mit einzugraben, galt noch lange Zeit. Damit sollte verhindert werden, dass auf dem Deich ein Fluch liegt.

Jetzt sind die meisten Deicharbeiten weitgehend abgeschlossen. Unser Deich ist acht Meter hoch und 25 Kilometer lang. Ohne ihn wären wir wohl schon längst abgegluckert. Pellworms tiefster Punkt liegt einen Meter unter Normalnull. Die Halligen haben Warften und Schutzräume in ihren Häusern. Wir haben nicht viele Warften und nur wenige Schutzräume. Die letzte Sturmflut, die Pellworm fast komplett überschwemmte, liegt zwar schon lange zurück, das war die Februarflut 1825, doch wir müssen immer hoffen, dass der Deich hält. Wenn er brechen sollte, laufen wir voll wie ein Suppenteller. Das wäre wahrscheinlich nicht so schlimm für die Menschen. Die Menschen können sich immer irgendwie retten. Für die Tiere wäre es grausam.

Der Bupheverkoog war 1938, 1939 der letzte auf Pellworm, der eingedeicht wurde. Danach ist nichts Großes mehr angepackt worden. Es heißt, das Geld ist nicht da. Ich glaube, das ist eine politische Entscheidung. Die ABM, durch die ich meine Anstellung bekommen habe, war doch gut. Warum hat man das nicht weitergemacht? Dann hätte man viele junge Pellwormer davon abgehalten, aufs Festland zu gehen. Die Leute fehlen uns heute. Man muss aber auch sagen, dass sich der Deichbau dramatisch verändert hat. Spaten und Schubkarre, das Arbeiten in großen Gruppen sind Vergangenheit. Das machen inzwischen Firmen mit Spülbaggern, Greifbaggern und Planierraupen. Der Deichgraf aus dem *Schimmelreiter* würde die Welt nicht mehr verstehen, wenn er das sehen würde. Die Leute wollen sowieso nicht mehr mit der Hand arbeiten. Die wollen ihr Geld alle am PC verdienen. Aber am PC kannst du keinen Deich ausbessern.

Man sagt ja gerne, Pellworm sei nicht so schön, weil man überall nur den Deich sieht und nicht das Meer wie auf Sylt oder Amrum. Oder wie auf den Halligen. Von der Insel her würde mir Sylt auch gefallen, aber die haben längst alles verscherbelt an die Reichen, da hast du als Normalbürger nichts mehr zu melden. Da darf man sich nicht wundern, dass die Sylter sich die Mieten auf ihrer eigenen Insel nicht mehr leisten können. Auf Hooge möchte ich schon gar nicht leben. Da kommen im Sommer bis zu tausend Tagesgäste. Die Hooger machen viel Geld mit Tourismus, die haben alle ihr Häuschen auf dem Festland. Ich gönne es ihnen, aber meine Welt wäre das nicht.

Ich mag, dass es auf Pellworm ruhiger zugeht. Selbst in der Hochsaison findet man hier noch genug Flecken, an denen man für sich sein kann. Wir müssen auch keine Werbung machen, um den Syltern die Touristen wegzunehmen. Die wollen sowieso nicht zu uns. Die, die zu uns kommen, wollen zu uns. Das sind mehr kinderreiche Familien, die nicht so viel Geld haben. Im Winter, wenn kaum noch Touristen kommen, sind wir unter uns. Dann haben wir Zeit, um tagelang Skat zu spielen. Man denkt manchmal, es fehlt einem was, aber im Grunde fehlt einem nichts. Man kann hier gut leben. Wir haben einen Friesenverein, es gibt die Landfrauen, man kann Ringreiten. Ich spiele Volleyball im Sportverein. Man braucht hier keine Langeweile zu haben, wenn man nicht will. Ich frage mich, ob es so lebensnotwendig ist, jeden Tag ins Kino oder ins Theater zu gehen. Braucht man das wirklich?

Nach Pellworm kommen seit einiger Zeit immer mehr Paare, die hier heiraten. Man kann inzwischen fast überall heiraten: auf dem Leuchtturm, auf der Sandbank von Norderoogsand, auf Süderoog, auf Südfall, bei Vollmond auf dem Deich. Ich habe auch schon Hochzeitsgesellschaften durch das Watt nach Süderoog geführt. Im Sommer mache ich viele Wattwanderungen. Das ist anstrengender als Post zustellen. Nicht, weil die Leute unterwegs Fragen stellen. Ich erzähle gerne, was ich weiß, aber ich bin auch heilfroh, wenn ich alle unbeschadet zurück in Pellworm an der Kante habe. Stellen Sie sich vor, da kippt mir einer im Watt um. Ich habe zwar mein Mobiltelefon dabei, und im Notfall kommt der Hubschrauber. Doch daran mag ich gar nicht denken. Bei normalem Hochwasser ist die Nordsee hier zweieinhalb Meter tief.

Nur ich und das Watt. Das ist mir am liebsten. Da kann ich meinen Gedanken nachhängen. Wäre ich jung, ich würde zur See fahren.

Wasser und Schiffe, das hat schon was. Damals hatte ich noch nicht den Draht dafür. Da wollte ich mit einem Freund nach Australien auswandern. Um einen Job auf einer Ölplattform haben wir uns auch beworben, allerdings erfolglos. Na ja, die üblichen Flausen, die man in dem Alter im Kopf hat. Obwohl: Ich bin nicht unbedingt der reiselustige Typ. Ich war mal vier Wochen in Marokko, in so einer großen Hotelanlage am Meer. Zwischendurch bin ich mit einem jungen Marokkaner zu seiner Familie in die Sahara gefahren. Schönes Land, nette Leute, aber meine Welt war das nicht. Irland, Island oder Skandinavien würden mich schon mehr reizen. Mein Traum: mit einem Frachtensegler eine Weltreise zu machen. Aber daraus wird wohl nichts mehr.

Ich habe oft darüber nachgedacht, ob ich auch auf Süderoog leben könnte. Wie die Matthiesens. Früher vielleicht, aber nur, wenn ich die richtige Partnerin gehabt hätte. Aber das hat sich leider nicht ergeben. Nicht, dass da keine Frauen waren. Man hat schon welche kennengelernt. Frauen zu treffen, war nicht das Problem. Schon eher, dass sie nicht hierbleiben wollten. Man muss bereit sein, sich auf unsere kleine Welt einzulassen. Du bist schneller von Frankfurt in New York als im Winter von hier in Dagebüll. Einmal hatte ich eine Freundin in Lübeck. Für sie bewarb ich mich beim Stadtforstamt. Die nahmen mich auch. Es war eine schöne Zeit, aber richtig glücklich wurde ich in Lübeck nicht.

Richtig glücklich bin ich im Watt. Ich kann meinen Atem spüren, den Schlick unter den Füßen, dann habe ich das Gefühl von endloser Freiheit. Am Tag, bei guter Sicht, brauche ich den Kompass nicht. Auf dem Weg nach Süderoog kann ich mich an der Hallig orientieren. Auf dem Weg zurück am Leuchtturm und am Deich. Meistens weiß ich ohnehin, wo ich bin. Auf dem Rückweg ist die grobe Richtung Nordost. Zwischen sechzig Grad und zehn Grad. Man muss nur 180 Grad abziehen vom Kurs nach Süderoog. Natürlich gibt es im Watt nicht so schöne Tage. Regen macht mir weniger aus. Doch im Winter, wenn zur Kälte noch der Wind kommt und sich ins Gesicht beißt, kann es schon unangenehm werden. Wenn aber die Sonne tief steht und sich im Watt spiegelt, dann möchte ich nirgendwo anders sein. Einmal kam ich erst Mitternacht wieder nach Pellworm zurück. Oben leuchteten die Sterne, vor mir schimmerten die Lichter von Pellworm, um mich herum das Watt. Das war etwas ganz Besonderes.

Knud Knudsen, *Jahrgang 1954, ledig, keine Kinder, ist hauptberuflich Wasserbauer und Bauaufseher für Pellworm, Hooge und Süderoog; die Postzustellung in Süderoog betreibt er als Nebenjob.*

HOCHSEE INSELN

POLIZEI
POLIZEI

DER BULLE VON HELGOLAND

Er ist der Allrounder unter Deutschlands Hauptkommissaren: Kenneth Rostig ist zugleich Wasserschutzpolizist, Kripo-Ermittler und Kummerkasten der Inselgemeinde. Er hat eigentlich nie Feierabend. Und so einiges geradezurücken.

Nordsee, Mordsee. Der Bulle vom Nordstrand. Schuld und Düne. Ohne Klischees und Wortspiele kommen die Reporter nicht aus, wenn sie über unsere Polizeidienststelle berichten. Ich wurde schon zum tapsigen Friesen erklärt. Meine Kinnpartie wurde verglichen mit der von Quentin Tarantino. Und dann wurde beschrieben, wie ich bei Windstärke neun über die Insel stapfe, während ich ständig aufpasse, dass mir die Mütze nicht wegfliegt. Das ist ein bisschen viel Dramatik, gemessen an der Realität. Einmal schrieb einer, ich würde reden wie im Ohnsorg-Theater. Als meine Mutter das las, hat sie sich gefragt, ob der Autor noch ganz dicht ist.

Klar, wir sind keine normale Polizeidienststelle. Das liegt an der Beschaffenheit des Einsatzortes. Wir sind ein kleiner Flecken in der Nordsee, siebzig Kilometer vom Festland entfernt, mit einer Bevölkerungsstruktur wie in einem Dorf oder einer sehr kleinen Kleinstadt. Die Sozialkontrolle ist stark ausgeprägt. Jeder kennt jeden. Man begegnet sich ständig. Wenn sich jemand abends in der Kneipe danebenbenimmt, erfährst du das am nächsten Morgen beim Brötchenholen. Wenn wir einen Verdächtigen suchen, kriegt das im Zweifelsfall jeder mit. Und wenn hier tatsächlich einmal einer eine Sackkarre klaut – wo will er damit hin? Einmal hatten wir einen Schwerverbrecher aus Cuxhaven, der sich auf Helgoland verstecken wollte. Das war keine brillante Idee. Der war schnell gefasst.

Wir sind fünf Kollegen. Im Sommer bekommen wir eine zusätzliche Kraft wegen des hohen Touristenaufkommens. Wir bearbeiten jährlich 1200 Fälle, im Schnitt also drei Fälle pro Tag. Was bei uns passiert, passiert in jeder deutschen Kleinstadt. Diebstahl. Beleidigung. Bedrohung. Körperverletzung. Häusliche Gewalt. Betrug. Unterschlagung. Sachbeschädigung an Schaufenstern und Schildern. Lärmbelästigung.

Was auf Helgoland nicht oder nur ganz selten anfällt, sind Verkehrsdelikte. Nach PARAGRAF 50 DER STRASSENVERKEHRSORDNUNG sind Autos mit wenigen Ausnahmen verboten. Das Gleiche gilt für Fahrräder. Die sind nur für Kinder und Jugendliche bis zum 14. Lebensjahr erlaubt.

Die schweren Fälle, wie man sie aus jedem *Tatort* kennt, haben wir ohnehin nicht. Das letzte Kapitalverbrechen liegt schon drei Jahrhunderte zurück. Eine Frau erdolchte ihre Nebenbuhlerin. Wer hier die nordfriesische Version des Bullen von Tölz sucht, den muss ich enttäuschen.

Gemäß § 50 der Straßenverkehrsordnung (StVO) dürfen auf Helgoland keine Kraftfahrzeuge geführt werden, eine in Deutschland einmalige Sonderregelung. Ausnahmen gelten nur für Rettungsdienste, Polizei, Feuerwehr, Zoll, einige Baufahrzeuge und ein Taxi mit Verbrennungsmotor. Erlaubt sind Elektroautos und -karren, verboten hingegen Fahrräder, mit wenigen Ausnahmen, etwa für Kinder.

Was uns unterscheidet von Polizeidienststellen in anderen Kleinstädten: Wir holen häufig Auskunft über nicht-deutsche Staatsbürger ein. Woher sie kommen. Ob ihre Papiere okay sind. Das liegt an den vielen Saisonarbeitern im Sommer, in der Hotellerie und Gastronomie. Dazu kommen Absperrungen bei Inselfesten, Regatten oder bei der Nordseewoche, land- und wasserseitig. Und wir kontrollieren die Schiffe auf Sicherheit, das macht auch nicht jeder Polizist. Einmal hatten wir einen Trickdiebstahl bei einem Juwelier. Schadenssumme 100.000 Euro. Die Diebe konnten aber anhand der Täterbeschreibung auf der Fähre überführt und verhaftet werden. Das Diebesgut hatten sie in Smarties-Dosen versteckt.

Man muss sich unsere Arbeit vorstellen wie eine Wasserschutzpolizei, die gleichzeitig kriminalpolizeiliche Aufgaben übernimmt. Diese Kombination gibt es woanders nicht. Wenn mal ein Haus abbrennt, nehmen wir die Aufgaben der Kripo wahr. Beweisaufnahme. Indizien sichern für das Ermittlungsverfahen. In so einem Fall muss alles schnell gehen. Unsere vorgesetzte Dienststelle ist Husum. Die Kollegen dort sind zu weit weg, um umgehend eingreifen zu können. Wenn beim Ausbau des Südhafens Fliegerbomben aus dem Zweiten Weltkrieg gefunden werden, können wir mit der Absicherung der Fundstelle nicht warten, bis das Kampfmittelräumungskommando aus Kiel angekommen ist.

Früher, als noch die Fischkutter aus Dänemark, Holland, Belgien und Frankreich im Hafen lagen, wurde in der alten Südkantine noch gesoffen und geprügelt. Aber Fischer gibt es kaum noch. Wir müssen abwarten, wie sich das entwickelt, wenn die Serviceteams der Offshore-

Windparks dauerhaft auf der Insel stationiert sind. Man spricht von bis zu 150 Leuten, die dann auf Helgoland untergebracht werden sollen. Das wären zehn Prozent mehr Einwohner. Was da auf die Polizei zukommt, kann noch niemand sagen.

Aufgewachsen bin ich in der Wilster Marsch bei Brokdorf. Mit meinen Eltern war ich als Kind häufiger am Wasser, zum Beispiel in St. Peter-Ording. Als Polizist war ich direkt nach der Ausbildung für neun Monate in Nebel auf Amrum stationiert. Amrum hat mir gut gefallen, das ist eine liebliche Sandinsel mit schönen Reetdachhäusern und alten Katen. Ich kannte Helgoland nicht, bevor ich hier am 1. April 1997 meinen Dienst antrat. Es war mir schnell klar, dass man Amrum nicht mit Helgoland vergleichen kann. Helgoland ist ein Fels. Die alten Häuser wurden im Krieg zerbombt. Die Häuser, die danach aufgebaut wurden, erinnern eher an Skandinavien als an Nordfriesland. Und du bist auf hoher See, das Festland ist weit.

Meine Frau ist auf Helgoland geboren. Sie kommt aus einer alteingesessenen Familie. Meine Schwiegermutter hat mir Schwarzweißbilder von ihrem Elternhaus gezeigt, Haus Börgmann. Das war ein schönes Anwesen. Schade, dass es das alte Helgoland nicht mehr gibt. Meine Frau betreibt im Unterland eine Modeboutique. Dort sah ich sie auch zum ersten Mal. Zunächst war ich für sechs Monate hierherversetzt worden. Als meine Zeit Ende September zu Ende ging, sprach ich sie an. Ich dachte: Das ist deine letzte Chance, jetzt oder nie. Als wir dann zusammenkamen, stellte sich mir die Frage: Ist es einfacher, eine Helgoländerin aufs Festland zu kriegen oder als Beamter nach Helgoland zu gehen?

Helgoländer hängen an ihrer Insel. Die kriegst du nicht so einfach davon runter. Das kann nur jemand verstehen, der hier aufgewachsen ist. Die Insel hat vieles durchlebt. Nach dem Krieg war alles kaputt. Alle hatten ihr gesamtes Hab und Gut verloren. Meine Schwiegermutter zum Beispiel wurde nach Cuxhaven evakuiert. Für immer dort geblieben wäre sie freiwillig nie. Sie wollte um jeden Preis nach Helgoland zurück.

Dafür hat sie gekämpft. Alle Helgoländer haben nach dem Krieg um ihre Heimat und die Wiederbesiedelung der Insel gekämpft. Das prägt. Natürlich ging ich zu meiner Frau hinüber.

Ich fing hier als Polizeimeister im mittleren Dienst an. Von 1999 bis 2001 machte ich eine Ausbildung für den gehobenen Dienst. Kommissarslaufbahn. Meine Frau konnte in dieser Zeit selten aufs Festland kommen. Sie hat ja viel zu tun mit dem Laden. Wenn ich sie besuchte, kam die Fähre manchmal samstagvormittags an, am Sonntagnachmittag musste ich schon wieder weg. Hin und zurück kostete die Tour damals knapp sechzig Mark. Das war eine teure Angelegenheit. Als die Pendelei endlich vorbei war, bekamen wir unsere Zwillinge und heirateten.

Wir sind eine eingeschworene Inselgemeinschaft. Kinder wachsen auf Helgoland sehr behütet auf, weil jeder guckt und aufpasst, dass nichts passiert. Die Kinder lernen relativ früh Schwimmen. Ich habe den Segelschein gemacht. Im Sommer fährt man zur Düne zum Baden. Im Winter fährt man zur Düne, um sich die Kegelrobben anzuschauen. Man spaziert zu den Westklippen. Ich finde es angenehm, dass die Sommer nicht ganz so heiß sind wie auf dem Festland und die Winter nicht ganz so frostig. Wenn auf dem Festland Minusgrade herrschen, haben wir null Grad oder sogar darüber. Das liegt am Golfstrom, der die Nordsee aufwärmt. Wenn es allerdings im Winter stürmt, dann stürmt es richtig.

Der Nachteil von Helgoland ist, dass man nicht leicht herunterkommt. Im Winter verkehren die Fähren nur jeden zweiten Tag. Man kann zwar auf das Flugzeug ausweichen, aber nur tagsüber. Abends geht gar nichts mehr. Es sieht nicht danach aus, dass die Situation sich verbessern könnte. Es traf Helgoland hart, als vor einigen Jahren zwischenzeitlich die Fährverbindung von und nach Bremerhaven eingestellt wurde. Unser Bürgermeister sagte damals: »Das ist, als würde einem Dorf eine Landstraße weggesprengt.« Wir sind von den Fähren abhängig. Bei heftigen Stürmen, wenn wir Windstärken um zwölf und mehr haben, kann es sein, dass vier, fünf Tage lang kein Schiff ankommt, kein Flugzeug fliegt und wir komplett abgeschnitten sind.

Die Touristen regen sich schon auf, wenn die Fähre mal an einem Tag ausfällt. Helgoländer nehmen das gelassen. Sie sind es gewohnt, den Naturgewalten ausgesetzt zu sein. Wenn man nicht rüber kann, kann man eben nicht rüber. Fertig.

Das heißt nicht, dass meine Familie und ich nicht auch mal woanders hinwollen. Zum Beispiel, wenn wir Urlaub haben, wobei wir auch dann am liebsten irgendwo am Wasser sind. Zuletzt waren wir auf Mallorca und in Schweden. Wir haben Bekannte am Bodensee, die wir ab und an besuchen. Nicht nur wegen des Bodensees, auch um den Jungs zu vermitteln, dass es so was gibt wie Berge. In der Wilster Marsch haben wir ein kleines Haus. Dort fahren wir manchmal hin, weil es den Jungs hilft, das Leben auf dem Festland kennenzulernen. Für ihre Schul- oder Berufsausbildung werden sie schließlich irgendwann weggehen müssen.

Ob ich es bereut habe, mich für Helgoland entschieden zu haben? Nein. Sonst wäre ich nicht so lange geblieben. Privat habe ich mit der Insel überhaupt keine Probleme. Beruflich ist es nicht immer einfach. Durch den Bereitschaftsdienst bin ich an zehn bis fünfzehn Tagen im Monat rund um die Uhr über Mobiltelefon erreichbar. Selbst am Wochenende werde ich angesprochen. Alle wissen, wo ich wohne. Nachts kann es passieren, dass jemand an die Türe klopft, weil ein Gast in der Kneipe die Zeche nicht bezahlt hat. Oder jemand hat etwas Verdächtiges beobachtet. Dann heißt es: »Kenneth, kannste nicht mal …?«

Nicht können geht nicht. Ich schicke einen Helgoländer nicht fort. Wir sind in unserer Arbeit ja auch auf die Hilfe der Menschen angewiesen. Wenn ich morgens auf dem Weg zur Arbeit Klönschnack halte, erfahre ich immer wieder etwas, das für die Polizeiarbeit nützlich ist. Du kannst hier nicht mit der Motorsäge operieren. Ich treffe die Leute am nächsten Tag ja wieder auf der Straße. Wenn es in den strafrechtlichen Bereich geht, ist das allerdings keine angenehme Position. Ich kann ja keine Ausnahme machen und ein Auge zudrücken, nur weil ich jemanden gut kenne. Ich halte mich da an meine Dienstvorschriften.

Jedes Kind in Bayern kennt Helgoland besser als jede andere Kleinstadt in Schleswig-Holstein. Deshalb stehen wir im Fokus. Deshalb gab es auch das Gerede über den Dienstwagen, den die Polizeidienststelle für ein Jahr hatte. Ich verstehe bis heute nicht, warum das zum Skandal hochgespielt wurde. Warum, hieß es, braucht die Polizei auf Helgoland einen A-Klasse-Mercedes? Auf einer Insel, wo man zu Fuß in zehn Minuten überall hinkommt? Ich habe damals gesagt: Jede moderne Polizeidienststelle braucht ein Auto. Soll ich Tatverdächtige oder Betrunkene, die zur Ausnüchterung in Gewahrsam genommen werden müssen, unter den Arm klemmen und durch's Dorf schleppen? Es ist ja nicht so, dass wir mit dem Mercedes rund um die Uhr herumgefahren wären. Ich will gar nicht mehr darüber reden. Jetzt haben wir jedenfalls ein Piaggio, so ein kleines italienisches Fahrzeug, eine Mischung aus Moped und Lieferwagen.

Wir leben hier an einem sehr besonderen Platz. Dazu gehört, dass man einige Dinge akzeptieren muss. Wir müssen damit leben, dass wir in jedem Zeitungsartikel als »Fusel-Felsen« bezeichnet werden, weil man hier zollfrei Alkohol kaufen kann. Wir müssen ständig lesen, dass bei uns die Uhren irgendwann in den 80er-Jahren stehengeblieben sind. Und ich bin halt der Bulle vom Nordstrand. Ich möchte gar nicht wissen, was los wäre, wenn hier tatsächlich mal ein Mord passieren würde. Ganz ehrlich: Ich möchte auf Helgoland keinen Mord erleben. Wer will das schon? Für Morde reichen mir die Krimis im Fernsehen.

Kenneth Rostig, *geboren 1971, ist Hauptkommissar der Polizeidienststelle auf Helgoland; er lebt mit seiner Frau Ina im Oberland. Das Paar hat einen Sohn und eine Tochter.*

HELGOLAND

PROBEN AUS SCHLARAFFENLAND

Helgoland ist eine kleine Insel von großem wissenschaftlichen Interesse. Die irische Meeresbiologin Karen Wiltshire erforscht die Wasserwelt rund um den Felsen, zieht Schlüsse für das Weltklima und züchtet Hummer.

Meeresbiologisch betrachtet ist Helgoland ein Unikat. Ein Fels inmitten von Schlick und Sand. Der einzige Hartboden zwischen Plymouth, Nordfrankreich und Norwegen. Auf seinem über vierzig Quadratkilometer großen Felssockel spielt sich ein Szenarium ab, wie sich das gehört für eine einsame Insel im Meer. Dort finden sich siebenhundert Arten diverser Makrofauna wie Schnecken, Muscheln, Borstenwürmer oder Krebse. Dazu an die dreihundert Arten von Großalgen. Alleine in der Gezeitenzone, also der Uferregion, existieren zweihundert größere Tierarten. Und all das verändert sich, weil zunehmend neue Organismen aus südlichen Meeresgefilden angeschwemmt werden oder hierherdriften und sich festsetzen.

Es ist ein Schlaraffenland der Forschung. Ein dickes, buntes, faszinierendes Bilderbuch in der Enzyklopädie der Ozeanwelten. Und dass das so ist, weiß man schon lange. Haben Sie vom Meeresleuchten gehört? Das ist ein weltweites Phänomen, das auch vor Helgoland auftritt und das lange niemand erklären konnte. Bis Ehrenberg 1835 nachweisen konnte, dass das Meeresleuchten von einem mikroskopischen Einzeller namens *Noctiluca scintillans* stammt. Das läutete den Beginn von Helgoland als Forschungsstandort ein. Nach Ehrenberg kamen der Planktonforscher Müller und der Evolutionsforscher Haeckel. Und 1873 begann das englische Militär meeresbiologische Untersuchungen, die von der Biologischen Anstalt Helgoland bis heute durchgeführt werden, seit 1962 übrigens ohne Unterbrechung.

Jeden Werktag fährt unser Motorboot *Aade* zur Position 54 Grad 11 Minuten 3 Sekunden Nord und 07 Grad 54 Minuten Ost. Die *Helgoland Reede,* wie sie genannt wird, liegt zwischen Insel und Düne. Wenn unsere Crew an der Probennahmestelle angekommen ist, bestimmt sie die Wassertemperatur und die Sichttiefe, danach entnimmt sie Wasserproben und schleppt Planktonnetze, um Kleinstlebewesen zu fangen. Die Proben werden in unseren Labors auf Nährstoffe wie Stickstoff und Phosphat untersucht. Mikrobiologen erfassen Viren und Bakterien und suchen nach potenziellen Krankheitserregern. Phytoplankton, also

Kleinstalgen, werden fixiert, wobei sich in einer Probe bis zu hundert verschiedene Arten mit über tausend Zellen befinden können.

Die *Helgoland Reede* ist vermutlich die längste, umfangreichste und detailreichste Sammlung von meeresbiologischen Daten, die es gibt. All diese Daten können als Indikatoren für natürliche oder vom Menschen verursachte Umweltveränderungen interpretiert werden. Man kann mit ihnen Modelle für Meeresökosysteme entwickeln und Klimamodelle verifizieren. Jede Woche bekommen wir etwa zehn Anfragen von Wissenschaftlern aus aller Welt.

Unsere Daten sind wichtig für die Windparkbetreiber und für die Fischerei. Chemiker wollen von uns wissen, welche Auswirkungen der Salzgehalt auf Betonfundamente hat. Wir beraten Entscheidungsträger in Wirtschaft und Politik. Gute Meeresdaten sind entscheidend, um Anpassungsstrategien und Managementlösungen zu entwickeln. Küstenmeere wie die Nordsee sind wichtig für die Menschheit. Schließlich werden laut Schätzung der UNESCO in hundert Jahren über neunzig Prozent der Weltbevölkerung an Küsten leben.

Die Biologische Anstalt Helgoland (BAH) wurde 1892 als Königliche Anstalt Helgoland gegründet. Heute gehören wir zum Alfred-Wegener-Institut (AWI) in der Helmholtz-Gemeinschaft. Derzeit sind wir der größte Arbeitgeber auf der Insel. Die BAH steckt in jedem Helgoländer, die Helgoländer sind die BAH. Unsere Forschung ist nicht nur eine Expedition in die Natur, sie hat übergreifende gesellschaftliche Relevanz. Die Erde befindet sich in einem tiefgreifenden Klimawandel. Und wir müssen Antworten liefern auf die Fragen, die sich jeder stellt: Wie verändert sich das Meer? Was bedeutet es? Kann man etwas dagegen tun?

Wir haben festgestellt, dass sich die südliche Nordsee und insbesondere die Deutsche Bucht schneller erwärmen als die anderen europäischen Schelfmeere. Und zwar signifikant. Seit 1962 beträgt der mittlere Temperaturanstieg 1,7 Grad Celsius. Gleichzeitig wurde das Wasser in den vergangenen Jahren salziger und klarer. Und etwa seit der Jahrtausendwende hat die Artenvielfalt beträchtlich zugenommen. Das betrifft alle Organismen von Mikrozooplankton bis hin zu Großalgen. Neue Arten von pflanzlichem Plankton im Gefüge, etwa jene aus dem wärmeren Süden, werden von Zooplankton, also tierischen Organismen, als Nahrungsquelle entdeckt. Neues Zooplankton wie zum Beispiel Rippenquallen muss immer aufmerksam beobachtet werden, weil es in anderen Meeren schon große Probleme im Nahrungsnetz verursacht hat.

Auch vor Helgoland gilt: Wer frisst wann wen? A frisst B. Aber wenn B zu früh oder zu spät kommt, hat A nichts zu fressen. Alle Organismen unterliegen einer Taktung, die wiederum einer Saisonalität unterliegt. Das ist ein fragiles System, das auch von externen Einflüssen verändert wird. Etwa von Organismen, die als neue Arten mit den Rümpfen und dem Ballastwasser der Schiffe oder aus Aquakulturen in unsere Küstenrandmeere kommen. So sind beispielsweise die Pazifische Auster und der Japanische Beerentang in die Nordsee geraten. Von den fünfzig uns bekannten Arten von Flohkrebsen sind neun neu: Zwei wurden aus Japan und Neuseeland eingeschleppt, sieben sind wahrscheinlich selbstständig hierhermigriert. Noch leben alle Organismen in der Deutschen Bucht irgendwie in Koexistenz, was primär daran liegt, dass die Nordsee ein relativ junges Ökosystem ist, das noch viele unbesetzte Nischen bietet.

Wie alles mit allem zusammenhängt, erzählt die Geschichte des Helgoländer Hummers, der eine Art Wappentier der Insel ist. Allerdings ist er vor der Insel seit Jahrzehnten vom Aussterben bedroht. Als Räuber haben Hummer eine wichtige Funktion im Nahrungsnetz. Wobei der Hummer im Vergleich zu seinem Helgoländer Mitbewohner, dem Taschenkrebs oder KNIEPER, eher ein Gourmet ist. Der Hummer sucht lieber nach einer frischen Muschel, während der Knieper ein Allesfresser ist. Insgesamt ist der Rückgang des Hummers vor Helgoland also nicht nur ein ökonomisches Problem für die Fischerei, sondern auch ein ökologisches Problem für die Lebensgemeinschaft auf dem Felssockel.

Knieper: Lokale Bezeichnung für den Taschenkrebs (Cancer pagurus), eine im Ostatlantik und in der Nordsee verbreitete Krabbe, die als Delikatesse gilt und intensiv befischt wird.

Seit über zwölf Jahren wird der Helgoländer Hummer in der BAH studiert und gezüchtet. Die Kollegen haben mit sechzig Weibchen und fünf Männchen gearbeitet. Wobei eines der Männchen, das Charly getauft wurde, zu einer kleinen Medienberühmtheit wurde. Von Charlys Fruchtbarkeit hing tatsächlich einiges ab in unserem ZUCHTPROGRAMM. Jetzt wissen wir, dass wir mit 200.000 Jungtieren eine Hummerpopulation aufbauen könnten. Langzeitbeobachtungen der Hummer im Ökosystem sind dabei besonders wichtig. Noch können wir zum Beispiel nicht sagen, welche Konsequenzen es hat, dass die Hummerlarven wegen des wärmeren Wassers früher schlüpfen.

Mir war schon als Kind bewusst, dass ich einen Beruf ausüben würde. Mein Vater war Personalchef bei mehreren staatlichen Firmen in Dublin. Am Wochenende trat er als Zauberer auf. Meine Schwester und ich sahen ihn nur abends. Meine Mutter arbeitete als Anwaltsgehilfin und Bibliothekarin. Alle Frauen in Irland waren berufstätig. Irland war in den 60er- und 70er-Jahren ein armes Land. Wenn meine Mutter zu Hause war, arbeitete sie im Garten. Der Garten war unser ganzer Stolz.

Iren legen traditionell großen Wert auf Bildung, auch weil die Briten ihnen das Recht darauf lange verwehrten. In Irland konnte eine Frau alles werden, von der Bankangestellten bis zur Pilotin. Ich wusste immer, dass ich auf die Universität gehen und Biologie studieren würde. Mit siebzehn begann ich ein Studium der Naturwissenschaften am *Maynooth College* der *University of Ireland*. Als ich mit meinem Bachelor fertig war, musste ich aber feststellen, dass ich nicht Lehrerin, sondern Forscherin werden wollte. Ich ging ans *Trinity College* in Dublin, um einen Master in Umweltwissenschaften zu machen. 1987 ging ich nach Deutschland. Ich kam gewissermaßen als Wirtschaftsflüchtling. Die Arbeitslosigkeit in Irland lag damals bei fast zwanzig Prozent.

Zuchtprogramm Hummer: Seit 2000 züchtet die BAH Helgoländer Hummer, die vom Aussterben bedroht sind. Um das Projekt nach dem Auslaufen der staatlichen Förderung 2012 in größerem Umfang aufrechterhalten zu können, ist das Insitut auf Spenden angewiesen. Die BAH bietet in Zusammenarbeit mit der Helgoländer Kurverwaltung Patenschaften für eine Jahresgebühr von 25 Euro an.

Ich bekam eine Gastforscherstelle am GKSS-Forschungszentrum Geesthacht und nach einem Jahr, nachdem ich praktische Gewässerkunde und sogar Chemie gelernt hatte, das Angebot zu promovieren. Ursprünglich wollte ich in den englischsprachigen Raum zurück und hatte sogar Stipendiumsgelder für Edinburgh in Schottland in Aussicht. Weil ich nicht Britin war, durfte ich das Geld aber nicht annehmen. So habe ich dann gerne in Hamburg promoviert. Das hat zwar sechs Monate länger gedauert, weil ich erst lernen musste, richtig auf Deutsch zu schreiben. Aber seither kann ich die Sprache. Bei meiner ersten großen Tagung in München lernte ich einen Niederländer namens Maarten kennen, mit dem ich inzwischen verheiratet bin und zwei Kinder habe. Maarten und ich wurden zu einem der ersten Doppelkarriere-Paare und hatten beide eine feste Stelle am Max-Planck-Institut in Plön. Dort habe ich auch habilitiert. 2000 wurde ich gefragt, ob ich für das Alfred-Wegener-Institut nach Helgoland kommen würde, was ich dann 2001 tat.

Helgoland und Irland haben durchaus Gemeinsamkeiten, nicht nur, dass sie – allerdings sehr unterschiedliche – Inseln sind. Was Helgoländer und Iren verbindet, ist ihre Geschichte: Überlebenskampf, Fremdbestimmung, Kriege. Aber dennoch sind die einen wie die anderen nicht unterzukriegen. Und dazu ein bisschen schrullig. Im liebenswürdigen Sinne schrullig. Als Neuankömmling musst du dich auf Helgoland – wie auch in meiner Heimat – langsam annähern. Wenn diese Phase überwunden ist, gehörst du einfach dazu. Wir haben schnell Freundschaften geschlossen. Unsere Kinder haben einen Ersatz-Opa, eine Ersatz-Oma, meine beste Freundin ist immer für die Jungs da, wenn Maarten und ich beruflich verreisen müssen. Helgoländer sind großherzig und tolerant. Die Toleranz auf Helgoland ist größer als an jedem Ort, den ich bis jetzt kennengelernt habe.

Für Kinder bis zum Teenageralter ist Helgoland wohl einer der wenigen Orte in Deutschland, an dem sie relativ sorglos aufwachsen können. Unsere Söhne sind glücklich und ausgeglichen. Über die Arbeit ihrer Eltern haben sie natürlich eine enge Bindung zum Meer. Sie wissen, was eine Sepia ist und dass es sich um intelligente Tiere handelt. Sie können das Schmatzen eines Seepferdchens deuten. Sie haben einen Fischfreund im Aquarium des BAH: den großen einsamen Stör. Sie wissen, dass es nicht gut ist, wenn sich die Nordsee weiter erwärmt. Sie finden das AWI-Schiff *Polarstern* toll und sind stolz, dass sie schon an Bord waren. Besonders begeistert waren unsere Kinder, als ich in der Antarktis war und sie mich bei der Eröffnung der Neumayer-Station im Fernsehen sahen.

Wenn ich mir Gedanken über die Zukunft mache, tue ich das nicht nur als Wissenschaftlerin. Wo werden meine Kinder leben, wenn der Meeresspiegel durch den Klimawandel unvermindert ansteigt? Einige wissen, dass es nicht mehr so klug sein könnte, sich ein Haus zu kaufen, das zwei Meter unter dem Meeresspiegel hinter dem Deich liegt. Umso wichtiger wäre es, Wissenschaft und Forschung zu fördern. Doch während die Herausforderungen größer werden, werden die Fördermittel in Europa insgesamt kleiner. Man kann über den Klimawandel heute weitaus bessere Voraussagen machen als über den Finanzmarkt. Wir haben Millionen von zuverlässigen Daten gesammelt und ausgewertet. Dennoch wird Wissenschaftlern mit Skepsis begegnet, werden ihre Aussagen angezweifelt. Ich empfinde das als Inakzeptanz gegenüber meinem Berufsstand. Das zeigt mir: Wir müssen gemeinsam mit der Bevölkerung viel mehr tun, damit unsere Arbeit verstanden wird. Damit unsere Erkenntnisse in Handeln umgesetzt werden. Ich kann das sagen, weil ich die Daten, die vorliegen, auch verstehe. Es ist auch meine Aufgabe, dieses Wissen verständlich weiterzugeben.

Wenn ich mir die Windparks vor Helgoland ansehe, frage ich mich, warum die Wissenschaft und die Menschen bei diesen gigantischen Projekten nicht noch mehr involviert sind. Die Industrie erkennt inzwischen, wie wichtig die Klärung langfristiger Umweltfragen ist. Führen die neuartigen Lebensräume zu einer größeren Artenvielfalt? Wer weiß, ob und wie der Meeresboden durch die Plattformen erodiert? Welche Auswirkungen haben sie auf die Strömung? Welche Rolle spielt die

Akustik der Rotorblätter? Oder der Lärm der Versorgerschiffe? Werden die Fische dadurch angelockt oder vertrieben? Und was bedeutet das für die Fischerei? Oder lassen sich die Plattformen der Windturbinen als natürliche Schutzzonen nutzen, etwa für die Ansiedelung von Hummern? Die Entwicklung der Windparks ist von null auf hundert gegangen. Wir stehen vor einem Jahrhundertforschungsprojekt, in dem Industrie, Staat und Forschung eng zusammenarbeiten müssen und werden.

Was wir in der Meeresforschung brauchen, ist ökologische Forschung in Verbindung mit dem Menschen und einer guten Informationspolitik. Die Windindustrie hat schon längst erkannt, dass es unerlässlich ist, mit der Forschung die Zusammenhänge aufzuzeigen, damit ihr grünes Image erhalten bleibt. Forschung in vom Menschen hoch beanspruchten Meeren ist kein Luxus. Sie ist eine Überlebens-Notwendigkeit. Wir können aus dem Meer unendlich viel lernen. Algen sind Urzeitorganismen, die alle klimatischen Veränderungen überdauert haben. Plankton kann sich in Sedimenten absetzen und hunderte von Jahren überleben. Aus den Schalen von vierhundert Jahre alten Muscheln ziehen wir Dutzende klimarelevanter Schlüsse.

Die Weltbevölkerung nimmt weiter zu, unsere Ressourcen auf dem Planeten Erde sind hingegen endlich. Simpel betrachtet sind wir wie Bakterien auf einer Petrischale, die ihre Ressourcen ohne Einhalt verzehren. Bis alles weg ist. Menschen sind Katastrophentiere, die historisch gesehen nur dann reagiert haben, wenn es nicht mehr anders ging. Sonst hätten wir nicht so lange überlebt. Aber wir müssen doch irgendwann begreifen, dass unsere Petrischale Grenzen hat. Der Mensch ist rastlos, und wir merken gar nicht mehr, dass uns unsere eigene Dynamik vielleicht schon überholt hat. Die Daten der *Helgoland Reede* spiegeln das wider. Die Erwärmung des Wassers ist kumulativ und nicht einfach umzukehren. Die Biodiversität in der Nordsee steigt ständig. Als Forscher ist man voll ausgelastet, um den rasanten Veränderungen im Küstenbereich zu folgen. Es ist kaum möglich, die Veränderungen so schnell zu verstehen, wie sie sich ereignen.

Als Wissenschaftlerin bin ich neutral. Ich arbeite mit Daten und belegbaren Fakten. Es ist nicht die Aufgabe eines Forschers, sich an moralistischen Diskussionen zu beteiligen. Um gute, neutrale Wissenschaft betreiben zu können, die allen nutzt, kann ich mich nicht in eine Emotionalität reindrängen lassen. Und ich bin auch nicht da, um jemandem zu sagen, wann er das Licht ausknipsen soll. Ich kann mich nicht darüber aufregen, dass Menschen in Schwellenländern Auto fahren wollen oder wir noch mehr Kohlekraftwerke bauen, um unseren Energiebedarf global abzudecken. Menschen haben Bedürfnisse, und diese werden bedient. Aber die Klimaproblematik betrifft uns alle. Und natürlich frage auch ich mich, was ich tun kann. Ich glaube, wir müssen lernen, flexibel zu sein und gute Entscheidungen zu treffen. Wir müssen uns an die Natur anpassen, nicht umgekehrt. Wenn wir es nicht tun, wird uns die Natur dazu zwingen.

Ein guter Freund sagte mir einmal: »Man kann seinen Kindern nur einen Koffer mit lebensvorbereitendem Inhalt mitgeben, was sie damit machen, ist ihre Sache.« Als unser Sohn einmal zu Weihnachten im Kindergarten gebeten wurde zu sagen, was ihm in seinem Leben am Wichtigsten sei, sprach er nicht von seinem Spielzeug, unserem Hund oder einem Computerspiel. Er sagte: »Dass wir eine glückliche Familie sind, dass wir gesund sind, dass wir auf Helgoland leben dürfen und in Urlaub fahren können.« Da dachte ich: Mein Kind wird überleben, weil es vielleicht weiß, was wirklich wichtig ist. Aber wissen wir als Erwachsene auch noch, was wirklich wichtig ist?

Prof. Dr. Karen Helen Wiltshire, *geboren 1962, ist Leiterin der Biologischen Anstalt Helgoland und der Wattenmeerstation Sylt sowie stellvertretende Direktorin des Alfred-Wegener-Instituts in Bremerhaven. Sie lebt mit ihrem Mann, dem Ökologen Maarten Boersma, und ihren gemeinsamen Söhnen im Unterland.*

HELGOLAND

DER LETZTE MACHT DAS LICHT AN

Er ist der einzige Leuchtturmwärter auf hoher See in Deutschland. Carsten Keden hält die Brückenwache von Helgoland, wie er es nennt. Sein Heimweg ist denkbar kurz: Er geht einfach die Treppe hinunter.

Ich bin jeden Tag auf dem Leuchtturm. Ob Frühling, Sommer, Herbst oder Winter. Bei Sonne, Regen und Sturm. Und es ist jedes Mal schön, vom Leuchtturm aus über die Insel und das Meer zu schauen. Das Meer ist jedes Mal anders, die Farbe des Oberlandes und der Klippen verändert sich ständig. Und es sind ja nicht nur Wasser und Land, die das Bild ausmachen. Dazu kommt das Wolkenspiel, das grandios in die Natur übergeht. Wenn es eines gibt, dessen ich nie müde werde, dann ist es, auf den Leuchtturm zu gehen.

Ich bin Dithmarscher, in Wöhrden und Büsum aufgewachsen. Meine Familie war über das Segeln stark mit dem Meer verbunden. Mit zehn bekam ich den Bausatz einer Optimistenjolle zu Weihnachten wie sechs, sieben meiner gleichaltrigen Freunde auch. Wir gehören ja zu einer Generation, die es besser haben sollte als ihre Eltern. Entbehrungen kannte ich nicht. Ich habe an meine Kindheit und Jugend keine einzige wirklich schlechte Erinnerung. Meine Jolle taufte ich *Lumme*. Meine Eltern hatten mich 1963 zum ersten Mal nach Helgoland mitgenommen, und die Lummen faszinierten mich. Viel später hatte ich ein sechseinhalb Meter langes Segelboot. Das taufte ich auch *Lumme*.

Mein Jugendtraum war, zur See zu fahren und Kapitän zu werden. Zunächst lernte ich Radio- und Fernsehtechniker. Danach war ich Zeitsoldat bei der Marine. Als ich zur See hätte fahren können, war ich verliebt und machte deswegen eine Ausbildung zum Elektroniker an Land. Das mit der Liebe ging vorbei. Den Sprung aufs Schiff habe ich leider nicht mehr geschafft. So landete ich beim Wasser- und Schifffahrtsamt in Tönning. 1985 fragte mich mein Chef, ob ich mir vorstellen könne, nach Helgoland zu gehen und dort die Betreuung des Leuchtturms zu übernehmen. Er sagte: »Wenn Sie es fünf Jahre aushalten, hätten Sie uns schon sehr geholfen.« Die Insel kannte ich gut, als Segler war ich Dutzende Male da gewesen. Meine Frau und ich schauten uns den Leuchtturm an und sagten: »Fünf Jahre halten wir das aus.«

Man kann in einer Insel alles Mögliche sehen. Gefängnis. Rettungsring. Sehnsuchtsort. Ich sehe in Helgoland ein Schiff, das auf Grund gelaufen ist. Das auf Schiet sitzt, wie man an der Küste sagt. Wenn du über Wasser auf Helgoland zukommst, hat es die Umrisse eines gewaltigen Schiffs mit großen Maschinen, enormen Aufbauten. Im Norden der Bug. Im Süden das Heck. Die Düne ist das Beiboot.

Das Schiff Helgoland hat etwa tausend Besatzungsmitglieder. Der Kapitän ist der Bürgermeister. Es gibt Maschinenräume, Kombüsen und zum Zeitvertreib ein Meerwasserschwimmbecken. Ich gehöre auf dem Schiff gewissermaßen zu den Offizieren für Navigation. Ich mache die Brückenwache. Täglich kommen eine Menge Gäste an Bord, über die man sich freut, weil sie Geld mitbringen und die Schiffskioske leerkaufen. Und wenn sie abends wieder gehen, freut man sich, dass es wieder ruhiger wird an Deck. Das Schöne ist, dass dein Schiff nie ans hektische Festland treiben kann.

Helgoland ist aufgrund seiner geografischen Lage mitten in der Deutschen Bucht ein Schutz- und Sicherheitshafen. Deswegen betreibt das Wasser- und Schifffahrtsamt hier eine Außenstelle. Wasser- und Schifffahrtsämter sind die Straßenmeistereien der Meere. Sie machen es möglich, dass Schiffe sich weitgehend gefahrlos bewegen können. Zwischen Helgoland und Wangerooge liegen die Fahrwasser für die Ein- und Ausfahrt in Elbe, Weser und den Jadebusen. Jährlich werden sie von 150.000 bis 170.000 Schiffen befahren. Teilweise ist das Gedränge so groß, dass die Containerfrachter praktisch im Konvoi unterwegs sind.

Helgolands Leuchtturm ist einer der wenigen weltweit, die zeitweise noch besetzt sind. Er ist mit Elektronik ausgestattet wie kein anderer hierzulande. Sein Leuchtfeuer ist das stärkste in der Deutschen Bucht. Das Feuer kommt von einer 2000 Watt starken Hochdrucklampe mit drei geschliffenen Sammellinsen auf einer Ebene. Seine Leuchtstärke beträgt 30 Millionen Candela. Ein Candela entspricht einer Kerze. Ich sage immer: Stellen Sie sich 180.000 erleuchtete Weihnachtsbäume in einer Streichholzschachtel vor. Der Lichtschein reicht 28 Seemeilen, also etwas mehr als fünfzig Kilometer. Bei guter Sicht kann man ihn sogar noch in Büsum und Cuxhaven auf dem Deich sehen.

Die Romantik der alten Leuchttürme mit ihren Holz- oder Kohlefeuern ist ja längst Vergangenheit. Davon hätte selbst mein Vorgänger wohl nichts mehr erzählen können. Der war Helgolands letzter hauptberuflicher Leuchtturmwärter. Er hieß Willi Krüss und war, glaube ich, ein Vetter von Helgolands berühmtestem Sohn, James Krüss, dem Kinderbuchautor.

1965 wurde die Optik modernisiert. 1985 wurde auf automatischen Betrieb umgestellt. Wir kontrollieren und warten die Technik und greifen nur noch bei Störungen ein. Noch heute werden Leuchttürme, feste und schwimmende Seezeichen von allen fahrenden Schiffen zu Navigationszwecken genutzt. Auch wenn moderne Schiffe mit hochkomplexen Navigationssystemen ausgestattet sind, bedeuten Seezeichen eine zusätzliche Sicherheit, falls die Elektronik oder das GPS-System ausfallen sollte.

Überwacht wird der Schiffsverkehr heute mit Hilfe von Radar und AIS. Das Kürzel steht für Automatisches Schiffsidentifizierungssystem. Unsere Kollegen in den Verkehrszentralen Cuxhaven und Wilhelmshaven bekommen die Daten der Sensoren automatisch übermittelt und können so die aktuelle Verkehrslage beurteilen. Im achten Stock des Leuchtturms kann ich auf einem Bildschirm alle Schiffsbewegungen anhand von blauen Schiffssymbolen nachvollziehen. Über AIS bekomme ich die Daten der Schiffe, die ich auf dem Bildschirm sehe. Kommt es aus Rio oder vom Nordkap? Fährt es nach Afrika oder Südamerika?

Halunder Jet: fünfzig Meter langer, 36,5 Knoten schneller Katamaran, der zwischen Hamburg und Helgoland verkehrt, wobei die Häfen Wedel und Cuxhaven angelaufen werden. Der H. ist die einzige Schnellfähre im Helgolandverkehr und macht im Südhafen fest. Damit unterscheidet er sich von den Seebäderschiffen, deren Passagiere auf der »Helgoländer Reede« mit Börtebooten ausgebootet werden.

Am liebsten aber schaue ich aus dem Fenster des Leuchtturms auf die Schiffe. Da sehe ich dann ein Containerschiff, das ganz langsam am Horizont vorbeizieht. Oder den HALUNDER JET, der in den Südhafen einläuft. Oder auch nur eine Errichterplattform für einen der Windparks vor Helgoland, die gerade auf dem Weg zum Einsatzort ist.

Besucher führe ich zunächst in den sechsten Stock des Leuchtturms, in die Seezeichenschaltstelle, und erzähle ihnen seine Geschichte. Er wurde 1941 als Flakleitstand gebaut. Er gehörte zur Seefestung Helgoland, wie der U-Boot-Bunker und das vierzehn Kilometer lange Tunnelsystem. Am 18. April 1945 warfen die Briten in weniger als zwei Stunden 7000 Bomben über Helgoland ab. Als die Menschen anderntags aus den Schutzräumen kamen, war die Insel komplett zerstört und musste evakuiert werden.

Zwei Jahre später wurden die militärischen Anlagen gesprengt. Es war die größte nicht-nukleare Sprengung der Geschichte. Der Rauchpilz soll neun Kilometer hoch gewesen sein. Bis 1952 benutzte die Royal Air Force die Insel als Übungsziel. Die Briten nannten sie *Hell-Go-Land*. Geh-zur-Hölle-Land. Das einzige Gebäude auf der Insel, das nicht völlig zerstört wurde, war der Leuchtturm.

Ich hatte hier oben schon viele schöne Begegnungen. Einmal waren René Leudesdorff und Georg von Hatzfeld da. Als Studenten besetzten sie am 20. Dezember 1950 die Insel und hissten die Europaflagge und die Flagge Helgolands. Das sorgte für so viel Aufmerksamkeit, dass die Politik aktiv wurde und die Briten Helgoland am 1. März 1952 an Deutschland zurückgaben. Der 1. März ist bis heute Feiertag auf Helgoland.

Nach der Wiedervereinigung kamen etliche Besucher aus dem Osten, die als junge Männer und Frauen im Krieg auf Helgoland stationiert waren. Die Erinnerungen an die Insel haben sie offenbar nie losgelassen. Die Insel ist ja auch ein nationales Symbol. Als früher zum Sendeschluss bei den öffentlich-rechtlichen Fernsehsendern die Nationalhymne gespielt wurde, liefen währenddessen häufig Luftaufnahmen von Helgoland.

Meine Frau und ich wohnen direkt unter dem Leuchtturm. Das bedeutet, dass wir ständig mit den Geräuschen des Windes leben. Fenster und Türen öffnen ist bei Sturm kaum möglich und auch gefährlich. Der Vorteil ist, dass wir ein wenig abseits wohnen. Überall auf

Helgoland sind die Häuser so eng aneinander gedrängt gebaut, dass Anonymität nicht möglich ist. Wenn meine Frau und ich mit einem Koffer zum Südhafen gehen, weiß die ganze Insel am nächsten Tag: Die Kedens sind verreist.

Es wird viel geredet hier. Aber man darf nicht alles bierernst nehmen, was erzählt wird. Man muss sich ein dickes Fell wachsen lassen. Andererseits stirbt hier keine hilflose Person in ihrer Wohnung und die Leiche wird erst Wochen später gefunden. Auf Helgoland begegnet man sich mehrmals täglich. Wenn man jemanden zwei Tage nicht gesehen hat, fragt man sich, was passiert sein könnte.

Was ich auf Helgoland mache, wenn ich nicht im Büro am Hafen oder auf dem Leuchtturm bin? Ich gehe nach Hause zu meiner Familie. Ich lese gerne Kriminalgeschichten, besonders solche, die in Norddeutschland spielen. Ich klimpere gerne Klavier, mit und ohne Noten. Wenn wir im Freundeskreis zusammensitzen, schmettern wir Helgoländer Lieder oder Shantys. Man kann in die Nordseehalle gehen, wenn die Helgoländer Theatergruppe ein Stück aufführt. Im Sommer fährt man zur Düne an den Strand. Oder man schaut den Basstölpeln beim Brüten zu. Eine ganz tolle Zeit ist Weihnachten, wenn die Helgoländer, die die Insel verlassen haben, ihre Familien besuchen. Überall auf den Straßen oder an den Glühweinständen gibt es dann freudige Wiedersehen.

Ich kann verstehen, wenn jemand sagt: Hier könnte ich nicht glücklich werden. Wenn du heute einen Teenager fragst, ob er einen Ausflug nach Helgoland zum Wandern machen oder lieber in einen Vergnügungspark möchte, hat Helgoland schon verloren. Für ältere Menschen ist es nicht immer einfach, hier zu leben. Wenn sie spezielle medizinische Betreuung benötigen, müssen sie aufs Festland.

Ich bin am Meer groß geworden, ich mag das Meer, ich bin gerne auf Helgoland. Wenn ich schon nicht zur See gefahren bin, darf ich wenigstens auf einem Schiff leben. Und dazu noch in einem Leuchtturm wohnen und arbeiten.

Ich würde nicht sagen, über meinem Nachruf sollte stehen: »Der Leuchtturm war sein Leben.« Aber der Leuchtturm ist der Platz, an dem ich das tun kann, was ich immer tun wollte. Ich wollte immer mit Seefahrt und Schiffen zu tun haben.

Carsten Keden, *geboren 1957, ist Elektroniker für Seezeichen und Funktechnik und Leiter des Außenbezirks Helgoland des Wasser- und Schifffahrtamtes Tönning. Er lebt mit seiner Frau Susanne im Helgoländer Leuchtturm; das Paar hat zwei erwachsene Kinder.*

HELGOLAND

ROBBENFLÜSTERER

Keiner kommt den mächtigen Tieren von Helgoland so nah wie Rolf Blädel. Einige von ihnen scheinen den früheren Inselpolizisten für einen Verwandten zu halten.

Namen gebe ich ihnen nicht, aber einige kenne ich ziemlich gut. Etwa den schwarzen Bullen, der jedes Jahr im Frühsommer auftaucht und nach kurzer Zeit wieder verschwindet. Oder das Weibchen, das jetzt schon vier Mal ihre Jungen hier zur Welt gebracht hat. 2009 lag sie an der Aade, im Ostteil der Düne; 2010 am Dünendamm; 2011 neben der Landebahn des Flughafens und 2012 auf der Landebahn.

Und da ist das Weibchen, das ich zum ersten Mal sah, als es drei oder vier Jahre alt war. Es hatte ein Plastikband, mit dem Zeitungspakete verschnürt werden, über Kopf und Flosse. Die Flosse war bereits tief eingeschnitten. Sie robbte zu mir heran und legte sich vor mich. Erst war sie noch hyperaktiv, aber als ich anfing zu schneiden, wurde sie ganz ruhig. Kann sein, dass ich das Plastikband sogar noch im Rucksack habe.

Meine rührendste Begegnung hatte ich vor einigen Jahren. Ich fand ein Jungtier, wieder ein Weibchen. Es lag am Strand, total abgemagert, das Fell hatte es bereits verloren. Es sah nicht so aus, als würde es die nächsten Monate überleben. Aus dem Bestand nehmen wollte ich es aber auch nicht. Ich habe mich zu ihr gesetzt und mit ihr geredet. Dummes Zeug halt, das sie beruhigen sollte. »Feine, feine. Das machst du schon.« Ich dachte, sie versteht mich sowieso nicht. Irgendwann war sie weg. Im Jahr darauf war sie wieder da. Fett und kerngesund mit einem schönen, schokoladenbraunen Fell. Sie lag im Sand und schlief. Ich ging auf sie zu und sagte: »Na, meen Deern, kommste mich mal wieder besuchen?« Da robbte sie zu mir heran, strich mit ihren Barthaaren über meinen Unterarm und legte sich über meine Füße.

Das waren Geschichten von Kegelrobben, *Halichoerus grypus*. Kegelrobben gehören zur Familie der Hundsrobben. Der Name kommt nicht von der Form des Kopfes, wie häufig behauptet wird, sondern von ihren kegelförmigen Zähnen. Neben den Kegelrobben haben wir auf Helgoland aber auch Seehunde. *Phoca vitulina*. Seehunde gehören zur selben Familie wie die Kegelrobben, sind aber kleiner, ihr Kopf ist rund und ihr Fell ist in der Regel dunkler und unregelmäßig gefleckt. Auch an den Nasenlöchern kann man sie unterscheiden: Seehunde haben herzförmige Nasenlöcher, bei den Kegelrobben verlaufen sie waagrecht und geradlinig.

Ich kam 1979 als Polizist auf die Insel. Von Kegelrobben und Seehunden wusste ich damals wenig. Wenn ich glaubte, einen großen Seehund gesehen zu haben, war es meist eine Kegelrobbe. Direkten Kontakt zu einem Seehund hatte ich erstmals 1989. Am Nordoststrand von Helgoland lag ein junger Bulle, der krank zu sein schien. Ich brachte ihn mit dem Boot nach Friedrichskoog, wo sich herausstellte, dass ihm doch nichts fehlte. Einige Monate später hatten wir den ersten Fall von PDV. Das ist die Abkürzung für Phocine distemper virus. Gemeint ist eine Abart der Hundestaupe. 75 Tiere starben daran. Die mussten natürlich von der Insel gebracht werden, was in meine Zuständigkeit als Polizist fiel. Der Bürgermeister wollte mir als Anerkennung für die Arbeit für jeden entsorgten Seehund eine Flasche Schnaps spendieren. Ich sagte: »Behalt du deinen Schnaps und sorge dafür, dass ich als Seehundjäger bestellt werde.«

So wurde ich Seehundjäger Nummer 848, registriert beim Kieler Landwirtschaftsministerium. Der Begriff Seehundjäger ist zunächst irritierend. Aber Seehunde gelten als jagdbares Wild. Jahrhundertelang stellte man ihnen rigoros nach. Man aß ihr Fleisch, kochte den Tran und gerbte das Fell. Bei Ausgrabungen in Nordfriesland wurden haufenweise Knochen von Seehunden und Kegelrobben gefunden. Seit 1974 sind die Seehunde geschont, die Kegelrobben stehen unter Artenschutz, man darf sie weder stören noch vertreiben.

Meine Aufgabe ist es, die Kolonien zu betreuen und ihren Schutz zu gewährleisten. Ich schaue nach ihnen, ich markiere die Jungtiere und bin zuständig, wenn ein Tier krank oder gestorben ist. Todesfälle an Land betreffen meistens Seehunde. Kegelrobben machen das Sterben mit sich selbst im Meer aus. 2002 hatten wir noch einmal ein Problem mit PDV. Da starben 450 Tiere. Das nimmt einen schon mit, wenn man die vielen Kadaver sieht. Besonders schlimm ist es, wenn die Tiere von

Lungenwürmern befallen werden. Die gelangen über die Fische in ihren Körper und setzen sich in Knäueln in der Lunge fest. Davon kriegen sie eitrigen Durchfall, können nicht mehr atmen und müssen elendig verenden. Am Ende läuft aus allen Körperöffnungen Blut. Kopfschuss ist die beste Art, sie zu erlösen.

Seit 2002 sind zum Glück keine Seuchen mehr aufgetreten. Derzeit leben auf der Helgoländer Düne etwa 1400 Tiere, der Anteil von Seehunden und Kegelrobben hält sich in etwa die Waage. Vor allem der Bestand der Kegelrobben hat sich prächtig entwickelt. Seit 1998 bringen sie auf der Düne ihre Jungen zur Welt. Das geschieht zwischen November und Januar. Wenn sie geboren werden, wiegen die Robbenbabys etwa zehn Kilogramm, durch die extrem fetthaltige Muttermilch entwickeln sie schnell eine dicke Speckschicht. Nach dem ersten Fellwechsel, bevor sie zum ersten Mal ins Meer gehen, sind sie bereits fünfzig Kilogramm schwer.

Nirgendwo in Europa kommt man den Tieren in freier Natur näher als auf der Helgoländer Düne. Aber Vorsicht! Näher als dreißig Meter sollte man ihnen nicht kommen. Vor allem nicht den Weibchen, die Junge haben. Kegelrobben sind die größten Raubtiere, die wir in unseren Breiten haben, das vergisst man, wenn man sie so niedlich im Sand liegen sieht. Wenn die zubeißen, ist das kein Spaß. Und man sollte nicht glauben, sie seien plumpe, unbewegliche Speckbrocken. Im tiefen Sand oder auf Kies läuft niemand einem wütenden Kegelrobbenweibchen davon. Einmal konnte ich mich vor einem ausgewachsenen Bullen nur durch einen Hechtsprung in die Dünen retten. Ich schätze, der hatte gut und gerne dreihundert Kilogramm. Eigentlich ist es ungewöhnlich, dass Bullen ein Junges verteidigen, aber das war eben die Ausnahme von der Regel.

Ich bin aufgewachsen in Friedrichstadt an der Eider. Mein Vater war Standesbeamter. Meine Mutter arbeitete als Krankenschwester. Wir wohnten neben der Polizeidienststelle, weshalb meine Eltern mit den Beamten viel Kontakt hatten, sich auch privat mit ihnen trafen. Wir

Kinder durften, wenn wir Räuber und Gendarm spielten, sogar die Polizeizelle benutzen. Die Frau des Dienstleiters brachte uns Kakao und Kekse. Das waren aber noch ruhigere Zeiten als heute. In der ganzen Stadt gab es damals vielleicht zwei Autos.

Das mag alles mit reingespielt haben, dass ich Polizist werden wollte. Meine Ausbildung begann ich mit siebzehn in Eutin. Danach tingelte ich durch ganz Schleswig-Holstein. Wer bei der Polizei weiterkommen will, muss wandern. Die letzten 27 Dienstjahre verbrachte ich auf Helgoland. Mein größter polizeilicher Erfolg, schrieb einmal ein Journalist, sei die Verhaftung von betrunkenen Touristen gewesen, die ein Elektrotaxi geklaut hatten. Ganz so war es nicht, aber so etwas nehme ich mit Humor. Das habe ich von meinem ersten Chef gelernt, der über mich scherzte: »Einen ehrlichen Beruf hat er nicht gelernt.«

Ich hatte nie Probleme, auf Helgoland zu leben. Man gewöhnt sich schnell daran, dass Helgoländer nur zwei Jahreszeiten kennen: Saison und keine Saison. Früher hatten wir täglich weit über 5000 Tagestouristen. Da musste man alles erledigt haben, bevor mittags das erste Schiff kam. Danach ging man nicht mehr auf die Straße, bis am späten Nachmittag das letzte Schiff wieder abfuhr. Heute ist es dagegen fast ruhig. Nur wegen zollfreiem Schnaps und Zigaretten kommt heute keiner mehr. Ein Tagesausflug für eine Familie mit Kind inklusive Fähre, Essen, Trinken und Dünenausflug – das kostet.

Wir Insulaner hoffen, dass die Energiewende den Umschwung bringt. Dass die Windparks vor Helgoland zum dritten wirtschaftlichen Standbein werden neben Tourismus und dem Forschungsstandort, der Helgoland mit der Biologischen Anstalt schon immer war. Wir haben hier immer Wind. Wir haben über 1800 Sonnenstunden im Jahr, das sind über sechshundert mehr als der Durchschnitt in Schleswig-Holstein. Das brüllt geradezu nach alternativer Energie. Wenn die Windparks einmal in Betrieb sind, wird das Servicepersonal hier wohnen. Die werden im Supermarkt einkaufen, in die Restaurants und Bars gehen, die brauchen ein Fitnessstudio, den Sportverein. Alle könnten profitieren. Ob die

Fischerei noch lange überlebt, ist schwer zu sagen. Wir haben nur noch sieben Nebenerwerbsfischer, die fast ausschließlich auf Taschenkrebse gehen. Wenn der Hummer wieder angesiedelt werden könnte, hätte die Fischerei eine Chance. Wenn nicht, ist sie wohl weg. Das wäre traurig für einen Ort, an dem immer Fischer lebten.

Ich bin nicht unglücklich, dass die Insel in den letzten Jahrzehnten immer mehr zur Ruhe gekommen ist. Ich genieße auch die Winter auf Helgoland, wenn die Einheimischen wieder mehr Zeit füreinander haben und sich treffen bei Vereinsfesten und Weihnachtsfeiern, wenn unser Shantychor, die *Halunder Karkfinken,* wieder häufiger zusammenkommt. Hektik passt ohnehin nicht zum Helgoländer. Wir sagen nicht Viertel vor sieben oder zwanzig Minuten nach acht. Wenn es nicht gerade *clock* irgendwas ist, also die volle Stunde, ist es *haollu-wai,* das heißt halb. Mit der Zeit nimmt man es hier nicht so genau wie auf dem Festland. Wenn ich erfahre, dass ich aufs Festland muss, kann sich meine Laune drastisch verschlechtern. Was habe ich auf dem Festland verloren? Da muss man ständig aufpassen, nicht überfahren zu werden.

Jeden Tag fahre ich spätestens gegen elf Uhr zur Düne. Die Düne ist traumhaft. Der weite, klare Blick. Die gute Luft. Jeden Tag entdeckt man was Neues. Im Frühling und Sommer blühen dort Knabenkraut, Natternköpfe, überall wächst Klippenkohl. Im Wasser wuchert der Zuckertang. Den findet man in der Deutschen Bucht nirgendwo außer auf Helgoland, weil er felsigen Untergrund braucht.

Mein Lieblingsplatz auf der Düne ist die Aade. Wenn dort die Wellen an den Strand schlagen, rollen und schmirgeln Millionen Kieselsteine übereinander. Das erzeugt ein einmaliges Klangbild. Es ist eine wunderbare, endlose Symphonie. Wenn ich über den Strand gehe und nach Steinen suche, vergesse ich die Zeit. Steine sammeln ist neben den Seehunden und Kegelrobben mein zweites großes Hobby. Wir haben ja hier einen außergewöhnlichen Stein: den Helgoländer Flint, von dem es den Roten und den Schwarzen gibt. Häufig gehen beide ineinander über, mit weißem Gestein dazwischen. Diese Doppelt- und Dreifachfärbung von Flint gibt es nur auf Helgoland. Warum, weiß niemand. Man weiß noch nicht einmal, woher die rote Farbe eigentlich kommt. Er ist so hart, dass man ihn nur mit Diamantwerkzeug behandeln kann.

Was hier auf der Düne an Steinen herumliegt, ist pures Gold. Ammoniten. Brachiopoden. Donnerkeile. Ganz früher glaubte man, Donnerkeile seien die abgebrochenen Spitzen von Blitzen, die entstanden, wenn Thor den Hammer warf. In Wirklichkeit sind es die versteinerten Hornspitzen von Tintenfischen. Sechzig bis siebzig Millionen Jahre alt. Am liebsten suche ich nach Versteinerungen, etwa von Seeigeln oder Herzigeln. Wenn man Versteinerungen findet, blickt man zum Himmel und sagt: Danke. Inzwischen habe ich so viele Steine zu Hause, die kann ich im Leben nicht mehr bearbeiten, der größte wiegt über zehn Kilogramm. Aber ich kann nicht aufhören. Es ist wie eine Sucht. Wenn Steinesammler sich treffen, reden sie miteinander, ohne sich anzublicken, weil sie weiter den Boden nach Fundstücken absuchen.

Zurück zu meinen Seehunden und Kegelrobben. Was viele nicht wissen: Sie sind fast blind. Ihre schwarzen Knopfaugen haben sie nur, um traurig auszusehen. Ausgesprochen sensibel sind dagegen die Barthaare, mit denen sie im Wasser sogar die Schwingungen aufnehmen, die Fische erzeugen. Wenn sie mit ihren Flossen winken, könnte man sie für große Schauspieler halten. Und sie sind gesellig. Einmal war eine Bekannte am Strand eingeschlafen. Als sie aufwachte, lag eine Kegelrobbe direkt neben ihr und schaute sie an. Interessant ist auch, dass sie nach Helgoland kommen, wenn sie äußere Verletzungen haben. Der Zuckertang enthält Jod und Brom, und der vergärte Tang, der schwefelig riecht, H_2SO_4, früher sagten wir dazu Stinkbombe, der hat offenbar Heilkraft. Es reicht, wenn sie durchs Wasser schwimmen.

Was aus meiner Freundin, der Kegelrobbe, geworden ist? Das hässliche Entlein, das zur schönen Prinzessin wurde. Vor einiger Zeit war sie wieder zurück. Sie lag an der Düne zur Landebahn des Flughafens. Ich ging mit dem Wind auf sie zu, damit sie Witterung aufnehmen konnte.

Plötzlich schoss sie hoch und kam fauchend und zähnefletschend hinter mir her. Man könnte sich jetzt fragen: Warum macht sie das? Aber wer weiß, was in einer Kegelrobbe vor sich geht.

***Rolf Blädel**, geboren 1951, war Polizist auf Helgoland und ist seit 2006 im Ruhestand. Er ist verwitwet, hat zwei erwachsene Töchter und lebt in einem der ersten Häuser, die 1954 im Unterland beim Wiederaufbau entstanden.*

Seenen noa't Lun

Kans di di no, unne Tid turäi teenk,
es wi no wear iip Lun,
wear deät dear roor, nä hoa wi deät hiir swoor,
wi kiid fer Heimweh skiir fergung,
Sürri en Moit, skel wees ferdjetten,
wan wi iaars sen wear dren.
Hiir sen wi doch
allemoal slech önnerbroch,
wi wel turäi ii Lun hen.

Aal ii Seenen en ii Teenken, sen de heele Dai bi di,
ik kan deät goorni oawer Hart bring,
wan ik ii Lun skell ni mear si.

Übersetzung aus dem Halunder Friesisch

Sehnsucht nach Helgoland

Kannst du dich noch erinnern,
als wir noch auf Helgoland waren?
Wie war es dort schön,
jetzt haben wir es hier schwer.
Wir könnten vor Heimweh fast vergehen.
Sorgen und Leid werden vergehen,
wenn wir erst wieder zu Hause sind.
Hier sind wir doch
alle schlecht untergebracht,
wir wollen zurück auf unsere Insel.

All unser Sehnen und unsere Gedanken sind alle Tage bei dir.
Ich könnte es nicht übers Herz bringen,
wenn ich unser Helgoland nicht wiedersehen sollte.

Die Helgoländer Hymne
Text und Musik von Max Siemens, entstanden 1945 in russischer Kriegsgefangenschaft (aus dem Repertoire des Männerchors Halunder Karkfinken, deren Mitglied Rolf Blädel ist).

DER SCHATZTAUCHER

Im dichten, kalten Nebel sank 1883 das Passagierschiff »Cimbria« vor Borkum. Andreas Peters hat die Tragödie der »deutschen Titanic« erforscht wie kein Zweiter. Bis er fast alle der über vierhundert Opfer mit Namen kennt und überzeugt ist: Ich werde das Wrack finden.

Es war am 24. Mai 2007, und ich erinnere mich, dass das Wetter gut war. Sonnenschein. Glatte, ruhige See. Wir hatten damals noch die *Venus,* unseren Kriegsfischkutter, den Lars, Hauke und ich drei Jahre zuvor gekauft hatten. Jede freie Minute hatten wir in das Schiff gesteckt, geschraubt und gebastelt und gemacht und getan. Nun hatten wir den Kahn in Schuss und waren acht Stunden von Büsum aus bis hierher gefahren: Position 53 Grad 53 Minuten Nord, 6 Grad 24 Minuten Ost, achtzehn Seemeilen nordwestlich von Borkum. Wir waren mit ziemlich gutem technischen Equipment ausgestattet. Als wir auf dem Echolot einen deutlichen Ausschlag sahen, waren wir überzeugt: Hier muss sie liegen.

Von der *Cimbria* hatte ich 1998 erfahren. Im Wrackmuseum in Cuxhaven hingen Fotos mit den wichtigsten Informationen. Dass sie ein Dampfschiff der Hamburg-Amerikanischen Packetfahrt-Actien-Gesellschaft und 1868 in Schottland gebaut worden war. 3037 Bruttoregistertonnen. Die Dampfmaschine lieferte 1500 PS. Dazu hatte das Schiff zwei Masten mit Rah- und Stagsegeln. 94 Mal war die *Cimbria* schon von Hamburg nach New York gefahren bis zu diesem unglückseligen Tag, über den es auch diese Moritat gibt: »Schauer dringt durch alle Glieder, wenn man liest von *Cimbria.*« Die Geschichte hat mich sofort gepackt. Ich habe alles gelesen, was ich in die Finger kriegen konnte. Mann, dachte ich, das liest sich ja wie die Geschichte der deutschen *Titanic.*

Die letzte Fahrt der *Cimbria* beginnt am 17. Januar 1883. Ziel ist wieder New York. An Bord sind 92 Mann Besatzung und 401 Passagiere, die meisten davon Auswanderer, arme Leute aus Ostpreußen, viele Juden aus Russland, Galizien oder Ungarn, die vor den Pogromen in ihrer Heimat flüchten. Aber auch Weltenbummler, Glücksritter, Deutsche, die Verwandtschaft in den USA besuchen wollen. Kapitän Julius Hansen gilt als umsichtig und zuverlässig. Das ist gut, denn über der Elbe liegt dichter Nebel. In der Elbmündung gibt es beinahe eine Kollision mit der *Hansa,* später eine Grundberührung. Auf der

Unterelbe muss die *Cimbria* zwischenzeitlich Anker werfen. Am Abend des 18. Januar kann sie weiterfahren und nimmt Kurs auf das Seegebiet um Borkum Riff.

Bei der Nebelfahrt müssten eigentlich die Querschotten geschlossen sein. Doch das geht nicht, die Passagiere in den Zwischendecks hätten so keine Luft zum Atmen. In der Nacht des 19. Januar, gegen zwei Uhr, peitscht ein eisiger Wind über die Nordsee, dichte Nebelschwaden schränken die Sicht erheblich ein. Die *Cimbria* hat ihre Fahrt verlangsamt und gibt in regelmäßigen Abständen akustische Alarmsignale. Plötzlich taucht in dreißig Metern Entfernung backbords ein riesiger Steven auf. Es ist der englische Kohledampfer *Sultan,* der von Hull nach Hamburg unterwegs ist. Die *Sultan* bohrt sich in die Bordwand der *Cimbria,* die wegen der geöffneten Querschotten schnell vollläuft und nach einer Viertelstunde sinkt. 427 Menschen verlieren ihr Leben. Die Tragödie galt damals als das größte zivile Schiffsunglück in Friedenszeiten.

Daran müssen wir denken, als wir 124 Jahre später unser Grundgewicht auswerfen. Wir machen uns fertig und gehen runter. Die Aufregung ist groß. Adrenalinschub. Es ist nicht ganz ungefährlich, so nahe am Fahrwasser der großen Pötte zu tauchen. Gekappte Fischernetze, in denen man sich verfangen kann, sind eine Gefahr. Die Sicht in der Nordsee ist generell nicht gut. Manchmal sieht man kaum die Hand vor Augen. Die Fischer nennen es dickes Wasser. Fünf bis zehn Meter sind schon gut, mehr als fünfzehn Meter hast du praktisch nie. Was die Nordsee auch gefährlich macht, ist der Tidenwechsel. Vier Kilometer Strömung pro Stunde. Wer daran nicht gewöhnt ist, ist erst mal fertig mit den Nerven. Nur wenn die Tide steht, alle sechs Stunden, kann man für 45 bis 60 Minuten tauchen.

An diesem Tag haben wir eine fantastische Sicht. Das Tolle an der Nordsee ist diese smaragdgrüne, absolut faszinierende Farbe des Wassers. Und natürlich hatte ich schon Bilder im Kopf wie im Film über die *Titanic* von James Cameron. Werden auch wir gleich ein fast intaktes Schiff auf dem Meeresgrund sehen? Einen markanten Bug, Bordwände,

Aufbauten, ist alles noch da? Was wir sehen, ist zunächst eine Enttäuschung. Ein Trümmerfeld auf 115 Meter Länge und 30 Meter Breite. Die Schiffsstruktur ist überhaupt nicht mehr zu erkennen. Am Bug sehen wir noch die Ankerwinde mit den SPILLköpfen. Mittschiffs die vier freiliegenden Dampfkessel und die aufrecht stehenden Kolben der Dampfmaschine. Am Heck ein Ruderblatt und die Schraube, beides zur Hälfte im Sand verschwunden. Alles überwuchert von Muscheln, bevölkert von Hummern und Taschenkrebsen.

Spill: drehbare Vorrichtung zum Einholen von Trossen und der Ankerkette (kann maschinell und manuell betrieben werden).

Das bleibt also übrig, denke ich. Hier also haben sie ihr trauriges Grab gefunden, die Melzians, die Mazerczaks, die Panecs, Helene Weege, eine Putzfrau aus Berlin, die zusammen mit ihrem fünfjährigen Sohn Alfred und ihrer zehnjährigen Tochter Bertha auf der *Cimbria* war. Mathilde Weisner mit ihrem sechs Monate alten Baby Carl, die ihren Vater besuchen wollte, der in Manhattan als Treppenmacher arbeitete. Der Fotograf Oscar Edde. Die Geschwister Rommer aus dem Schwarzwald, Georg, der Gitarre und Zither spielte, Auguste und Katinka, die ihn begleiteten und bekannt waren als »Schwäbische Singvögel« und auf dem Broadway auftreten sollten. Auch sechs Indianer vom Stamm der Chippawah, die in Berlin im *Panoptikum* aufgetreten waren, sind hier gestorben. Und Moritz Strauß, damals ein erfolgreicher Kaufmann, der in Amerika expandieren wollte und angeblich zwei Millionen Goldmark in einem Safe deponiert hatte.

Wenn man sich intensiv mit dem Untergang eines Schiffs beschäftigt, bekommen die Namen der Opfer irgendwann Gesichter. Ich war mit meiner Lebensgefährtin Isabel sogar in Biberach, in dem Gasthof, wo die Rommers aufgewachsen sind und noch heute Fotos und viele andere Andenken von ihnen ausgestellt sind. Und wenn du dann am Wrack tauchst, werden diese Menschen in Gedanken fast lebendig. Du siehst, wie die Rettungsboote umkippen, weil zu viele Leute hineinspringen. Wie die Ertrinkenden kreischen, jammern, in Todesangst im eiskalten Wasser strampeln. Ein Pärchen soll sich gegenseitig die Kehle durchgeschnitten haben, um nicht ertrinken zu müssen und gemeinsam sterben zu können. Eine Frau hat angeblich Klagelieder gesungen, während sie von einer Welle davongetragen wurde. Siebzehn Menschen konnten sich in den Mast retten, der noch aus dem Wasser ragte, 39 in Rettungsboote. Sie waren halb erfroren, als sie elf Stunden später von einem Segelschiff aufgefunden wurden. Ich konnte den Bericht eines dänischen Tauchers gleich nachvollziehen, der wenige Monate später mit dem Bergungsschiff *Kattegat* am Wrack der *Cimbria* war. Der sah sich bis zur Hüfte in Blut waten und eine Frau in einem weißen Kleid an ihm vorbeischweben.

Ich war schon als Kind ein Wasserverrückter. Als kleiner Steppke durfte ich in Hamburg zum Hafen, wenn mein Onkel Ernst-Otto von Großer Fahrt zurückkam. Ernst-Otto, das war ein Lebemann, lustig, kernig, wie man sich einen Matrosen vorstellt. Mein Onkel Werner ist zwar Fernmeldetechniker geworden, wollte aber auch immer zur See fahren. Der hatte in Großborstel einen Raum, der voll war mit maritimem Schnickschnack, Mitbringsel aus aller Welt. Allerlei exotische Kopfbedeckungen, unter der Decke hing ein fliegender Fisch, in der Tür war ein Bullauge. Mit Onkel Werner und Tante Erika fuhren wir im Sommer nach Spanien, Costa Brava. Dort hat er mir Flossen, eine Maske, eine Harpune und einen Sammelbeutel gekauft, irgendwann schleppte er eine Pressluftflasche an. Keine Ahnung, woher er die hatte. Fortan hatte ich den Kopf mehr unter als über Wasser. Und ich habe angefangen, Bücher zu lesen von Hans Haas und Jacques Cousteau. Wenn ich die gelesen habe, war ich in meiner ganz eigenen Welt.

Dass ich aus dieser Welt nicht mehr herausgekommen bin, liegt auch an Onkel Werner. Es ist der 19. Juli 1985, mein zwölfter Geburtstag. Wir sind wieder an der Costa Brava. Und Onkel Werner liest mir aus der Zeitung vor. Ein amerikanischer Taucher hatte das Wrack einer spanischen Galeone mit einem Schatz im Wert von 800 Millionen Mark entdeckt. Der Taucher hieß Mel Fisher. Die Galeone war die *Atocha,* die 1622 von Kuba aus nach Spanien segelte und vor Florida gesunken war, voll mit Gold, Silber, Edelsteinen, kolumbianischen Smaragden. Das war die Geschichte, die ich brauchte. Ein Schatz! Als wir nachmittags tauchen gingen, meinte Onkel Werner: »Dann streng dich heute mal richtig an.« Ich habe dann einen Beutel mit Peseten vor einem Riff gefunden.

Dass mein Onkel den kleinen Schatz vorher dort deponiert hatte, gestand er mir erst Jahre später.

Als Teenager war für mich klar: Ich will zur See fahren. Von diesem Traum konnten mich auch die beiden großen *M* meines jungen Lebens, Mädchen und Mofas, nur kurzzeitig abbringen. Aber das dritte *M,* meine Mutter, war dagegen. Sie sagte, ich solle was Solides machen, was Handwerkliches. So lernte ich Schlosser bei der Bundesbahn. Als ich achtzehn war, fuhr ich alleine nach Gran Canaria zum Tauchen, gegen den Willen meiner Mutter. Da habe ich die spanischen Tauchlehrer beobachtet, wie sie die Mädchen an den Pool brachten, wie sie abends mit ihnen an der Bar saßen. Danach habe ich mich bei der Luftwaffe als Zeitsoldat verpflichtet. Ich hatte viel frei, habe gutes Geld verdient, das ich mit Tauchen wieder auf den Kopf gehauen habe. Ägypten, Malediven, Mexiko. Einmal in Spanien sagte ein deutscher Tauchlehrer: »Hier, guck dir das an: Sonne, Sand, Meer, Frauen, das wäre doch ein Job für dich – du kannst gut tauchen, du siehst gut aus und brabbeln kannst du auch.« Dann habe ich meine Tauchscheine gemacht und nach meiner Bundeswehrzeit in Heide einen Tauchladen eröffnet.

Der Laden war ein paar Wochen geöffnet, da stand ein Mann vor mir. Fast zwei Meter groß, graues Haar, seinen dicken Mercedes hatte er vor der Tür geparkt. Rolf, Autohändler, sein Schwager kennt Arnold Schwarzenegger, weshalb er den ersten Hummer nach Deutschland importiert hatte. Rolf sagte: »Ich habe gehört, du bist der beste Taucher hier.« Und dann kam er gleich zur Sache:

»Ich habe einen Silberschatz gefunden.«

Ich fragte: »Wo?«

Rolf sagte: »In der Nordsee.«

Ich sagte, da sei doch nur Schlick. Am nächsten Tag kam er mit einem Stapel Seekarten zurück. Darauf waren ein Haufen Wracks eingezeichnet. Darunter, zehn Seemeilen westlich von Amrum, das Wrack der *Amstelland,* auf der Rolfs vermeintlicher Silberschatz liegen sollte.

»Mensch«, sagte Rolf, »6,5 Tonnen Silber, und wir müssen sie uns nur holen.«

Wieder einen Tag später kam Rolf mit einem acht Meter langen Schlauchboot an. Mit Steuerstand, Radar, Plotter, Jockeysitz. So ein richtiges Männerspielzeug. Damit sind wir dann los. Für mich als Taucher war die Nordsee damals noch relativ unbekanntes Terrain. An das musste ich mich erst gewöhnen. Wir haben tatsächlich eine Menge Wracks gefunden, aber auch festgestellt, um an die lukrativen Objekte zu kommen, brauchen wir ein größeres Schiff. Zack, schon hatte Rolf eines gekauft, sechzehn Meter lang, dicke Dieselmotoren. Den Silberschatz der *Amstelland* haben wir damit aber auch nicht gefunden. Ich hatte einen Freund nach Sylt geschickt, der durchwühlte die Kirchenarchive und fand heraus, dass das Schiff von Einheimischen geplündert worden und die Mannschaft erschlagen worden war.

Die Zeit mit Rolf lief wunderbar, bis 2001 waren wir zusammen unterwegs, bis er nach Lettland ging und dort heiratete. Ein Jahr habe ich mich dann mit jemand anderem zusammengetan, doch das haute nicht hin. Ich arbeitete eine Zeit lang als Tauchlehrer in der Türkei. Kas, lykische Mittelmeerküste. Von der Amateurliga in die Profiliga der Schatztaucher bin ich erst mit der *Venus* aufgestiegen, einer von etwa siebenhundert Kriegsschiffkuttern, die während des Zweiten Weltkriegs gebaut wurden und die deutsche Küste sichern sollten.

Mit der *Venus* hatten wir endlich Zugriff auf die Schätze der Nordsee. Allein in der Deutschen Bucht liegen etwa 4000 Wracks. In der gesamten Nordsee sind es geschätzte 50.000. Da liegen Milliarden. Rohstoffe wie Kupfer und Messing, die in den Schiffen verbaut wurden, Maschinenteile, Bronze, Silber, Gold, Porzellan. In einem Schiff kann man locker zehn Tonnen Kupfer finden, eine Tonne Kupfer bringt etwa

6800 Euro. Für die großen Berger war das bis in die 60er-Jahre ein lukratives Geschäft, heute haben die sich zurückgezogen, weil sie überwiegend als Versorger für die Offshore-Windparks arbeiten. Und man muss in dieser Branche schon genau wissen, was man tut. Du musst alte Ladungspapiere, nautische Jahrbücher, Seekarten studieren, beim Bundesamt für Seeschifffahrt und Hydrografie recherchieren. Und selbst dann sind die Daten nicht exakt. Du fährst Kilometer für Kilometer hin und her, suchst mit dem Radar nach einem Ausschlag, und dann gehst du runter und vor dir liegt nicht, was du suchst, sondern ein mickriger Fischkutter.

Am 12. Juli 2011 waren wir mit der *Venus* auf der Suche nach der *Celia*. Die war 1892 auf dem Weg von Hamburg nach St. Petersburg mit einer Ladung Kupfer gesunken. Von der *Celia* sind drei Positionen bekannt. Vor Amrum, vor Sylt und nördlich von Helgoland, wo wir die Suche begannen. Es war ein traumhafter Tag, strahlend blauer Himmel. Wir kamen gerade von unserem Tauchgang hoch, da sahen wir, dass aus unserem Schiff drei Meter hohe Stichflammen schossen. Es muss wohl einen Kurzschluss mit anschließendem Kabelbrand gegeben haben. 25 Seemeilen vom Festland entfernt. Lars konnte gerade noch einen Notruf absetzen, dann retteten wir uns ins Schlauchboot, bis das Containerschiff *Anna Lena,* das Zollschiff *Borkum,* der Seenotretter *Minden* und ein Küstenwachschiff zur Hilfe eilten. Am Ende war auch noch ein Hubschrauber da, der uns ins Krankenhaus nach Niebüll brachte. Beim Löschen wurden dreißig Tonnen Wasser in die *Venus* gepumpt. Sie sank beim Abschleppen nach Cuxhaven. Schon bitter, wenn man das mit ansehen muss. Während wir im Schlauchboot auf Hilfe warteten, ertönte ein letztes Mal das Horn.

Inzwischen habe ich zusammen mit einem Partner ein neues Boot. Die *Seetiger,* ein Kutter, 22 Meter lang. Auch diesmal war es mit den Anschaffungskosten nicht getan. Du musst in so ein Schiff viel Arbeit stecken. Dann brauchst du Sprit, Geräte, Proviant. Die Zeit für das Recherchieren der Wracks darfst du gar nicht berechnen. Mein ganzes

Geld, das ich als Tauchlehrer verdiente, habe ich in meine Leidenschaft gesteckt. Aber ich wurde dafür auch belohnt. Zum Beispiel, wenn du einen abgestürzten B-52-Bomber findest. Oder plötzlich liegt vor dir ein englisches U-Boot. So war das mit der *E 16,* die 1916 versenkt wurde und als verschollen galt. Die *E 16* ist ein Mythos, weil ihr Kapitän einer alten schottischen Adelsfamilie entstammte: Kenneth James Duff-Dunbar. Sein Sohn starb als Offizier im Zweiten Weltkrieg in der Normandie. Zum Familiensitz der Duff-Dunbars pilgern jährlich Tausende. Eine Woche nach unserem Fund waren *RTL* und *Sat 1* da. Aus England kam die Forderung: »Lasst die Toten in Ruhe.« Und: »Alles an Bord gehört der Krone.«

Es ist ein Unterschied, ob man nach Kupfer taucht oder historische Schätze vor sich hat. Wie im Falle der *Cimbria*. Obwohl der Untergang damals ganz Deutschland erschütterte, hatte man sie irgendwann vergessen. Das erste, was ich im Sand ertastete, als wir im Mai 2007 unten waren, war ein Knopf. Vielleicht von einem Kleidungsstück, vielleicht von einem Musterbuch eines Knopfhändlers, der seine Kollektion in Amerika verkaufen wollte. Selbst so ein Knopf erzählt eine Geschichte. Bis Herbst 2008 haben wir Hunderte von Fundstücken nach oben gebracht: wertvolle Porzellanpuppen, Weinflaschen, ein kaputtes Waschbecken, wunderbare Hummerschalen. Unsere Investoren wollten alles verkaufen. Ich habe gesagt: »Nein, dann ist es für immer weg.«

Das ist eine Gewissensfrage. Wir haben nichts verkauft und stattdessen eine Ausstellung konzipiert. Wir haben ein Theaterstück in Zusammenarbeit mit norddeutschen Schauspielern dazu entwickelt und eine CD produziert. Dies alles ermöglichte uns unser Freund Jens Rusch, ein Künstler aus Brunsbüttel. Wir wollten nicht plündern, wir wollten die Geschichte am Leben erhalten. Demnächst kommt unsere Sammlung der *Cimbria* ins Auswanderermuseum nach BallinStadt. So haben wir etwas für die Ewigkeit geschaffen.

Auf dem Wrack der *Cimbria* ist heute außer ein paar Kisten nichts mehr zu holen. Die Laderäume sind leer. Den Goldschatz von Moritz

Strauß haben sich vermutlich schon 1883 die dänischen Berger von der *Kattegat* geholt, obwohl sie behaupteten, sie hätten nichts mitnehmen wollen, weil die Takelage, die Masten, die Kabinen noch voller Leichen waren. Kurioserweise hat die Firma zwei Jahre später massiv expandiert. Bald wird auch der Rest der *Cimbria* verschwunden sein. Zersetzt vom Salzwasser. Zerfressen von Bakterien. Weggeschwemmt von der Strömung.

Für mich ist die *Cimbria* auch abgearbeitet. Aber eine Erinnerung wird mir immer bleiben. Einmal war ich am Wrack und arbeitete mit dem Schlammsauger. Irgendwie fühlte ich mich beobachtet. Ich drehte mich um. Ein heller Schatten huschte vorbei, nur für einen kurzen Moment.

Mir war, als hätte ich sie auch gesehen, die Frau im weißen Kleid.

Andreas Peters, *Jahrgang 1973, lebt mit seiner Lebensgefährtin Isabel Trost und deren Sohn in Kaltenkirchen bei Hamburg; er ist nautischer Offizier mit Kapitänspatent in der nationalen Fahrt und selbstständiger Schatztaucher.*

Schauder dringt durch alle Glieder
Wenn man liest von *Cimbria*
Dieses Dampfschiff wollte wieder
Fahren nach Amerika
Als Cuxhaven es vorüber
Sank ein starker Nebel nieder
Auf das große, weite Meer
Dunkle Nacht wars rund umher
…

Plötzlich kracht es von der Seite
Sultan fuhr direkt sogar
Auf der grausen Meeresweite
Los aufs Dampfschiff *Cimbria.*
Furchtbar war die Schreckensstunde
Angstschrei tönte in der Runde
Denn ins tiefe Wassergrab
Sank das stolze Schiff hinab
…

Wenige sind nur entkommen
Ach, vielleicht der achte Teil
Wie man leider hat vernommen
Findet noch am Leben Heil
Doch wie diese Leute sagen
Hat ein ritterlich Betragen
Den Offizieren nicht gefehlt
Auch vom Arzt wird so erzählt
…

Vorsicht ist gewiss vonnöten
Auf den Schiffen wie bekannt,
Die Schwimmgürtel, Rettungsboote
Waren alle gut imstand
Aber wenn das Schicksal wollte
Dass so untergehen sollte
Dieses Schiff mit Mann und Maus
Brechen unsre Tränen aus

Schauder dringt durch alle Glieder, Volkslied

AKKORD-ARBEITER

In jedem steckt ein Entdecker – das ist die Botschaft von Albertus Jansen Akkermann. Auf seinen Wattführungen lässt er buddeln und wühlen, riechen und schmecken. Dann holt er sein Akkordeon hervor und singt.

Ich finde, Namen sind etwas sehr Elementares für Menschen. Sie geben Auskunft darüber, woher sie kommen. Ich zum Beispiel bin benannt nach meinem Urgroßvater, der das Haus hier auf Borkum erbaute, in dem ich heute wohne und Ferienwohnungen vermiete: Albertus Jansen Akkermann. Weil mein Opa der Zweitgeborene war, bekam er den Vornamen seines Vaters als zweiten: Er hieß Derk Albertus. Mein Vater wiederum hieß Albertus Derk. Und meine Söhne tragen die Namen Jan Albertus und Derk Albertus. Für mich war es wichtig, diese Tradition aufrechtzuerhalten. In dieser Hinsicht bin ich vielleicht ein bisschen konservativ.

Das mag auch daran liegen, dass ich die Insel mit sechzehn Jahren verließ. Um Abitur zu machen, ging ich auf das Niedersächsische

Internatsgymnasium Esens auf dem Festland, das ist speziell für Insulanerkinder. Und wenn man auf etwas verzichten muss, bekommt es irgendwann eine neue Bedeutung. Auf diese Weise habe ich herausgefunden, dass diese Insel meine Heimat ist. Heimat – ein komischer Begriff. Ich bin nicht im Dünkel verhaftet, aber ich kann sagen: Borkum ist mein Zuhause.

Dabei war ich damals froh, wegzukommen – obwohl ich eine Freundin hatte. Endlich mal runter von der Insel. Nach dem Abitur begann ich, in Oldenburg Betriebswirtschaftslehre zu studieren. Auf der Suche nach einem Studentenjob stieß ich darauf: Prüfung zum staatlichen Wattführer. Dafür gab es damals keine Ausbildung, die Inhalte musste man sich selbst erarbeiten. Gezeitenkunde, Wetterkunde, die rechtlichen Bestimmungen zum Nationalpark, Kartenkunde, Kompasskunde. Und Biologie natürlich. Ich bestand die Prüfung, und das war die Kehrtwende in meinem Leben.

An den Wochenenden und in den Semesterferien führte ich Menschen durchs Watt – und entdeckte meine Liebe dazu. Ungefähr zur gleichen Zeit starben meine Eltern. Ich kümmerte mich um das Haus, zunächst gemeinsam mit meinem Bruder. Dadurch wurde ich mir der Verbundenheit mit der Insel vollends bewusst. Und blieb hängen.

Mir wurde klar: Mit BWL kann ich auf der Insel nichts anfangen. Ich stieg um auf Lehramt für Realschule, Fächer Deutsch, Religion und Musik. Das erste Staatsexamen legte ich noch ab, obwohl schon feststand: Lehrer werde ich nicht. Ich wollte ins Watt.

Heute sage ich: Mein Beruf ist Wattführer. Ich könnte auch Komponist und Texter sagen, so bin ich nämlich bei der GEMA gemeldet. Vermieter ginge auch, wegen der Ferienwohnungen. Aber der Beruf, bei dem ich das Gefühl habe, meinen Platz im Leben gefunden zu haben, das ist der des Wattführers.

Das Wattenmeer hat für mich bis heute nichts von seiner Faszination verloren. An manchen Tagen gehe ich bis zu viermal raus mit meinen Touren, in einem Zeitfenster von acht Stunden. So anstrengend das sein mag: Sobald ich das Watt vor mir habe, fällt aller Stress von mir ab.

Was einen guten Wattführer ausmacht? Er vermittelt den Zauber, den das Wattenmeer für ihn selbst ausstrahlt. Wir sind ja hier nicht bei einer Safari in Afrika, mit Elefanten, Gnus und Antilopenherden. Das Wattenmeer sieht aus wie eine Wüste. Der Boden ist platt, manchmal ein bisschen wellig. Was hier lebt, ist mit bloßem Auge oft gar nicht zu erkennen.

Meine Aufgabe ist es, den Menschen die Augen zu öffnen und sie zu begeistern. Die Herzmuscheln zum Beispiel. Ich lasse sie von den Touristen ausgraben. Und dann das Staunen: Die verbuddeln sich wieder. Oder ich zeige Seeringelwürmer, die in den Finger beißen. Das zwickt dann ein bisschen. Wo kriegt man sonst beißende Würmer? Oder ich lasse sie den Krebsen beim Buddeln zuhören. Auf einem Hektar nah am Flutsaum leben bis zu einer Milliarde Schlickkrebse. Diese Krebse kommen an die Oberfläche und graben nach Nahrung, nachdem das Wasser abgelaufen ist. Dann knistert das ganze Watt. Ich lasse die Leute sehen, hören, fühlen und manchmal sogar schmecken. Dafür gebe ich ihnen Queller zu essen. Das ist eine Pflanze, die ins Meer hineinwächst und ihm Land abringt. Schmeckt wie eine salzige Gurke. Sehr lecker. Am liebsten mag ich sie in einem Miesmuschelsalat mit einer Dijon-Senf-Dill-Soße. Ist köstlich, ehrlich.

Die interessanteste Tour ist die letzte eines Tages, weil dann das Wasser zurückkehrt. Dann sehen die Leute, wie schnell das geht. Manchmal lasse ich uns auch vom Wasser einschließen. Das Wasser steigt, und ich sage: Oh Gott, da war doch vorher noch gar nichts. Da kriegen viele Leute großen Respekt. Runter kommen wir immer. Ich weiß ja, wo es so flach ist, dass man dort noch gehen kann. Ich musste aber auch schon mal bis zur Hüfte durchs Wasser. Das ist dann Pech.

Auf den Touren gebe ich auch etwas von mir preis. Ich lasse meine persönliche Geschichte in die Erzählungen vom Watt einfließen. Als ich ein kleiner Junge war, bin ich zum Beispiel mit meinem Papa morgens mit dem Rad ins Watt gefahren, um nachzusehen, ob die Aalreusen geleert werden mussten. Das sind Fangkörbe, in die Aale hineinschwimmen und nicht mehr herauskommen. Die gefangenen Aale räucherten wir später auf dem Hof. Heute braucht man keine Reusen mehr aufzustellen. Es gibt hier so wenige Aale, das lohnt sich nicht mehr. Oder ich erzähle, wie ich mit meinem Opa in die Salzwiesen gegangen bin, um Möweneier zu sammeln. Das war durchaus üblich. Aus jedem Nest, in dem vier Eier lagen, nahm man eines raus. Das macht heute niemand mehr.

Ich lege Wert darauf, dass Müll, der im Watt herumliegt, aufgesammelt wird. Ich stecke ein Stück ein und sage zu einem Teilnehmer: »So, jetzt bist du dran. Du nimmst das jetzt mit. Das muss hier nicht liegen.« Ich wäre froh, wenn bei einigen durch diese Erlebnisse hängenbliebe, dass es sich lohnt, rücksichtsvoll mit unserer Umwelt umzugehen. Ob das gelingt, weiß ich nicht. Manchmal bekomme ich Rückmeldung von Lehrern, die mit Schulklassen hier waren. Die sagen zu mir: »Was Sie da ausgelöst haben, ist hervorragend.«

Ich vergleiche das Watt gern mit dem Hut am Anfang des *Kleinen Prinzen*. Dort gibt es eine Zeichnung, die aussieht wie ein Hut. In Wirklichkeit aber ist es ein Elefant, der von einer Schlange gefressen wurde. Was man hätte sehen können, wenn man es hätte sehen wollen. Diesen Blick möchte ich den Leuten nahebringen, denn man kann ihn auf viele andere Bereiche übertragen. Ich begreife meine Arbeit in gewisser Weise eben als philosophisch. Das Wattenmeer zeigt es uns: Es gibt so viele Dinge, von denen man nicht glaubt, dass sie da sein könnten. Man entdeckt sie nur, wenn man sie entdecken will. Genau hinsehen – das ist das Entscheidende.

Vor ein paar Jahren fing ich damit an, während der Wattführungen auf meinem Akkordeon zu spielen. Auch das war das Ergebnis eines längeren Prozesses. Mit dem Musikspielen hatte ich als Kind angefangen. Wir hatten hier den Spielmannszug der Marinejugend Borkum. Mit neun Jahren trat ich ein, mit meinem ganzen Freundeskreis. Eigentlich wollte ich trommeln. Aber Trommel war nicht mehr frei. Deshalb musste ich erst Piccoloflöte lernen. Das mag man sich heute nicht recht vorstellen, aber ich war ja auch mal klein. Da sah das noch nicht ganz so unverhältnismäßig aus.

Der Mann, der uns Kindern die Instrumente beibrachte, war ein Arbeitskollege meines Vaters draußen am Hafen. Dieser Mann spielte auch Akkordeon. Eines Tages sagte er zu meinem Vater: »Bertus, dien Söhn, de hett Talent. De wull ick wall Akkordeon bibrengen.« Jetzt kommt wieder so eine Sache in meinem Leben: Mein Vater hatte sich als kleiner Junge gewünscht, Akkordeon zu spielen. Aber für Instrument und Unterricht war nie genug Geld vorhanden. Meine Eltern wiederum legten sehr viel Wert darauf, dass ihre Kinder ein Instrument lernen. Mein Bruder, ein klassischer 68er: Gitarre. Meine Schwester, ein Mädchen: Klavier. Ich war der Dritte, ich hatte verloren. Ich musste den Traum meines Vaters erfüllen. Den Unterricht bekam ich bei Onkel Heinz, so hieß der Musiklehrer, unentgeltlich. Wir hatten damals einen Garten und brachten ihm immer wieder DRÖÖGE BOHNTJES oder Kartoffeln als Bezahlung mit.

Drööge Bohntjes: getrocknete Bohnen; sie werden zum Kochen aufgeweicht und mit Kartoffeln und gebratenem Speck serviert.

Ich hatte zunächst gar keine Lust zu spielen. Wenn meine Mutter in der Küche arbeitete, musste ich mich auf einen Stuhl setzen, immer am selben Platz, und üben. Nachdem ich mich durch das erste halbe Jahr gequält hatte, merkte ich aber, dass ich Leuten Freude machen kann mit der Musik. Da war ich elf. Von da an machte ich aus eigenem Antrieb weiter. Aber an diesem Platz in der Küche sitze ich heute immer noch nicht wieder.

Als ich vierzehn war, hatten wir eine Tanzkapelle. Das waren die *Crazy Tedrinkers*. Jochen am Elektro-Akkordeon war siebzehn und Ihno am Schlagzeug mein Alter. Weil wir noch minderjährig waren, mussten die Leute, die uns engagieren wollten, unsere Eltern fragen, ob wir spielen durften. Das ging ja bis in die Nacht hinein. So wurden wir zu einer kleinen Inselberühmtheit. Außerdem war ich zu der Zeit schon

Tambourmajor im Spielmannszug. Den habe ich mit dem Stab angeführt. Dabei bin ich eigentlich niemand, der sich in den Mittelpunkt schiebt. Meistens wurde ich durch andere in den Vordergrund gerückt.

Heute spiele ich in einer Band namens *Triangel*. Die Gruppe wurde vor 26 Jahren gegründet, ich kam 1992 dazu. Die Besetzung ist Gitarre, Keyboard, Akkordeon. Schlagzeug haben wir keines. Das tut nicht not. Muss nicht immer alles mit Rummsdawummsda sein. Was wir spielen, ist ein Mix aus niederdeutscher Musik, alten plattdeutschen Volksliedern und Stücken, die wir selbst geschrieben haben, auch in unserer niederdeutschen Sprache. Inzwischen machen wir auch Cover-Versionen von Popsongs, die wir ins Plattdeutsche übertragen. Dann wird aus *Where do you go to, my lovely* »Wa geiht dien Padd hen, mien Leevste«. Das Stück handelt von jemandem, der die Bodenhaftung verloren hat. Für mich immer eine schöne Warnung: Wo führt dein Weg hin?

Wir haben aber auch Nummern von *Element of Crime* im Repertoire. *An Land* zum Beispiel. Das Ganze endet bei irischen Nummern und bei Stücken von Jacques Brel, dem großen flämischen Liedermacher, und wird abgerundet mit Tänzen, auch historischen. Es ist ein weit gestreutes Programm, was wir den Leuten in vier Stunden anbieten. Wir spielen in Biergärten auf Borkum oder als musikalische Botschafter der Nordsee. Und wir haben schon einige CDs produziert.

Irgendwann kam ein niedersächsischer Radiosender auf mich zu und fragte, ob ich mir vorstellen könnte, das Akkordeon mit ins Watt zu nehmen. Ich habe geantwortet, dass das allein wetterabhängig sei, ich aber sonst keine Probleme damit hätte. Da habe ich dann zum ersten Mal gemerkt, wie gut sich meine beiden Leidenschaften miteinander verbinden lassen. Die Leute nehmen sich etwas für ein Picknick mit, ich stelle mich ins Watt und spiele zehn, elf Lieder, die zur Umgebung und zur Atmosphäre passen. Das kann ich allerdings nicht auf jeder Tour machen. So eine Darbietung dauert mitunter ja etwas länger.

Und wenn Sie dann da stehen und ich spiele eine ins Deutsche übertragene Jacques-Brel-Nummer wie zum Beispiel *Mein Flanderland,* die mit den Zeilen beginnt »Allein mit dem Meer und den tosenden Wellen und den welligen Dünen, wo die Wellen zerschellen«, und Sie hören dieses Lied umgeben von einer Stille, in der nur noch Möwen schreien und die Krebse knistern …

Das hat was Besonderes. Das ist was Einmaliges.

Albertus Akkermann, *1967, ist der einzige Akkordeon spielende Wattführer an der Nordseeküste. Auf der Insel Borkum betreibt er außerdem die Pension »Haus Albertus Akkermann«.*

Fisher men

LEUCHTTURM ROTER SAND

HINAUS ZUM FEUER

24 Seemeilen nördlich von Bremerhaven ragt ein Meisterwerk der Ingenieurskunst aus den Fluten. »Roter Sand« ist der schönste aller Leuchttürme, findet Hans Kurschus. Er bringt Übernachtungsgäste hinaus und verspricht unvegessliche Sonnenuntergänge.

Wenn jemand sagt: »Niemand kennt *Roter Sand* besser als Hans Kurschus«, dann widerspreche ich nicht. Ich beschäftige mich jetzt schon sehr lange mit seiner Geschichte. Seit 1999 bin ich als Betreuer und Koordinator für die Deutsche Stiftung Denkmalschutz (DSD) tätig. Etwa zweihundert Fahrten für Tagesbesucher und Übernachtungsgäste habe ich betreut, bis diese 2010 vorübergehend eingestellt werden mussten. Und ich bin Mitglied des Teams, das sich außerhalb der touristischen Nutzung vier bis fünf Mal im Jahr um Instandhaltung und Wartung kümmert. Das machen wir gemeinsam mit unseren Freunden vom *Förderverein Roter Sand*. Wir sind alles Ehrenamtler. Ich wüsste nicht, wofür ich meine Freizeit und Arbeitskraft lieber gäbe.

Meistens laufen unsere Einsätze wie im Oktober vergangenen Jahres. Da waren wir drei Tage auf dem Turm, um ihn winterfest zu machen. Wasch- und Sanitärwasser ablassen. Frostschutz in den Syphon. Wir hatten einen Schlosser dabei. Die Schreiner haben neue Erkerfenster eingebaut. Das Anlegen hatte noch wunderbar geklappt. Da war die See ruhig. Doch bevor wir abgeholt werden sollten, brieste es auf, und der Schlepper konnte die Gangway nicht rüberlegen. Der Kapitän musste das Schiff gegen die Pfähle des Anlegers steuern, und wir benötigten die Sicherheitsleine, um einzusteigen. An- und Ablegen ist immer eine Herausforderung auf *Roter Sand,* du hast keine Mole wie im Hafen, Strömung und Wellengang erfordern punktgenaues Manövrieren.

Roter Sand ist nicht der erste Leuchtturm in Deutschland und auch nicht der größte. Für mich ist er trotzdem der Turm der Türme, natürlich auch, weil er der Erste war, der im offenen Meer errichtet wurde. Er steht 24 Seemeilen nördlich von Bremerhaven, wo die Weser endgültig in der Nordsee aufgeht. Heute redet jeder über Offshore. Es ist längst nichts Besonderes mehr, irgendwas irgendwo ins Meer zu stellen. Damals aber, 1885, war das eine unglaubliche strategische und technische Leistung, ein Meilenstein der Ingenieurskunst. Deutschland war damals so stolz, dass ein Modell in Originalgröße auf der Weltausstellung in Paris gezeigt wurde.

Für mich ist *Roter Sand* wegen seiner schönen, schlanken Form der Schönste aller Leuchttürme. Scine drei Türmchen sehen aus wie die Zinnen einer Burg. Majestätisch, wie gemalt steht er für mich im Meer. Schon als ich noch zur See fuhr, faszinierte er mich. Für viele Auswanderer war *Roter Sand* das letzte Bild der Heimat, das sie mitgenommen haben auf den Weg in eine ungewisse Zukunft. Egal, ob heute ein Containerschiff nach Bremerhaven unterwegs ist oder ein Tanker nach Wilhelmshaven, ob jemand auf einem Fischkutter oder einem Segelboot vorbeikommt: Ich glaube, keinen an Bord lässt *Roter Sand* unberührt. Das geht selbst Leuten so, die ihn nur von Fotos, Postkarten, Büchern oder Gemälden kennen. Er ist wohl das Symbol für Seefahrerromantik schlechthin.

Am liebsten würde ich seine Geschichte in allen Einzelheiten erzählen. Aber dann säßen wir morgen früh noch hier, so unglaublich ist sie. Die Kurzfassung geht so: 1878 schlug das Tonnen- und Bakenamt Bremen als Alternative zu einem weiteren Feuerschiff auf der Außenweser einen festen Leuchtturm im Meer vor. Der Plan basierte auf einem ellipsenförmigen stählernen Senkkasten oder Caisson, der das Fundament bilden sollte. Er sollte im Kaiserhafen mit den notwendigen Maschinen und Einrichtungen versehen und dann an seinen Bestimmungsort geschleppt werden. Wenn man weiß, dass der Caisson elf Meter Durchmesser hatte und nach seiner Einspülung 22 Meter unter Niedrigwasser im Meeresboden verankert werden sollte, kann man sich vorstellen, welch ein Koloss das war. Im Mai 1881 verließ er Bremerhaven. Die Einspülungsarbeiten kamen aber nicht recht voran. Im Oktober knickte der Caisson bei stürmischem Wetter ab und brach auseinander.

Jeder andere hätte an dieser Stelle aufgegeben, nicht aber der Leiter der Bremerhavener Hafenbaudirektion, Baurat Hanckes, der schon den Kaiserhafen gebaut hatte. Er sagte nur: »Den Fehler machen wir nicht noch einmal.« Der zweite Caisson war 32,75 Meter hoch und hatte zehn Millimeter dicke Stahlwände. Er wurde mit den stärksten Schleppern des Norddeutschen Lloyd transportiert, begleitet von Wohnschiffen für achtzig Ingenieure, Techniker und Arbeiter. Zwei Segelschiffe und ein

Dampfer versorgten sie mit Proviant und Baumaterial. Am 28. Mai 1883 gelang die Gründung auf einer roten Muschelbank. Daher der Name *Roter Sand.* Um den Stahlzylinder vor Einsetzen der Herbststürme mit Klinkern auszumauern und mit Beton zu verfüllen, musste es danach schnell gehen. Die Arbeitsbedingungen müssen schrecklich gewesen sein: komprimierte Pressluft, schlechte Sicht, bestialischer Lärm. Am 1. November 1885 schließlich, Punkt null Uhr, wurden erstmals Haupt-, Quermarken- und Nebenfeuer entzündet.

79 Jahre lang war *Roter Sand* die wichtigste Orientierung für den Schiffsverkehr vor der Küste. Doch die Fahrrinnen verschoben sich, und sein Standort war nicht mehr günstig. 1964 baute man den Leuchtturm *Alte Weser,* eineinhalb Kilometer entfernt. *Roter Sand* wäre auch nicht mehr für die geplante Radarkette *Außenweser* geeignet gewesen, und man hatte bei Untersuchungen Durchrostungen im Stahlfundament festgestellt. Ohne Besatzung diente er fortan nur noch als Tagessichtzeichen, nachts als Gegenfeuer zum Leuchtturm *Hoheweg* und als Quermarkenfeuer im Fahrwasser *Alte Weser.* Die Nebelglocke und das Antriebsuhrwerk kamen ins Deutsche Schifffahrtsmuseum, man machte nur noch die dringendsten Wartungsarbeiten und wartete darauf, dass er eines Tages ins Meer stürzt.

Zum Glück verstand die Politik rechtzeitig, welch kulturgeschichtliche Bedeutung *Roter Sand* hat. 1982 wurde ein Rettungsfond eingerichtet. Im selben Jahr stellte man ihn unter Denkmalschutz. Dass es ihn heute noch gibt, ist vor allem dem Förderverein *Rettet den Leuchtturm Roter Sand e. V.* zu verdanken. Sein Vorsitzender, Ulfert Kaltenstein, ein Lehrer, hat sich enorm dafür eingesetzt und immer wieder gefordert: »*Roter Sand* muss erhalten bleiben!« Der Förderverein sammelte Spenden und mobilisierte die Öffentlichkeit. Von 1987 an wurde *Roter Sand* dann für über eine Million Mark saniert. Der marode Sockel musste von dem ganzen Muschelkram und Bewuchs befreit werden, danach wurde per Kran eine 110 Tonnen schwere Stahlmanschette übergestülpt und die Kluft zwischen Sockel und Manschette mit Spezialbeton verfüllt.

Anschließend kam *Roter Sand* in die Obhut der DSD. Die wiederum suchte jemanden, der für die Besucher und Übernachtungsgäste die Betreuung übernimmt. War ja naheliegend, zu sagen: »Wenn wir schon so ein Juwel haben, warum nutzen wir es nicht kommerziell und finanzieren mit den Einnahmen den Unterhalt?« Ich war schließlich dabei, als wir 1999 mit der *Goliath* die erste Gästefahrt veranstalteten. Die *Goliath* war ein 29 Meter langer Schlepper, sieben Meter breit, 1941 gebaut.

Die *Goliath* hatte Platz für 35 Passagiere. Sie hatte ein ausgebautes Kabelgatt, wo Tische standen und die Gäste auf gepolsterten alten Salzfässern sitzen konnten. Dort hielt ich meine Vorträge und machte die Einweisung. Erklärte, wo die Rettungswesten sind. Erzählte, dass man ohne Überlebensanzug in zwei Grad kaltem Wasser nicht lange überleben kann. Dass es auf *Roter Sand* eine Rettungsinsel und acht Telefone mit eingespeicherten Nummern gibt. 1 Seenotleitungsstelle Bremen. 2 Ausweichleitung Bremen. 3 Krankenhaus in Cuxhaven. 4 Rettungsleitstelle Feuerwehr Bremerhaven. 5 Wasser- und Schifffahrtsamt Bremerhaven. 6 Betreuung DSD, also Kurschus. 7 nochmal DSD. 8 Förderverein *Roter Sand*. Dann gibt es noch ein Funkgerät, mit dem im Notfall der Rettungshubschrauber oder der Seenotrettungskreuzer angefordert werden kann. Was aber bislang nie der Fall war.

Bis 2010 brachten wir 5485 Tagesbesucher und 823 Übernachtungsgäste zum Leuchtturm und wieder zurück. Manchmal konnten wir nicht anlegen wegen des Wetters, ab Windstärke fünf und zwei Meter hohen Wellen geht das nicht. Aber auch bei ruhiger See bekam mancher Besucher beim Aussteigen weiche Knie. Die Eisenleiter zur Einstiegsluke ist sechs Meter hoch. Man ist besser schwindelfrei. Geschlafen wird im ersten Stock, da sind neun Kojen, sechs werden belegt, die restlichen sind Stauraum für Gepäck. Strom liefert eine Photovoltaikanlage. Einen Kohleherd haben wir auf Gas umgestellt. Das Essen müssen die Gäste selber zubereiten. Im Verpflegungspaket sind Schweinekoteletts, Speck, Kartoffeln, Joghurt, Schokolade, eine Dose Kekse für den Kaffee oder Tee. Lauter leckere Sachen. Trinkwasser, auch zum Kochen, nur aus

Mineralwasserflaschen. Alkohol und Rauchen sind verboten. Auf der Galerie darf geraucht werden, aber nur, wenn die Kippe in einem mit Wasser gefüllten Gefäß entsorgt wird.

Unsere Gäste waren alle begeistert. Eine ältere Dame hatten wir, die war mit dem Fahrrad aus der Schweiz bis nach Bremerhaven gefahren. Als sie in der Einstiegsluke stand, hat sie gejodelt. Einer kam fünfmal. Leute, die sich vor dem Besuch auf *Roter Sand* fremd waren, treffen sich noch heute oder schreiben sich Briefe. Wer will, wird auf *Roter Sand* getauft und bekommt einen Seenamen. *Krabbe* oder *Hummer* oder *Makrele*. Jeder erhält eine Urkunde, als Leuchtturmwärter ehrenhalber. Jeden Morgen und Abend muss die Flagge gehisst und eingeholt werden, wie es Vorschrift ist, wobei man die Wahl hat zwischen Deutschland und der DSD. Und um 21 Uhr muss der obligatorische Anruf gemacht werden. Taste 1. Seenotleitungsstelle Bremen. »Hier spricht Leuchtturm *Roter Sand,* wir sind mit sechs Personen an Bord.« Warum »an Bord«? Weil der Leuchtturm offiziell als Schiff geführt wird.

Sie müssen das wirklich einmal erlebt haben: erst die atemberaubende Ankunft, wenn der Leuchtturm wie aus dem Nichts aus dem Wasser auftaucht, und dann auf der Galerie stehen, ringsum Meer, darüber die Wolken. Und dann bis Wangerooge blicken, mit dem Fernglas die Mündungen von Jade, Weser und Elbe studieren. Bei gutem Wetter sieht man Helgoland, das Containerterminal von Bremerhaven. In der Ferne ziehen die großen Pötte vorbei. Keine Grenzen. Mehr Meer und mehr Himmel gibt es nicht. Und die Sonnenuntergänge sind unbeschreiblich.

Dass wir die Fahrten zum *Roten Sand* 2010 vorübergehend einstellen mussten, lag am Verschleiß der Außenplatten der *Goliath*. Sie entsprachen nicht mehr den Sicherheitsvorschriften. Die Reparatur hätte 300.000 Euro, ein neues Schiff drei Millionen gekostet. Das war natürlich schade, weil *Roter Sand* nicht nur ein Naturerlebnis bietet, sondern auch die Geschichte eines Berufsstands erzählt. Leuchtturmwärter hatten überall am Meer einmal große Bedeutung. Heute sind sie fast in Vergessenheit geraten. Das war harte Arbeit auf engstem Raum und hatte mit Romantik wenig zu tun. Aus den Tagebüchern der letzten Partie auf *Roter Sand* weiß man, dass die Leuchtturmwärter sich nicht immer vertrugen. Aber ich glaube, ich hätte das ausgehalten. Mit der Einsamkeit umzugehen, war ich von der Seefahrt gewohnt.

Gelernt habe ich Maschinenbauer. 1956 ging ich auf Große Fahrt. Santa Marta, Kolumbien. Guayaquil, Ecuador. Panamakanal. In Aruba und Kingston, Jamaika, bunkerten wir. Meistens hatten wir Bananen geladen. Eine Rückreise von Südamerika wurde zu meiner gefährlichsten Fahrt. Das war 1958, vor den Azoren, als wir in einen Hurrikan gerieten. Wasserberge rollten über uns. Jedesmal, wenn das Vorschiff wieder hochkam, hoffte ich, dass nicht gleich die nächste Wellenwand hinterherkommt. Wir bekamen ordentlich was ab. Die Fenster vor der Brücke waren eingedrückt, drei Matrosen erlitten Knochenbrüche, das Ankerspill war verklemmt. Viel hat nicht gefehlt und wir hätten das Schicksal des Hapag-Containerfrachters »MS MÜNCHEN« geteilt, der spurlos im Atlantik verschwand.

MS München: Spezialfrachter der Hapag-Lloyd AG, der im Dezember 1978 vor den Azoren in einen Orkan geriet und unter ungeklärten Umständen sank. Von dem 261 Meter langen Schiff, das von Bremerhaven nach Savannah, US-Bundesstaat Georgia, unterwegs war, und seinen 28 Besatzungsmitgliedern fehlt bis heute jede Spur.

Danach ging ich auf Mittlere Fahrt: Atlantik. Nord- und Ostsee. Zitrusfrüchte, Cellulose, Holz, Papier. 1963 gab ich die Seefahrt auf und fing beim Norddeutschen Lloyd im technischen Betrieb an. Die Werft hatte sich spezialisiert auf den Umbau und die Verlängerung von Schiffen. Doch die Seemannszeit möchte ich nicht missen. Schöne Erinnerungen blieben, als wir noch Stückgut fuhren. Man lag zwei, drei Wochen auf Reede und hatte Zeit für Land und Leute. Mit den modernen Schiffen kommen nur noch die Container an. Das Beladen dauert wenige Stunden, und schon bist du wieder weg. Mir würde es heute keinen Spaß machen.

Wen die See einmal gepackt hat, den lässt sie nicht mehr los. Deshalb freue ich mich so über meine Aufgabe mit *Roter Sand*. Seit Kurzem haben wir ein neues Schiff und seit Anfang Mai 2013 bringen wir wieder Gäste zum Leuchtturm. Die *LEV Taifun* ist ein ehemaliger Tonnenleger,

41 Meter lang, mit doppeltem Voith-Schneider-Antrieb. Das bedeutet, sie kann vorwärts, rückwärts und seitwärts anlegen. Solche Manövriereigenschaften sind ein enormer Vorteil bei *Roter Sand*. Das Schiff gehört einem privaten Eigner, der mit der DSD zusammenarbeitet. Es freut mich, dass jetzt wieder mehr Menschen den Leuchtturm erleben dürfen. Um den alten Turm müssen wir uns keine Sorgen machen. Er hat ein festes Fundament. Ich habe oft genug erlebt, wie das Wasser meterhoch an ihm hochklatscht. Er dröhnt und röhrt zwar im Sturm, aber umkippen wird *Roter Sand* nicht. Mein Leuchtturm steht noch in hundert Jahren.

Hans Kurschus, *geboren 1937, lebt mit seiner Frau Rita in Bremerhaven. Seit 1999 ist er für die Deutsche Stiftung Denkmalschutz (DSD) als Koordinator und Betreuer des Leuchtturms »Roter Sand« tätig.*

»Wir saßen noch lange im Turm zusammen und ließen die Abendstimmung auf uns wirken, mittlerweile waren alle Leuchttürme sowie Markierungsfeuer rund um uns herum eingeschaltet und es war Vollmond. Es war herrlich, einfach kaum zu beschreiben, man muss es erlebt haben.«

Eintrag im Logbuch von »Roter Sand« von einem Übernachtungsgast

Wo sich der Weser Wellen
vermählen der offenen See,
da ragt für fahrende Gesellen
ein trautes Mal in die Höh'.
Es ist gar trefflich gegründet
In Meerestiefen sein Stand.
Dem Maat sicher Fahren kündet
Der Leuchtturm auf Roter Sand.

Gedicht von Gerhard von Thienst